»Sie schmeckte nach Rauch und dem verbrannten Boden des Topfes und gleichzeitig süß, diese Marmelade, sodass man nur einen Löffel nehmen wollte und dann war es auch genug. Genug Erinnerung, genug, dass mein Herz aufgewühlt wurde und schneller schlug, als gut für mich war.«

Ein Marillenbaum in einem alten Wiener Garten. Seit ihrer Kindheit in den 1940er Jahren kocht Elisabetta jeden Sommer Marmelade ein. Und jedes Mal, wenn sie ein Glas aus dem alten Kellerregal in die Hand nimmt, es öffnet und den süßen Duft einatmet, erinnert sie sich an ihr Leben, an ihre in Dachau ermordete Familie, an ihre große Liebe Franz, an ihre Tochter Esther und ihre Enkelin Rahel. Elisabetta lebt zurückgezogen in ihrer Welt mit den Stimmen der Vergangenheit. Als die Tänzerin Pola jedoch bei ihr zur Untermiete einzieht, reißen die alten Wunden auf.

Beate Teresa Hanika, geboren 1976 in Regensburg, schrieb bereits mehrere erfolgreiche Jugendbücher, die u.a. mit dem Bayerischen Kunstförderpreis ausgezeichnet und für den Deutschen Jugendliteraturpreis nominiert wurden. Bei btb ist gerade ihr zweiter Roman »Vom Ende eines langen Sommers erschienen. Beate Teresa Hanika lebt mit ihrer Familie in der Nähe von Regensburg.

Beate Teresa Hanika

Das Marillenmädchen

Roman

btb

MIX
Papier aus verantwortungsvollen Quellen
FSC® C014496

Verlagsgruppe Random House FSC® N001967

1. Auflage
Genehmigte Taschenbuchausgabe August 2018
btb Verlag in der Verlagsgruppe Random House GmbH,
Neumarkter Str. 28, 81673 München

Covergestaltung: semper smile, München
Covermotiv: © Me and You, 2014, (digital collage), Olga Snell/
Private Collection/Bridgeman Images; Shutterstock
Druck und Einband: GGP Media GmbH, Pößneck
Klü · Herstellung: sc
Printed in Germany
ISBN 978-3-442-71693-7

www.btb-verlag.de
www.facebook.com/btbverlag

für Christina Magdalena Hanika

Ich möchte dir eine Geschichte erzählen. Ich weiß, Geschichten sind aus der Mode gekommen. Spätestens seit der Jahrtausendwende habe ich keine mehr gehört. Außer diese. Sie handelt von Liebe und Freiheit, und mehr braucht es zu einer guten Geschichte nicht.

Es begann damit, dass die Russin auszog und das andere Mädchen einzog. Die beiden dachten, ich würde es nicht bemerken. Sie dachten, meine Augen wären so schlecht, dass ich eine Russin nicht von einer Deutschen unterscheiden könnte, dass der Singsang ihrer Stimmen so ähnlich ist, hart und fordernd, dass ich durch die Bodendielen nur ihren abgehackten Akzent hören und sie für ein und dieselbe halten würde. Sie dachten, ich würde nicht mitbekommen, dass eines Tages nicht mehr die Russin nach Hause kam, sondern die andere. Sie sperrte unten die Haustür auf und ging die knarzenden Treppen nach oben in den ersten Stock. Als sie mich unten in meiner Wohnungstür stehen sah, rief sie mir nur ein flüchtiges Guten Abend, Frau Shapiro zu.

Ich weiß, wie ich aussehe. Meine Augen sind wässrig und trüb, mein Haar ist in all den Jahren weiß geworden und mein Körper klapprig. Das ist er, auch wenn ich mir wünschte, es wäre nicht so. Optisch macht das sicher nicht den besten Eindruck. Aber verwirrt bin ich noch lange nicht. Ich verschränkte die Arme vor der knochigen Brust und lauschte ihren Schritten. Oben ging sie in der Wohnung umher, als wäre sie schon immer da gewesen. Sie streifte sich die Schuhe von den Füßen und lief auf blanken Sohlen ins Badezimmer, drehte den Wasserhahn auf und ließ Wasser in die gusseiserne Wanne laufen, während sie ihre Einkäufe in den Kühlschrank stellte.

Ich hatte die Russin nicht gemocht. Sie war ein einfaches Mädchen aus dem Grenzgebiet zur Mongolei, ihr Gesicht fast asiatisch, ihr Körper biegsam und leicht. So biegsam wie das Schilf, das sich zitternd über das schwarze Wasser des Baikalsees neigt. So leicht wie die Libellen, die sich mit knisternden Flügeln auf deine Hand setzen. Sie war anständig und ruhig. Und sie brachte keine Männer mit nach Hause. Nie. Vielleicht war sie zurück nach Hause gegangen, nachdem sie sich die Füße durchgetanzt hatte. Obwohl sie so anständig war, hatte ich sie nicht gemocht.

Bei der anderen reichte mir ein flüchtiger Blick, um zu wissen, dass sie Ärger hinter sich herschleppte wie eine Katze ihre Jungen. Im Nachhinein frage ich mich, warum ich sie nicht gleich an diesem ersten Abend vor die Tür gesetzt habe. Schließlich war es mein Haus. Meine Wohnung. Doch irgendwie kam mir dieser Gedanke nicht in den Sinn.

Sie hinterließ einen Geruch nach Kolophonium im Treppenhaus. Das, und eine fatale Mischung aus Zorn,

Angst und Geheimnis. Nach unausgesprochenen Worten und Taten, die man vergessen wollte. Vielleicht war es das, was mich daran hinderte, ihr nachzugehen und sie zur Rede zu stellen. Vielleicht waren es auch nur Altersleichtsinn, Langeweile und eine kleine Prise Feigheit, die mich zurückhielten. Wer weiß.

Meine Mutter erzählte mir immer, dass mein Vater mir meinen Namen gegeben hatte. Nachdem meine Mutter entschieden hatte, dass meine zwei Schwestern Judith und Rahel heißen sollten, hatte mein Vater auf Elisabetta bestanden. Elisabetta. Ein geradezu absurder Name für ein kleines jüdisches Mädchen, doch mein Vater sagte, er sehe es meinen Augen an, dass ich keinen gewöhnlichen Namen wollte, sondern einen, der mich von den anderen unterschied. Elisabetta Shapiro. Der Name unterschied mich. Damit hatte er wohl recht. Der Name war weder Fisch noch Fleisch. Ich war keine Italienerin. Und er gab weder einen Hinweis darauf, dass ich Jüdin war, noch dass ich aus Wien stammte.

Ich hätte es auch schlimmer treffen können. Ich will nicht jammern. Zudem die Kinder damals allesamt keine Glückskinder waren. 1934 war kein Jahr, in dem Glückskinder geboren wurden. Und ich glaube nicht, dass ein Kind aus diesem Jahr sein Schicksal je hätte verändern können, ob es nun Elisabetta oder Judith hieß.

Wie es heute damit steht, weiß ich nicht. Ich weiß nur, dass dieses Mädchen auch nicht wie ein Glückskind aussah. Als sie auftauchte und die Russin verschwand, begann gerade der Marillenbaum zu blühen. Hinter dem Haus, vor der Terrassentür, blühte der Baum mit solcher Hingabe, wie es nur die Natur fertigbringt. Er blühte und ließ gleichzeitig die weißen Blätter verschwenderisch auf das ungemähte, struppige Gras regnen, das sich rau unter den Füßen anfühlte. Nachts konnte ich nicht schlafen, weil der Geruch nach Frühling zu meinem Schlafzimmerfenster hineinkroch. Das machte mich und die Geister unruhig. Oder es war das Mädchen, das über mir herumlief und Pirouetten drehte.

Ich fand heraus, dass sie, wie die Russin, Tänzerin am Wiener Staatsballett war. Dass sie im Corps de Ballet tanzte und Deutsche war. Mehr musste ich nicht wissen.

Am nächsten Morgen, so früh, dass selbst mitten in Wien noch der Nebel über den Boden kroch, ging ich in den Garten hinaus und lehnte mich an den Marillenbaum. Ich konnte nicht schlafen. Nicht ihretwegen. Es war vielmehr, als wollten mich diese vierundzwanzig Stunden, die der Tag dauerte, nicht loslassen.

Mit den Jahren hatte ich mir angewöhnt, hier zu stehen, zu rauchen und mit Rahel und Judith zu sprechen. Rahel, die Ältere und Ernsthaftere, wies mich oft zurecht, was das Haus betraf. Ich ließe es verlottern, sagte sie. Mutter würde sich im Grabe umdrehen, wenn sie wüsste, was ich mit dem Haus anstellte. Sie meinte damit, dass sich der Staub unter den Möbeln flockte und das Geschirr sich in der Spüle stapelte, weil ich keine Lust hatte abzuwaschen. Dass unter den Bildern helle Ränder waren, weil nie neu gestrichen wurde, und ich Eimer auf den Dachboden stellen musste, weil es dann und wann hineinregnete. Natürlich nur, wenn es stürmte oder wenn nach dem Winter der Schnee schmolz.

Mutter hat kein Grab, erwiderte ich dann immer etwas böse, weil ich wusste, wie sehr sie diese Tatsache traf. Judith besänftigte uns, strich wie der Wind über unsere Haut und hielt sich meistens still. Schon als Kind war sie ruhig gewesen. Zurückhaltend. Während Rahel und ich stritten, saß sie auf der Vordertreppe und las oder rollte Murmeln auf dem kleinen Weg vom Gartentor zum Haus hin und her.

»Was soll das Mädchen oben in der Wohnung«, sagte Rahel, und ich riss eine neue Packung Ernte 23 auf. Ich rauchte sie nur, weil ich wusste, wie sehr Rahel den Geruch verabscheute.

»Was meinst du?«, fragte ich.

»Die Neue. Das deutsche Mädchen.«

»Sie ist Russin.«

»Stell dich nicht dümmer, als du bist. Ich habe die Russin mit ihren Koffern mitten in der Nacht gehen sehen. Sie hat die Straßenbahn zum Hauptbahnhof genommen und sitzt jetzt wahrscheinlich in der Transsibirischen Eisenbahn.«

»Unsinn.«

»Nichts Unsinn. Du verschließt deine Augen.«

Judith ließ die Blätter im Baum rascheln, und ich zog an meiner Zigarette. Der Rauch legte sich bitter auf meine Zunge.

»Kein Mensch fährt noch mit der Transsibirischen.«

»Du weißt genau, wie ich es meine. Mutter würde sich im Grabe umdrehen.« Rahels Stimme klang wie mehrere klatschende Ohrfeigen, aber irgendwie langweilte mich dieser Satz mittlerweile. Zu oft gesagt. Zu oft gehört. Ich gähnte, riss den Mund so weit auf, dass Rahel bis zu meinem letzten verbliebenen Zahn sehen konnte.

»Ich weiß.«

»Sie würde es nicht dulden.«

»Eine Russin.«

»Eine Deutsche.«

Ich seufzte.

»Sei nicht albern. Was macht es für einen Unterschied. Mutter hätte auch keine Russin im Haus geduldet.«

Damit hatte ich wohl recht, denn Rahel hielt ihren bissigen Mund. Ich mochte sie wirklich. Tief drinnen liebte ich sie, wie nur Schwestern sich lieben können. Ich lehnte meinen Rücken gegen den Stamm des Marillenbaums. Er fühlte sich genauso rissig an wie mein eigener Körper.

»Wisst ihr noch«, sagte ich, »als Vater den Baum gepflanzt hat? Er hat ihn drüben in Mödling bei einem Obstbauern ausgegraben und hinten auf dem Fahrrad bis hierher gefahren.«

Rahel schwieg.

»Er sagte, es wäre ein guter Zeitpunkt, den Baum zu pflanzen.«

Ich konnte mich noch so gut an seine Worte erinnern, als hätte er gerade erst neben mir gestanden. Hier, an dieser Stelle, auf den Spaten gestützt, mit Erde auf der Stirn, weil er das Loch gegraben und sich dann mit der Hand über das Gesicht gewischt hatte. So gut, weil ich mir die Zeit danach genau so vorstellte. Orange und saftig. Süß und schwer, wie Marillen, die man sich noch sommerwarm vom Baum pflückte.

»Du warst noch nicht geboren, als er den Baum gepflanzt hat«, wies mich Rahel zurecht.

»Aber er hat es mir so oft erzählt, dass es sich anfühlt, als wäre ich dabei gewesen.«

»Blödsinn«, sagte Rahel mürrisch.

»Der Bauer in Mödling war im Krieg geblieben, und sein Garten war verwaist.« Ich schnippte die Asche in das dürre Gras. »Vater hatte noch nicht mal einen Eimer. Er hat sich den Wurzelballen in den Gepäckträger geklemmt und bestimmt die Hälfte der Erde verloren. Keiner hat geglaubt, dass der Baum überleben würde. Ohne die Erde und mit den paar Wurzeln. Aber er steht heute noch hier.«

So wie ich.

»Mit wem sprechen Sie?«

Ich hatte nicht bemerkt, dass das Mädchen hinter mich getreten war, und zuckte zusammen. Sie trug ein weißes Trikot – wahrscheinlich war sie auf dem Weg zur Oper – und darüber eine kurze Jeans. Unter dem dünnen Stoff konnte ich ihre Rippen und die magere Wölbung ihrer Brust sehen.

»Mit den Amseln.«

»Ach so.«

Mir fielen ihre Augen auf. Ihre Pupillen waren wie die mit bloßen Händen in den Stein gehauenen Tunnel in Montenegro. Stockfinster und ohne jeden Hinweis auf das Ende. Man musste sich überwinden, in den Tunnel zu fahren, man überlegte es sich drei Mal, und spätestens auf halber Strecke bereute man seinen Entschluss zutiefst. Sie hielt mir ihre leere Hand hin, und für einen kurzen Moment dachte ich, sie wolle sich mir nun vorstellen, förmlich, so wie es sich gehört, aber in Wirklichkeit wollte sie nur eine Zigarette. Ich ließ sie eine nehmen und gab ihr dann auch noch mein Feuerzeug.

»Ich dachte, Sie sprechen mit dem Baum.«

»Mit Bäumen kann man nicht sprechen.«

»Man kann mit allem sprechen«, sagte sie und bohrte ihre schwarzen Pupillen in meine.

Wir rauchten eine Weile schweigend, und ich spürte, wie Judith mir ihre Hände beruhigend in den Nacken legte. Vorne erwachte die Mariahilfer Straße. Die Straßenbahn fuhr klingelnd und quietschend in die Haltestelle, der Nebel löste sich unter unseren Füßen auf, und ich fröstelte, schlang mir selbst die Arme um die Körpermitte. Seit ich alt war, wich die Wärme aus mir, als hätte ich irgendwo ein Loch, durch das sie einfach so versickerte. Ich hatte nicht vor, die Deutsche auf ihren Betrug anzusprechen. Ich wollte sie nur ansehen und verstehen, warum sie hier war. Warum sie mich ausgerechnet jetzt gefunden hatte.

Über die Deutsche kann ich sagen, dass sie zwischen den Welten ging. Sie war eine, die ihre Gestalt wandeln konnte. Die eine dunkle Seite kannte, aber auch die helle. Die von einer zur anderen gleiten konnte, ohne dass etwas davon an ihr kleben blieb. Das ist außergewöhnlich. Normalerweise erkennt man es an den Augen, doch ihre gaben nichts preis. Diese schwarzen Tunnel endeten im Nichts.

Sie erzählten nichts. Nichts, was sie je berührt hatte. Das bewunderte ich. Und verabscheute es zugleich. Vielleicht verwechselte ich ihre äußere Härte mit etwas, das man in ihrem Inneren nur erahnen konnte.

Der Tagesablauf der Russin war immer der gleiche gewesen. Wie ein Uhrwerk. Sie stand spät auf, weil die Proben spät begannen. Sie kam umso später zurück, weil die Vorstellungen spät endeten. Ich konnte das leise Klicken der Tür hören, die sie vorsichtig ins Schloss zog. Vorsichtig, um mich nicht zu wecken. Einmal hatte ich versucht, ihr zu erklären, dass das nicht notwendig war.

»Ich schlafe um diese Zeit nicht.«

Sie sah mich verständnislos an.

»Ich gehe nie früh zu Bett«, setzte ich hinzu, was sie noch mehr zu verwirren schien.

»Sie müssen nicht leise sein meinetwegen.«

»Bitte schön«, sagte sie, und erst da wurde mir klar, dass sie keinerlei Bewusstsein für ihre Handlungen hatte. Dass sie wie eine Marionette war, die tanzte, die zur rechten Zeit am rechten Ort war, die schlief und aß, aber nicht träumte. Plötzlich verstand ich, dass viele Menschen genauso waren, und mit Entsetzen dachte ich über mein eigenes Bewusstsein nach, über die vielen Stunden, die ich im Garten zubrachte und in denen mein Kopf sich immer mehr leerte und leerte.

Das deutsche Mädchen war vollkommen anders.

Sie schien keine festen Zeiten zu kennen. Ihr Tagesablauf war ohne jede Regel. Manchmal blieb sie den ganzen Tag und die halbe Nacht fort. Wenn sie zurückkam, schleppte sie sich mit letzter Kraft die Treppen zu der kleinen Dachgeschosswohnung hinauf. Ich vermutete, dass sie unmittelbar hinter der Tür liegen blieb und sich wie ein Tier, das auf der Jagd gewesen war, zusammenrollte. Wie ein Marder vielleicht, ein Mauswiesel oder ein Opossum.

Dann gab es Tage, da hörte ich kein Geräusch aus der Wohnung, obwohl sie ganz offensichtlich da war. Ihre Schuhe blieben unberührt vor der Wohnungstür. Oben wehte der Vorhang aus dem Fenster, und ich schwöre, ich konnte sie atmen hören. Schlief sie den ganzen Tag? Holte sie die Zeit nach, die sie sonst mit Tanzen verbrachte?

Schon am zweiten Tag brachte sie eine Horde Mädchen mit. Etwas, das die Russin nie gewagt hätte. Ich hatte die Russin nur scharf anzusehen brauchen, und sie war eingeknickt, von ihrer eigenen Schüchternheit verschlungen, wie das Kaninchen vor der Schlange. Ich hasste sie dafür, obwohl ich wusste, dass es unangebracht war, jemanden für seine Schwäche zu hassen.

Das Mädchen jedenfalls scherte sich nicht um meine Blicke. Sie ignorierte mich, als sie mit den anderen von der Oper kam. Eine Traube federleichter Geschöpfe, vom Nieselregen durchweicht, fast aufgelöst. Ihre Stimmen schwirrten im Treppenhaus, und ich stand vorne am Gartentor und blickte ihnen nach. Die Stirn gerunzelt, zornig, weil sie mich überging. Nicht fragte, nicht grüßte. Mir nicht einmal zunickte. Nichts.

Seltsamerweise hasste ich sie dafür nicht so sehr, wie ich die Russin gehasst hatte.

Das Alter hat mich nicht überrascht. Ich habe darauf gelauert, dass es über mich hereinbrechen würde wie ein sintflutartiger Regen, der alles mit sich reißt, ertränkt und auslöscht. Aber der Prozess war so schleichend, dass ich selbst jetzt noch an manchen Tagen über mein Spiegelbild staune. Über die runzelige Haut, durch die mein Körper wirkt, als wäre er auf wundersame Weise kleiner geworden. Zu viel Haut, zu wenig Fleisch. Was mich aber überrascht hat, ist mein Rücken. Irgendwann hat er zu schmerzen begonnen und beschlossen, nicht mehr damit aufzuhören. Meine Fußsohlen sind rau, und meine Schambehaarung nicht mehr existent. Was es leichter macht, ist, dass ich nie schön gewesen bin. Nicht schön wie meine Mutter oder Rahel und Judith.

Sie alle waren groß, mit langen, gleichmäßigen Gliedmaßen, schmalen Gesichtern und dunklem, welligem Haar. Ich dagegen geriet nach meinem Vater, der schon immer etwas gedrungen gewirkt hatte. Da er glatzköpfig war, kann ich nicht sagen, ob ich mein Haar von ihm geerbt habe. Es ist dieses Haar, wie es Ponys oft haben, nicht gewellt, nicht glatt, aber schwer zu bändigen. Die Statur habe ich auf jeden Fall von ihm, auch die tief liegenden Augen und die quadratischen Hände. Ich konnte mir nicht vorstellen, dass diese Äußerlichkeiten für so eine unglaublich lange Zeit zweitrangig sein würden.

Zumindest damals nicht, als ich Rahel und Judith beobachtete, wie sie eine Decke im Garten ausbreiteten, um zu lesen. Die Kleider hochgeschlossen, und doch spitzte dort ein bloßer Fuß unter dem Saum hervor, rosig wie ein

Versprechen, ein schmales Handgelenk, eine Locke, die sich über der Wange ringelte.

Von meinem Zimmer aus – das Zimmer, das dann das Mädchen bewohnte – schoss ich mit einer Zwistel auf die Jungen aus der Nachbarschaft, die an diesem Schauspiel teilhaben wollten. Ich zielte auf ihre Brust und traf sie meistens auf der Stirn. Gefluche, Gejammer. Was für eine gerechte Strafe. Meine Schwestern taten so, als bemerkten sie davon nichts.

»Das bildest du dir ein«, hatte Rahel erst kürzlich zu mir gesagt. »Im Krieg liegt man nicht im Garten. Man flüchtet, kämpft ums Überleben. Bomben fallen. Wann, sag mir, wann sollen wir im Garten gelegen haben.«

»Nebeneinander, wie die Sirenen«, neckte ich sie.

Ich konnte spüren, dass Rahel lächelte.

»Die Jungen verlangten Geld dafür, dass jemand durch das Loch im Zaun schauen durfte.«

Ein hoher Lattenzaun, der uns vor den Blicken der Nachbarn schützen sollte und im Zweifelsfall vor der ganzen Welt.

»Du träumst.«

»Ich erinnere mich.«

Judith kicherte, aber es konnte auch das Rascheln eines Eichhörnchens in den Zweigen sein.

»Niemals hätten wir zugelassen, dass sie am Zaun stehen und Geld verlangen.«

»Euer Anblick war es wert. Für mich hätte niemand gezahlt.«

»Du warst süß. Wie ein Kobold.«

»Danke.«

»Gerne.«

Als ich Jahre später meine Decke im Garten ausbreitete, später, als der Marillenbaum schon einen kleinen Schatten spendete und Rahel und Judith nicht mehr da waren, stand niemand am Zaun. Wer will einen Kobold unter einem Marillenbaum liegen sehen. Einen Kobold, der die Bücher seiner Schwestern las, die Seiten umblätterte, auf denen ihre Finger geruht hatten, unter den Blicken der jungen Männer, die nachts nicht schlafen konnten, weil sie von ihren Kniekehlen träumten, von ihrem Atem, der nach Wiesenheu roch, nach Kornrade und Mohnblumen. Die nicht schlafen konnten, weil sie sich nicht sicher waren, niemals sicher sein konnten, ob der flüchtige Blick über die Schulter ihnen galt oder dem Rosenkäfer, der über das Holz des Lattenzauns krabbelte.

Vielleicht überrascht das Alter nur die schönen Menschen, da für sie der Unterschied schmerzhafter ist, schmerzhaft wie ein unvermuteter Wespenstich. Für mich dagegen war das Alter eine Gnade. Es machte mir nichts aus, ein alter jüdischer Kobold zu sein. Im Gegenteil.

Auch das Mädchen war nicht schön, nicht im herkömmlichen Sinne. Aber ihre Bewegungen, die Art, wie sie den Gartenweg entlangschlenderte und im Vorbeigehen eine Cosmea abrupfte, um daran zu riechen, wie sie sich einmal um sich selbst drehte, wenn sie glaubte, niemand sehe ihr zu, wie sie die Füße voreinandersetzte. Das war schön. Und zu diesem Zeitpunkt hatte ich sie noch nicht tanzen sehen.

~

Ich beginne mit Polas Geschichte an einem Tag in München. Etwa sechs oder sieben Jahre ist dieser Tag her, vielleicht auch etwas länger. Es hatte seit Tagen nicht geregnet. Pola kam es wie Wochen vor. Das Gras im Garten hinter dem Haus war verdorrt und stachelig. Ihre Mutter hatte die Jalousien geschlossen, und nur noch nachts wurden die Fenster geöffnet, was aber auch keine Abkühlung brachte. Nachts lag Pola auf ihrem Bett und hörte, wie ihr Bruder Adèl im Nebenzimmer telefonierte und dann spätnachts noch aus dem Haus ging. Mit dem Auto ihrer Mutter wegfuhr, während ihre Mutter Nachtschicht im Krankenhaus hatte. Dann traute sie sich nicht mehr aus dem Bett, sondern verkroch sich unter der Decke, bis die Vögel am Morgen sie weckten, Adèl, der den Rover wieder in die Garage fuhr, oder ihre Mutter, die um fünf Uhr morgens die Haustür aufschloss.

Als sie aus München raus zum See fuhren, konnte Pola schon weit hinten das Gewitter erahnen. Sie stellte fest, dass sie den Wolken misstraute, und als sie länger über diesen absurden Satz – ich misstraue den Wolken – nachdachte, fiel ihr auf, dass es etwas anderes war. Etwas, das sie nicht einordnen konnte. Sie spürte, dass sich dort hinten mehr als ein Gewitter zusammenbraute, dass sie nicht zufällig in diesem Auto saß und auch nicht, weil ihr Bruder ihr einen Gefallen tun wollte. Adèl saß am Steuer des Rovers und Pola daneben. Sie ließ das Seitenfenster hinuntersurren, und der heiße Sommerwind wirbelte ihr die Haare ins Gesicht, klebte sie zu festen blonden Strähnen zusammen, die ihr in die Augen schlugen, bis sie wehtaten und zu brennen anfingen.

Sie schwiegen. Adèl hatte die Anlage so laut gedreht, dass eine Unterhaltung ohnehin fast unmöglich war. Die geteerte Straße ging in einen Feldweg über und endete schließlich vor dem See, vor den riesigen ausgebaggerten Erd- und Sandhügeln und einem festgestampften Platz, wo man sein Auto parken und seine Decke ausbreiten konnte. Erst jetzt öffnete Pola wieder die Augen. Götz' Mercedes stand da, ein paar Motorräder, eine Kiste Bier. Adèl ließ das Auto bis zum Ufer rollen und riss dann die Tür auf. Pola stieg aus, beschattete ihre Augen und sah zur Insel hinüber. Sie misstraute auch der Insel, stellte sie fest, dem Wind und dem Wasser.

»Wird immer hübscher, die Kleine«, sagte Götz und zog Pola in seine Arme. »Auf die musst du aufpassen. Hörst du, Adèl.«

Solche Sätze machten Pola verlegen, deswegen hielt sie still ihr Gesicht an Götz' Brust gedrückt und atmete seinen Geruch ein, der sich tief in ihre Magengegend legte. Es erinnerte sie an die Tage, die sie in dem quadratischen Haus verbracht hatte, schlief, aufwachte und immer noch da war. Tage, an denen Götz sie beschützte und mit ihr redete, als wäre er ihr Vater und ihr Bruder und vielleicht Gott.

»Ich will nicht, dass meinem Mädchen etwas zustößt.«

»Ich kann gut selbst auf mich aufpassen.« Pola presste ihr Gesicht so fest sie konnte in sein weißes frisches Hemd. Es roch nach alten Möbeln und Veilchen und den Jahren, die vergangen waren. Götz erwiderte ihre Umarmung.

»Weiß ich doch«, sagte er. »Weiß ich doch.«

Sie warfen ihre Klamotten in den Sand, und Adèl stürzte sich ins Wasser, grün war es, flaschengrün, und aufgewühlt durch seinen jungen, wilden Körper. Er setzte ihm Schaumkronen auf, teilte es mit seinen Armen und tauchte, so weit er konnte. Er konnte sehr weit. So weit, dass man Angst um ihn bekam, wenn man zusah. Ein weiteres Auto hielt, andere Jungs, die zu ihrem Bruder und Götz gehörten. Alles eine Familie. Polas Familie.

Sie machte sich von Götz los und begann, auf den Berg zu klettern, den die Bagger die letzten Tage ausgehoben hatten. Die Sonne prickelte auf ihrem Rücken, und der Kies rutschte unter ihren nackten Füßen weg. Von ganz oben konnte sie den See nun ganz überblicken, das tiefe Grün der anderen Uferseite, die Weiden und Birken, die der Wind zerzauste, den kleinen Weg, den sie sich rundherum gebahnt hatten, durch Brennnesseln und Springkraut. Die kleine Insel, die nur sie betreten konnte, weil sie die Stelle kannte, an der das Brombeerdickicht einen Durchlass freigab.

Kann man sich später erinnern an das, was man gedacht hat, als man jung war? Pola nahm sich vor, sich zu erinnern. Keinen einzigen Gedanken je zu vergessen, kein Bild zu verscheuchen, vor allem die glücklichen Bilder nicht, und dies war fast ein glückliches Bild. Die Jungs, die im Wasser tollten wie junge Hunde. Götz, der samt seinem weißen Hemd und der Hose hinterhersprang und brüllend wie ein Seebär wieder auftauchte. Die Musik, die immer noch lief, der Eisvogel, der pfeilschnell über die Wasseroberfläche schoss. Das kann man nicht vergessen. Niemals.

Sie rannte auf der anderen Seite den Hang hinunter, so steil, dass sie beinahe ins Straucheln kam, und setzte mit einem Kopfsprung ins Wasser. Eiskalt, dass es ihr die Luft nahm und Adrenalinströme durch den Körper jagte. An Land war sie besser, aber im Wasser auch nicht schlecht. So ist es, wenn man jung ist, mehr Kind als Mädchen, zu Hause in allen Elementen, eine Tänzerin zwischen Luft und Land und Wasser.

Sie schwamm bis zur Insel, das Gejohle der Jungs im Rücken, die Stimme ihres Bruders, die sie glücklich machte. Götz' Rufe dazwischen, tief und voll, als könne er sie halten. Kurz vor der Insel, noch bevor sie den feinen Sand zwischen den Zehen spürte, drehte sie sich um, blickte zurück. Die tropfnassen jungen Männer kletterten aus dem See. Dann tauchte sie das letzte Stück, unter den im seichten Wasser liegenden Weidenstämmen hindurch, durch Schlingpflanzen und Algen und Froschgesang, fand die Stelle mit der glattgespülten Wurzel und zog sich an Land.

Zwei Mädchen, die sich treffen, wissen meist im selben Moment, ob sie füreinander bestimmt sind oder nicht.

Zwei Mädchen brauchen kein Wort zu wechseln, um das herauszufinden. Sie erschnuppern es wie Wildtiere, sie legen wohl für einen Moment die Ohren an und heben ihre Nase gegen den Wind. Schwester oder Rivalin? Geliebte oder Verhasste?

Pola stand nur da und sah sie an. Auf der anderen Seite der Insel, der vom Ufer abgewandten Seite, stand sie bis zur Hüfte im Wasser. Zuerst sah sie nur ihren Rücken. Ein nasses schwarzes Männer-T-Shirt klebte an ihren Schultern, ihr Haar hing in dicken dunklen Strähnen über ihren Rücken.

Pola legte den Kopf schief. Sommerwind, der Gewitter mit sich trägt. Sekunden. Sekundenbruchteile.

Schwester. Geliebte.

»Was tust du da?«

»Was geht dich das an.«

»Weiß nicht. Ich will es nur wissen.«

»Ich habe den Frosch verloren, den ich küssen wollte.«

»Ach so.«

»Glaubst du alles, was man dir erzählt?«

»Ich versuche es.«

»Ich habe wirklich was verloren. Hier im dunklen Wasser. Ausgerechnet hier. Nicht drüben, wo es hell ist. Dort kannst du an guten Tagen jeden Kiesel sehen. Wenn du stillhältst.«

»Ich weiß.«

»Du darfst nur den Sand nicht aufwühlen. Dann siehst du natürlich nichts mehr. Aber hier. Hier ist es wie …«

»… tiefste Nacht.«

»Noch dunkler.«

»Stockfinster.«

»Wie der Rachen von einem …«

»Urtier.«

»Noch dunkler. Irgendwie.«

Sie verloren sich in Gedanken über Urtiere und Dunkelheit. Echsen und Alligatoren, die am Grund von Gewässern lauerten, und Pola starrte in das schwarze Wasser. Vom Ufer aus, hinter den Brombeerranken, konnte sie kaum die Beine des anderen Mädchens sehen, sie verschwanden im Schlick, zwischen den Seerosen, den Schwertlilien und Mückenlarven.

»Kennst du den Weg auf die Insel?«

»Klar.«

»An der glattgespülten Wurzel.«

»Hier gibt es auch einen.«

»Quatsch.«

»Ich lüge nie.«

»Hier sind doch nur Brombeeren und Dornen und Kletten, die sich festbeißen.«

»Ich könnte es dir beweisen.«

»Dann tu's doch.«

»Dann finde ich die Stelle nicht mehr, wo ich es verloren habe.«

»Musst du jetzt auf immer hier stehen bleiben?«

»Bis ich Schwimmhäute kriege.«

»Und Fischschuppen.«

»Und einen Meerjungfrauenschwanz.«

»Bis zum Winter solltest du es gefunden haben. Sonst frierst du bis zur Hüfte fest.«

Endlich drehte sich das andere Mädchen um. Vorsichtig, um den Schlamm nicht noch mehr aufzuwirbeln. Sie hatte ein kantiges Gesicht mit breiten Wangenknochen und eine auffällige Zahnlücke zwischen den Schneidezähnen. Pola klopfte das Herz bis zum Hals.

»Direkt vor dir ist ein Loch. Guck auf den Boden.«

Pola tat es. Das Loch war zwischen Brennnesseln und Marienblatt. Und wenn sie sich ganz klein machte, passte sie hindurch.

»Aber dass du mir ja nicht hier im Wasser herumtrampelst.«

»Schon klar.«

Sie wand sich durch das Loch und ließ sich auf der anderen Seite wie eine Schlange ins Wasser gleiten.

»Was hast du denn verloren?«

»Eine Kette. Golden. Mit meinem Namen drauf.«

»Wie ist denn dein Name?«

»Rahel.«

»Gut, dann finde ich sie.«

Rahel lachte. Ihre Stimme war rau, heiser, fast wie ein Junge im Stimmbruch, und Pola musste auch lachen. Sie begannen zu tauchen, wühlten mit ihren Händen im Schlamm, erst zögernd, dann ohne Hemmungen. Was verloren ist, ist verloren. Sie fanden schwarze Steine, Miesmuscheln, geschlossene und offene, Frösche, Angelhaken und eine alte Blechschachtel, die so verrostet war, dass man sie nicht mehr öffnen konnte. Irgendwann robbten sie durch den Bibertunnel wieder auf die Insel und ließen sich von der Sonne trocknen, als wäre ihre Suche plötzlich nicht mehr wichtig, als könnten sie vergessen, wonach sie gesucht hatten. Als wäre es bereits verloren und vom Schlamm verschluckt.

Der Geruch von Springkraut hing schwer in den Zweigen der Weiden, es knisterte und raschelte auf der Insel, und die Mädchen ließen die Luft zwischen sich flirren, legten sich ihre Geschichten in die Hände wie kleine, fest verpackte Geschenke.

~

Tatsächlich hat es eine Zeit gegeben, in der ich nicht so müde war wie jetzt. Wenn ich mich genau erinnere, war diese Zeit in den späten vierziger Jahren. Es können auch die Fünfziger gewesen sein, und manchmal erscheint es mir, als könnte ich diesen Zustand exakt auf das Jahr 1953 festlegen, das Jahr, in dem meine Schwestern zurückkamen und ich plötzlich nicht mehr einsam war. Ich war gerade dabei, Marmelade einzukochen. Der Marillenbaum bog sich unter der Last der Früchte, und immer, wenn ich einen Moment Zeit hatte, lief ich im Garten umher und sammelte die heruntergefallenen Marillen in Mutters altem Steinkrug. Ich liebte es, diese weichen, pelzigen Früchte in den Händen zu halten. Sie anzusehen, ihre orange Färbung, die ins Rötliche ging, den Saft, der einem zwischen den Fingern hindurchlief, wenn man sie aufbrach, um den Kern, den perfekten Kern, den man dann trotzdem achtlos ins Gras fallen ließ, herauszuholen. Es war ein Ding der Unmöglichkeit, alle zu ernten, bevor sie überreif wurden, aufplatzten, Wespen und Hornissen anlockten und für immer verloren waren, aber ich versuchte es zumindest, ich gab mein Bestes, und manchmal stand ich bis mitten in der Nacht am Herd, wenn ich zuvor keine Zeit gefunden hatte. Ich gähnte, während ich den Zucker abwog und Zitronensaft auspresste. Meine Augen brannten, wenn die süße Masse langsam zu brodeln anfing und schmerzende, heiße Spritzer meine Unterarme trafen.

Ich dachte an die Gläser, die ich im Keller aufbewahrte. Auf den langen Regalen, die mein Vater gekauft, aber nie gefüllt hatte. Im Halbdunkel der matten Glühbirnen schimmerten sie golden, und ich wunderte mich etwas, warum sie sich nicht verfärbten. In all den Jahren.

Zum Beispiel das Marmeladenjahr 1949. Nur ein Glas, mit einem Schildchen, auf dem ich mit meiner runden Schrift – seltsamerweise ist sie mittlerweile enger und schräger geworden – sogar den Tag festgehalten hatte. Dritter Juli 1949. Sonntag. Im Gegensatz zum Jahr danach war es ein kühler Sommer gewesen, in dem der Baum nur wenige Früchte abgeworfen hatte. Die meisten waren wegen des Regens am Baum verfault oder von den Amseln und Drosseln verspeist worden, wahrscheinlich, weil die Vögel nichts anderes fanden. Die wenigen Marillen für das eine Glas hatte ich mit Mühe und Not aus den Margeriten gelesen, die sich regenschwer an den Stamm lehnten, und nachdem ich sie eingekocht hatte, vergaß ich das Glas im Speiseschrank. Als der Baum im nächsten Jahr trug, übervoll, weil das Frühjahr sonnig und mild und der Sommer heiß gewesen war, fiel es mir wieder in die Hände, und ich stellte es unten mit ins Regal. Ich weinte, nicht wegen des Glases oder meiner Vergesslichkeit, sondern weil der Nachbarsjunge mein Herz gebrochen, mich wieder geküsst und dann wieder verlassen hatte. Und ich stellte fest, dass der Schmerz zwar nicht verging, aber doch gemildert wurde, wenn ich die Marillen entkernte und dann im Topf vehement zu Brei stampfte. Dass die Tränen, die mir über die Wangen liefen, nicht mehr salzig schmeckten, sondern süß, und dass, je länger ich rührte und je heißer die Marillenmasse kochte, Blasen schlug und auf meine Schürze spritzte, umso weiter mein Herz wurde. Ich kochte achtundzwanzig Gläser ein und strafte den Jungen am nächsten Tag mit Verachtung.

Und wehe, wenn ein Kobold hasst.

Als meine Schwestern zurückkamen, in einer heißen Julinacht im Jahr 1953, beugte ich mich gerade über den Topf, um zu sehen, ob sich schon Haut auf den Marillen bildete. Ich tauchte den Löffel hinein und konnte mir nicht verkneifen, ihn abzulecken.

»Wird dir alles verschimmeln, das Zeug, wenn du dir nicht abgewöhnst, deine Zunge hineinzuhängen.«

Rahel.

»Sie verschimmelt dir, noch ehe du den Deckel draufgeschraubt hast.«

»Ich mach das immer so.«

»Das heißt nicht, dass es gut ist. Mutter hat immer einen Zweig Lavendel hineingetan.«

»Hmmm.«

»Warum machst du's nicht?«

»Der blüht noch nicht.«

»Einen Zweig. Keine Blüte. Das Aroma ist genauso im Laub des Lavendels. Dummkopf.«

Sie klang bockig, als wäre sie wütend, dass ich alleine hier tun und lassen konnte, was ich wollte.

»Du musst die Marmelade nicht essen.«

»Du hast den Lavendel verholzen lassen. Mutter hat ihn im Frühjahr immer zurückgeschnitten auf exakt zehn Zentimeter. So fällt er später nicht auseinander. Der Lavendel ist zerzaust, wie deine schreckliche Frisur.«

Ich konnte nicht verhindern, dass mein Herz Freudensprünge machte. Rahels Stimme, so streng, wie ich sie kannte. Ich blickte durch das Küchenfenster nach draußen auf die Straße. Sie war wie leergefegt, die Straßenlaternen surrten und Eintagsfliegen kreisten darum, verbrannten sich, taumelten und starben, noch ehe sie den Boden berührten. Fahrradfahrer gerieten auf ihnen ins Straucheln, und am nächsten Morgen würde ich mit dem Besen hinausgehen und die Fliegen allesamt in den Rinnstein kehren. Das blecherne Geräusch eines Fernsehapparates und der träge Gesang des Rotkehlchens vermischten sich zu einem Strang, der sich um mein Herz schloss. Das Leben war wunderbar.

»Außerdem ist sie nicht koscher.«

Koscher. Dieses Wort, das ich nie verwendete, nach dem ich nicht lebte, das mir nichts bedeutete. Nichts. Kein Gedanke.

»Es ist Schabatt, und Marmelade, die am Schabatt zubereitet wurde, ist niemals, niemals nicht koscher.«

Kurze Stille, in der ihre Augen über die Gläser wanderten.

»Gläser, die vorher Leberwurst enthalten haben, sind nicht koscher.«

»Wie gesagt, du musst die Marmelade nicht essen«, sagte ich, ohne meinen Blick von der Straße abzuwenden. Niemand aß die Marmelade.

Wie lange hatte ich hier gewartet. Wie lange hatte ich hier gestanden. Ich konnte am Luftzug spüren, dass Judith hinter mich trat.

»Schwesterchen ... Schwesterchen ...«, hauchte sie mir ins Ohr, und da drehte ich mich um und fiel ihnen in die Arme, weinend und lachend zugleich.

In der Woche nachdem die Deutsche eingezogen war, ging ich in den Keller und holte ein Glas vom Regal. Wahllos. Das hatte ich noch nie getan. Sie zu archivieren war genug gewesen. Ich griff nach einem und sah mir nicht einmal das Etikett an. Nur so lange es unbedingt nötig war, wollte ich hier im Keller bleiben, in dem es immer ein bisschen nach der Zeit nach dem Krieg roch. Dunkel und feucht. Ich klemmte mir das Glas unter den Arm. Es war Zeit, damit anzufangen. Wer weiß, wie lange es noch dauern würde, jetzt, wo sie da war.

Ich trug die Marmelade in den Garten hinaus und stellte sie auf die Bank, die ich vor kurzem unter den Baum geschoben hatte. Es war ein Zugeständnis an meine Knochen, die den Kontakt zur Erde mittlerweile scheuten. Sie bockten und schmerzten, wenn ich so etwas Kindisches tat, wie Decken unter Marillenbäumen auszubreiten. Sie bockten sogar, wenn ich Dahlienwurzeln ausgrub oder Tulpenzwiebeln steckte. Vorsichtig setzte ich mich auf die Bank und öffnete das Glas. 1954. Unverkennbar.

Es dauerte keine zehn Minuten, da hörte ich ihre Schritte. Sie strich an der Terrassentür herum, verdrehte ihre biegsamen Gelenke, stand auf einem Bein und den Zehenspitzen. Ich lächelte und tauchte den Löffel ins Glas. Rahel hatte damals gesagt, sie könne es nicht aushalten, dass Deutschland an der Qualifikation zur Weltmeisterschaft teilnehmen durfte, und ich hatte gesagt, es sei mir egal, doch das war eine Lüge. Sollten so wenige Jahre reichen, um eine Nation der Mörder reinzuwaschen? Rahel redete unentwegt auf mich ein, während ich die Marillen in eine Schüssel mit Wasser warf, sie auseinanderbrach und dann in den Topf fallen ließ. Vielleicht etwas zu energisch. Zu entschlossen. Einige hatten Wurmlöcher, und ich beschloss, es zu ignorieren, als Zeichen dafür, dass auch die Welt grundsätzlich das Schlechte ignorierte. Ich spürte, wie Judith an meiner Schürze herumzupfte und Rahel mir heiß in den Nacken atmete. Vielleicht war es aber auch nur die Sommerluft, die Wien über den Tag zwischen den Häusern festgehalten hatte.

»Sie sind überall«, sagte Rahel. »Überall sitzen sie und fressen sich fett. Egal was sie getan haben, wo sie waren, wer sie waren. Der im Postamt, der Alte mit dem Glasauge, der hat die Juden unten in der Operngasse aussortiert. Und jetzt sortiert er die Post.«

»Was willst du tun?«

»Die alte Schlegel.«

»Die Schlegel ist tot.«

»Wenn sie nicht tot wäre, wäre sie jetzt beim Roten Kreuz. Die haben alles vergessen.«

»Was. Willst. Du. Tun.«

»Aug um Aug. Zahn um Zahn.«

Gleichmut, dachte ich böse. Jeder sollte mit Gleichmut das tun, was gerade anstand. Nicht mehr und nicht weniger.

Und ich für meinen Teil musste mich um die Früchte kümmern, die über Nacht im Regen gelegen hatten, die faulig wurden und gärten, wenn ich nicht schnell genug war. Die Terrassentür schwang auf, und der Luftzug ließ meine Schwestern wie Kolibris auseinanderflirren. Ich brauchte mich nicht umzudrehen, um zu wissen, wer es war.

»Halbzeit.« Seine Hände legten sich um meine Taille, schoben den Rock samt Schürze nach oben. »Zwei zu zwei.«

»Mir egal.«

»Kann dir nicht egal sein.«

»Ist es aber. Verschwinde.«

Es gibt nichts Blöderes als dieses Spiel und die Männer, die sich darin verlieren und dessen Sinnlosigkeit nicht bemerken. Die darüber vergessen, was war und was sein wird. Nur weil jemand einen Ball schießt und trifft. Etwas Banales löst das Schreckliche ab. Etwas Banales löscht alles aus. Alles vergeben und vergessen. Mein Zorn darauf war heiß wie die Herdplatte, die ich auf höchste Stufe gedreht hatte.

»Meine Frau ist vor dem Fernseher eingeschlafen.«

Was heiratest du eine Idiotin? Wieso brichst du mein Herz und kommst dann zurück? Jetzt drehte ich mich doch um, nur um von ihm geküsst zu werden.

»Fünfzehn Minuten, dann geht es weiter, und sie wacht auf.«

»Dann solltest du besser gleich hinübergehen.«

»Nichts da.« Er lächelte mich so schief an, wie man nur einen Kobold anlächeln kann, griff um meine Hüften herum und setzte mich mit Schwung auf den Küchentisch. Hinter seinem Rücken blubberte die Marmelade sprudelnd über den Rand des Topfes. Karamellisierte auf der Herdplatte. Was für ein Fest. Die halbe Nachbarschaft musste es bemerken. Nicht nur sie.

»Warum machst du es nicht deiner Frau.«

»Sie ist langweilig.«

»Schön langweilig.« Er verstand den Wink nicht. Das hatte er noch nie. Warum ich eine so einfältige Person liebte, war mir schleierhaft. Und doch.

»Sie riecht nicht wie du, Shapiro.«

»Sondern?«

»Nach Rosenwasser.«

»Und ich?«

»Klebrig und süß.« Er versenkte sein Gesicht in meinem Haar und atmete an meinen Hals, schob mit seinen Beinen meine Schenkel auseinander, während er den Reißverschluss seiner Hose öffnete.

»Rabbi Hishda sagte seinen Töchtern: Wenn euer Mann eure Brust in der einen und *jenen Ort* in der anderen hält, so gebt ihm erst die Brust, bis er vor Leidenschaft vergeht. Dann gebt ihm erst den *anderen Ort*«, zischte Rahel wütend in mein Ohr.

»Halt deinen verdammten Mund«, zischte ich zurück,

obwohl ich auch ihren Zorn verstehen konnte. So drastische Worte benutzte ich sonst nie. Aber ich musste zu drastischen Mitteln greifen, um sie zum Schweigen zu bringen. Ihre Stimme lenkte mich ab, befahl mir zu denken, nicht zu fühlen.

»Es ist wahr. Das Einzige, was der jüdische Glaube verdammt, ist der Ehebruch«, konterte sie atemlos.

»Und wenn die Liebenden nicht nackt sind.«

Ich streifte ihm das Hemd von den Schultern, und sein Blick grub sich in meinen. Meine Nägel schlugen sich in seine Haut. Er hatte so wunderbar feste, sonnengebräunte Haut auf den Schultern.

»Und wenn der Mann ein Goi ist.«

»Wie konnte ich nur sie nehmen und nicht dich.«

Diese Frage hatte ich mir auch oft gestellt. Er zog mich noch fester an sich, doch ich stemmte mich nun dagegen. Ich wusste nicht, ob Rahel mir die Lust verdorben hatte oder er. Meine Schwestern verzogen sich in den Garten. Rahel selbstzufrieden. Judith nur, weil sie es liebte, an heißen Sommerabenden draußen unter dem Marillenbaum zu sein und sich in den Geruch der überreifen Früchte zu hüllen.

»Du verpasst das Spiel«, sagte ich schroff und drückte ihn mit meinen bloßen Füßen weg, ignorierte seinen bettelnden Blick, seine Zahmheit, die in diesem Augenblick nicht gespielt war.

Die Marmelade brannte an. Ich konnte es riechen und beeilte mich, den Topf von der heißen Platte zu nehmen. Er sah mir zu, wie ich die kochende Flüssigkeit zischend in die Gläser füllte. Sie verbrannte mir die Unterarme, diese verdammte Marmelade. Ein Glas gab der Hitze mit dumpfem Knacken nach, und die zähe Masse ergoss sich über meine Finger. Der Boden des Topfes war schwarz verkohlt, weil ich nicht aufgepasst hatte. Ich war es so leid aufzupassen.

Sie schmeckte nach Rauch und dem verbrannten Boden des Topfes und gleichzeitig süß, diese Marmelade, sodass man nur einen Löffel nehmen wollte, und dann war es auch genug. Genug Erinnerung, genug, dass mein Herz aufgewühlt wurde und schneller schlug, als gut für mich war. Ich spürte es hart wie einen gefangenen Vogel gegen meine Brust flattern. Das war nicht immer so gewesen. Ich legte den Löffel neben mich auf die Bank. Die Holzplanken verwitterten schon, und ich dachte, dass es wohl doch schon länger her war, dass ich sie unter den Baum gestellt hatte. Ich sah hinauf in die Zweige des Baumes. Die Blüte war bald vorbei. Nur noch einzelne weiße Blättchen schimmerten zwischen den Blättern. Vielleicht waren aber auch meine Augen so schlecht. Ich kniff sie zusammen, bis das Blätterwerk zu undurchdringlichem Grün verschwamm. Das deutsche Mädchen drehte sich ein paarmal um sich selbst, als wäre es nichts Besonderes, dass sie hier in der Tür meines Hauses stand. Aber herüber zu mir kam sie nicht. Ich konnte ihre sanften Schritte auf der Treppe hören und dann, wie die Haustür hinter ihr zuschlug.

~

Das Herz eines Mädchens ist eigenwillig. Es hängt sich nicht an jeden. Deswegen war Pola klar, dass sie nie mehr von Rahel würde lassen können. Sie ließen den Nachmittag vergehen, tauchten im See, bangten, dass der Regen zu früh kommen könnte, und pusteten die Wolken fort. Erforschten ihre Gesichter. War da etwas? Gab es etwas, das sie verband? Etwas, das zeigte, dass man zusammengehörte? War es die Stimme? Dieselbe Bewegung, wenn sie sich eine Haarsträhne aus der Stirn strichen? Die Luft war heiß und feucht, so heiß, wie sie nur an Nachmittagen mitten im Hochsommer sein konnte. Es dampfte überall aus dem Schilf, und die Frösche sangen nur noch leise, schliefen im Schlamm, ließen sich am Ufer entlangtreiben. Der Biber raschelte im Gebüsch, wagte sich aber nicht heraus, und die Mädchen dösten, Seite an Seite, und ihre Finger verschränkten sich, knoteten sich, lagen zwischen ihnen, als wäre die andere das fehlende Puzzleteil, nach dem sie schon immer gesucht hatten. Pola war glücklich.

Als die Sonne hinter den Bäumen verschwand, schwamm Pola zurück. Sie umrundete die Insel, um nicht von ihrem Bruder und Götz entdeckt zu werden.

»Wir sind ein Geheimnis«, hatte sie Rahel zugeraunt.

»Warum?«

»Irgendwann sage ich es dir.«

»Ein gutes oder ein schlechtes Geheimnis?«

Sie hatte nur mit den Schultern gezuckt, und Rahel hatte sie leicht mit dem Zeigefinger an der Oberlippe berührt.

»Pssst. Ein gutes Geheimnis.«

Diese Berührung brannte jetzt immer noch auf ihrem Mund. Brannte, während sie mit kräftigen Zügen durch das dunkle, tiefe Wasser in das helle, seichte schwamm. Während die Wolken jetzt doch zurückkamen und so tief über dem See hingen, dass Pola sie fast greifen konnte.

Schon von weitem sah sie Götz am Ufer stehen und über das Wasser blicken. Er hatte die Hand wie einen Schirm über die Augen gelegt. Als sie näher kam, erkannte sie Adèl, der neben ihm auf dem Boden saß, die anderen stiegen gerade in ihre Autos und fuhren dann in Richtung Stadt davon. Staub wirbelte auf wie sandfarbene Rauchsäulen.

»Gott, Pola«, sagte Götz, als sie aus dem Wasser stieg, »wir dachten schon, du wärst ertrunken.«

Sie schüttelte ihr Haar, Adèl blickte nicht auf, er stocherte mit bloßen Füßen im Sand herum und hatte den Kopf auf die Hände gestützt. Pola konnte sehen, dass er wütend auf sie war, als ob er spüren konnte, was geschehen war. Nein, es war mehr als das. Er wusste es.

»Mein Vater hat mir erzählt, dass es in dem See Fische gibt, die über zwei Meter lang sind. Damals war ich so alt wie du, als er mir davon erzählt hat.«

Die Wasseroberfläche kräuselte sich, dort, wo Pola eben noch geschwommen war.

»Ich hab's ihm nicht geglaubt. Aber dann bin ich getaucht. Unten sind Rohre, richtig dicke Rohre, mit einem Meter Durchmesser.«

Sie ging vor Adèl in die Hocke und sah ihrem Bruder nun in die Augen, so wie sie vorher noch Rahel in die Augen gesehen hatte. Er legte den Kopf schief. Sag etwas, dachte Pola, doch ihr fiel nichts ein, was sie hätte sagen können. Alles wäre eine Lüge gewesen, und nichts hätte ihr langes Fortbleiben rechtfertigen können.

»Und da sind sie drin.«

»Glaub ich nicht.«

»Doch. Mannsgroß. Sie lauern da drin.«

»Warum sollten sie.«

»Weil sie böse sind.«

»Glaub ich nicht.«

»Das habe ich auch gesagt. Damals. Aber wenn man dort unten ist, kommen sie raus. Sie schwimmen bis auf wenige Zentimeter an einen heran. Zuerst hab ich sie unter mir gesehen, wie Schatten. Mein eigener Schatten, dachte ich zuerst ...«

»Vielleicht war's ja auch dein eigener Schatten.«

»Die Sonne stand hinten über der Stadt, aber der Schatten war genau unter mir. Ich hab's trotzdem nicht geglaubt, bin noch mal hoch und hab tief Luft geholt. So tief ich konnte. Mein Vater, der Spinner, habe ich gedacht, während ich da im Wasser war, mit den Füßen getreten hab, damit ich nicht untergehe, der will mir doch nur Angst machen.«

»Wann war das?«

»Hab ich doch schon gesagt. Ich war noch ein Junge. So jung wie du. Ich bin noch einmal untergetaucht, und da sind sie aus den Röhren rausgekommen. Ihr Maul ist so groß wie ...« Götz suchte nach Worten, aber ihm fiel kein passendes ein. »Ich hab geschrien, da unten. Hast du schon mal unter Wasser geschrien, Pola?«

Sie schüttelte den Kopf. Adèls für gewöhnlich so helle, himmelblaue Augen wirkten mit einem Mal dunkel, und Pola konnte seinen Atem auf ihrer Haut fühlen.

»Warum sind sie so groß, diese Fische«, sagte sie leise.

»Sie haben sich nicht fangen lassen. Man muss sie einfach töten, solange sie klein sind, sonst ist es zu spät. Das Problem ist, dass immer einer übrig bleibt, und der wird riesig. Die da unten haben das gelernt, dass sie aufpassen müssen. Deswegen leben sie so weit unten und kommen nie heraus.«

»Aber gefressen haben sie dich nicht.«

»Weil ich weg bin. So schnell ich konnte. Und weil ich geschrien hab.«

Ihr Bruder drehte sich von ihr weg und stand dann auf. Der Wind trieb nun einzelne Regentropfen über den See. Peitschte das Wasser und zerrte an Götz' Hemd. Adèl warf ihre Sachen ins Auto.

»Ich will nicht, dass du alleine zur Insel rüberschwimmst«, sagte Götz. Er legte ihr die Hand auf die Schulter und wartete auf Polas Antwort. Sie sagte nichts. Hob ihre Klamotten auf, als hätte sie nichts gehört.

»Man weiß nie, wann die wiederkommen. Das verstehst du doch, oder?«

Pola nickte, und Götz strich ihr über das nasse Haar.

»Und deshalb gibt es uns. Deinen Bruder Adèl. Mich. Dich. Es gibt uns, und deswegen wird alles gut.«

Jetzt lächelte er, und Pola hätte schwören können, dass genau hinter ihm einer dieser Fische durchs Wasser glitt, hinter ihm sein Maul aufriss und wieder im Dunklen verschwand.

~

Ich hatte gehört, dass die Leute, die uns gegenüber gewohnt hatten, etwa dreißig Jahre nach dem Krieg nach Wien zurückgekommen waren. Im Februar 1938 waren sie nach Amerika gegangen, zu Verwandten nach New York, die sogar ein Haus in den Hamptons hatten. Sie hatten auch zwei kleine Mädchen, Zwillinge, und ich glaube mich zu erinnern, dass wir uns auf der Straße verabschiedeten, als sie aufbrachen. Natürlich ist meine Erinnerung sehr lückenhaft, aber ich meine, dass wir uns etwas sprachlos gegenüberstanden, während der Vater, Baruch Feigenbaum, das Haus absperrte. Er drehte den Schlüssel mehrmals herum und vergewisserte sich danach, dass auch alle Fenster ordentlich verschlossen waren. Sie ließen fast alles zurück, nur ihre Koffer hielten sie in den Händen. Baruch Feigenbaum hatte das Geld nach Amerika geschafft, schon bevor alles losging. Lange davor. Er hielt nicht viel davon, Risiken einzugehen. Mein Vater bezeichnete ihn als Feigling, meine Mutter als einen Trottel.

Es hieß, dass, als die Zwillinge zurückkamen, alles so war, wie sie es zurückgelassen hatten. In der Kühltruhe lag sogar noch das Lamm, das ihre Mutter für das Pessachfest vorgesehen hatte, doch sie aßen es nicht, sondern gaben es dem Hund.

Meine Mutter hatte nicht verstehen können, dass die Feigenbaums ihr Haus, ihren Besitz, alles zurückließen, nur wegen eines Verrückten, der in ihren Augen jeden Moment fallen musste. Die Abreise der Feigenbaums sorgte bei uns für hitzige Diskussionen, während deren sich meine Eltern anschrien, obwohl sie der gleichen Meinung waren. Das war eine etwas seltsame Angewohnheit meiner Eltern, die mich lange beunruhigte, so lange, bis Mutter mir immer einen Kuss auf die Stirn drückte und sagte, dass Gott ihr – sie war Sängerin – und meinem Vater – der zwar kein Sänger war, aber Arzt und auch oft Leute anschreien musste, damit sie wieder zum Bewusstsein kamen – eben eine laute Stimme gegeben hatte, dafür könnten sie nichts, aber das, was Gott einem gegeben hat, sollte man auch nutzen. Also schrien sie sich an, während ich unter dem Tisch in der Küche kauerte. Rahel und Judith, die ja schon älter und weiser waren, zogen sich in ihre Zimmer zurück, um die Zeit mit sinnvollen Dingen zu verbringen, die Thora zu studieren oder ihre Haare zu kämmen.

Meine Mutter schrie, dass sie niemals das Haus zurücklassen könne, niemals diesen Garten, den Blick die Straße hinunter, den Fußweg zum Konzerthaus, die Donau, die lauen Abende am Wasser, den Prater mit dem sich ewig drehenden Riesenrad, ihre Erinnerungen an Tage, an denen sie barfuß die Treppen hinuntergelaufen war, um ihre Mutter auf die Wange zu küssen, den Währinger Friedhof, wo diese bestattet war und wo man an heißen Sommertagen unter den Linden sitzen konnte, nachdem man einen Stein auf dem Grab abgelegt hatte. Sie wollte die Bühne nicht verlassen, ihren Gesang, der dort unter der Kuppel hing wie die Sterne auf dem schwarzen Himmelszelt. Sie wollte keine Koffer packen. Sie wollte die nackte Frau aus Bronze nicht zurücklassen, die auf ihrem Nachttisch stand, und die graugefleckte Katze – Kezele, so nannte sie auch mich, wenn sie gut gelaunt war –, die ihr jeden Morgen eine Maus auf die Türschwelle legte.

Mein Vater schrie zurück, dass er das Krankenhaus nicht im Stich lassen könne. Wer solle die Kinder auf die Welt bringen? Die Kinder die falsch herum lagen und die nur er im Bauch herumdrehen konnte, ohne dass sie Schaden nahmen. Die Kinder mit der Nabelschnur um den Hals, die nicht atmen und nicht schreien wollten, die zu früh kamen, weil ihre Mütter nervös waren oder zu viel arbeiten mussten, zu viel schleppten oder deren Männer nicht verzichten konnten. Was sollten die tun, die gar nicht herauswollten? Die er herausschneiden musste? Deren Mütter starben? Die keine Milch hatten? Die Infektionen bekamen? Deren Füße verkrüppelt waren oder die kleinen Hände? Deren Herzen nicht richtig schlugen, die blau anliefen, sobald man sie aus den Augen ließ? Natürlich konnte Baruch Feigenbaum einfach gehen, sein Geschäft verkaufen und gehen. Aber er, er konnte die Patienten doch nicht dem Tode überschreiben, nur wegen eines Verrückten, der ohnehin bald fallen würde. Was war das für ein Gedanke?

Er brüllte so laut, dass Kezele, die sich schnurrend auf meinem Schoß zusammengerollt hatte, durch die Terrassentür entwischte, dass meine Mutter zu weinen anfing, leise und verzweifelt. Und schließlich, als er ausgebrüllt hatte, saßen sie nur stumm da, die plötzliche Stille breitete sich über mich, wie ein federleichtes Tuch, und ich schlief unter dem Tisch ein.

Daran musste ich denken, als ich die Zwillinge zurückkommen sah, erwachsene Frauen, die schweigsam im kleinen Vorgarten standen, als wäre es nichts Besonderes, hier zu stehen, zumindest sah es von außen so aus. Die Passanten, die vorübergingen, aus der Straßenbahn stiegen, mit ihren Kindern auf dem Arm, den Hunden an der Leine und den Tüten in der Hand, die mussten denken, dass es völlig normal sei, dass zwei Frauen mittleren Alters in einem Vorgarten standen und schwiegen. Oder sie dachten gar nichts, weil sie nicht hinsahen, oder aber hinsahen und die Bedeutung nicht verstanden. Sie hatten überlebt und waren zurückgekommen, um das Haus, an das sie sich nicht erinnern konnten, noch einmal zu sehen. Noch einmal die Treppen hinaufzusteigen, um es dann zu verkaufen. Sie sprachen nur noch Englisch, diese Zwillinge, und als ich mich ihnen verständlich machen wollte – ich wollte ihnen sagen, dass ich das kleine Mädchen war, das sie hatte abreisen sehen, das auf seine Stiefelspitzen gestarrt und auf der Unterlippe herumgekaut hatte –, als ich das sagen wollte, lächelten sie nur freundlich und wandten sich dann zum Gehen. Vielleicht war mein Englisch auch einfach zu schlecht. Der Hund ließ die Reste des Lamms auf dem Weg zum Haus liegen, später stritten sich ein paar Katzen darum und schleppten die Einzelteile quer über die Mariahilfer Straße.

Rahel sagte, sie hätte die beiden nie leiden können. Sie sagte, ich solle mir nichts daraus machen. Wir hätten schließlich uns, wir bräuchten niemanden, und schon gar niemanden, der uns damals im Stich gelassen hatte.

Ich war trotzdem traurig, eine Traurigkeit, die sich ans Bein klammerte wie ein lästiges kleines Kind.

Dieselbe Traurigkeit sah ich in den Augen des Mädchens. In den folgenden Tagen begegneten wir uns drei Mal im Hausflur. Sie presste sich fast an die Wand, um nicht mit mir zusammenzustoßen. Ich presste mich auch an die Wand, und so schoben wir uns auf lächerliche Art und Weise aneinander vorbei, ohne uns zu berühren oder anzusehen, mit geschätzten hundertfünfzig Zentimetern Platz zwischen unseren Körpern. Wir trafen uns in der Waschküche. Rahel wies mich immer wieder darauf hin, dass ich meinen Haushalt auf geradezu lächerliche Art altmodisch führte, aber dagegen wollte ich nichts unternehmen. Die Waschmaschine stand seit 1964 dort, und so sollte es auch bleiben. Ich fischte gerade staunend die winzigen Unterhosen des Mädchens aus der Trommel und hängte sie Stück für Stück an die Wäscheleine, die quer durch den Raum gespannt war. Einige waren so klein, dass ich zuerst dachte, meine Waschmaschine hätte einen normalen Schlüpfer in ungefähr zehn kleine Teile gerissen, und ich überlegte, welche Worte ich wählen würde, um ihr dieses Missgeschick zu erklären. Judith strich mit einem Seufzen über den seidigen feuchten Stoff. Ich wusste, dass sie es bedauerte, nie etwas derart Glamouröses besessen zu haben, und Rahel saß beleidigt auf dem Klappstuhl in der Ecke, auf dem ich für gewöhnlich meinen Wäschekorb abstellte. Irgendwann spürte ich den Blick der Deutschen im Nacken brennen, sie war so leise die Treppe hinuntergestiegen, dass selbst meine Schwestern ertappt zusammenfuhren.

Sie sagte nichts. Mir glitt ein helles seidenes Unterhemd durch die Finger, das wie ein hingeworfener Fehdehandschuh zwischen uns liegenblieb. Das Mädchen runzelte die Stirn. Wie Wolken, die sich am Abendhimmel ballen.

Ein paarmal sah ich sie unter dem Marillenbaum mit untergeschlagenen Beinen sitzen. Meine Bank ignorierte sie. Oder sie respektierte sie als meinen angestammten Platz. Wir umkreisten uns wie Katzen, die zufällig dasselbe Haus als Wohnung gewählt hatten, dabei versuchte ich, als die Ältere, Würde zu bewahren, während sie auf seltsam grazil linkische Art immer wieder meinen Weg kreuzte.

Mein Vater brachte nicht nur den Marillenbaum nach Hause. Immer wieder fand er etwas, das er in seine weißen Kitteltaschen steckte. Etwas Kleines, einen seltsam geformten Stein, die Eierschale eines Zaunkönigs, einen Stock, der aussah wie eine giftige Schlange. Er brachte auch Hitler mit nach Hause. Er fand ihn in einer Sommernacht 1938 auf der Treppe des Krankenhauses, als er schon – so wie wir alle – den Judenstern tragen musste und sich die Angst wie glitzerndes, funkelndes Lametta durch die Stadt zog.

Er schlich sich in mein Zimmer und wartete, bis ich aufwachte. Vielleicht graute schon der Morgen, vielleicht hatte er Stunde um Stunde auf meiner Bettkante gesessen, leise atmend, weil er nicht zurück ins Bett meiner Mutter wollte. Vielleicht war er aber auch selbst eingedöst, in einen unruhigen, sorgendurchtränkten Schlaf.

»Schau, was ich gefunden habe«, sagte er, als ich mich schlaftrunken aufsetzte. »Er ist vor dem Krankenhaus von einer Seite zur anderen spaziert und hat nach mir gesucht.«

Ich lächelte, als er mir das kleine Tier in die Hände setzte.

»Warum hat er dich gesucht?«

»Vielleicht hat er auch dich gesucht.« So antwortete er oft. Es war, als würde er ohne Antwort zu geben immer weitere Räume öffnen, bis man mitten in einem Labyrinth stand.

»Und warum hat er mich gesucht?«, flüsterte ich.

»Vielleicht fühlt er sich heimatlos.«

»Vielleicht ist er krank?«

Mein Vater schüttelte den Kopf.

»Er ist nicht krank.« Seine Stimme klang nun schläfrig.

Die Schildkröte reckte ihren ledrigen Hals und schob in Zeitlupentempo ein Bein vor das andere. Sie war nicht groß, ihr Panzer war hellgrün und sandfarben.

»Er wird noch da sein, wenn alles vorbei ist«, flüsterte mein Vater. »Da wird er immer noch jung sein.«

Ich rückte zur Seite, und mein Vater streifte sich die Schuhe von den Füßen und legte sich mit einem Seufzen neben mich. Er roch nach Desinfektionsmittel und warmer Haut. Nach getrocknetem Schweiß und durchwachten Nächten. Er schlief, noch ehe er seinen Kopf auf mein Kissen gelegt hatte. Mit den Fingerspitzen strich ich über den geriffelten Panzer und über den Kopf der Schildkröte. Ich stellte mir vor, dass sie alles, was uns bedrückte, auf ihrem Rücken davontrug, auf ihrem starken, unbeugsamen Rücken.

~

Nach der Sache am See vergrub Pola sich in ihrem Zimmer. Sie kam nur heraus, um zum Training zu gehen, und das tat sie auch nur, weil es das Einzige war, was ihre Mutter interessierte. Der Ballettsaal war um die Ecke. Die Sonne brannte, während sie sich die paar Straßen hinunterschleppte. Sie konnte ihrem Bruder nicht in die Augen sehen. Sie wollte nicht zu Götz. Der einzige Gedanke, der in ihrem Kopf kreiste, war der Gedanke an Rahel. Sie versuchte ihn zu verscheuchen, doch das war nicht möglich. Er hatte sich fest wie ein Schraubstock in ihr festgesetzt. Im Training war sie noch unkonzentrierter als sonst. Ekatherina Marinova, die Lehrerin, ärgerte sich darüber, kommentierte es aber nicht. Sie kannte Pola als stilles Mädchen, das zum Training kam, weil ihre Mutter es so wollte. Sie ließ keine Stunde aus, tanzte aber leidenschaftslos. Ihr Talent war mäßig und ihr Wille schwach. Sie tanzte immer noch in der dritten Klasse, obwohl sie schon viel weiter hätte sein können, und die Marinova hatte beschlossen, sie einfach mitlaufen zu lassen, solange sie nicht störte. Oder besser, solange es Pola nicht störte, dass sie mit den Jüngeren tanzen musste, die aber oft schon besser waren als sie selbst. Mehrmals hatte sie Polas Mutter darauf hingewiesen, dass es vielleicht andere Dinge gab, die Pola mehr begeistern würden, doch Polas Mutter wollte davon nichts wissen. Die Marinova hasste diese Mütter, die das Ballett dazu missbrauchten, ihre Töchter zu etwas zu machen, was sie nicht waren. Im Grunde aber hasste sie alle Mütter. Auch die Mütter der talentierten Kinder und die, die sie nur brachten, damit sie eine Stunde Zeit hatten, in der sie in ihren Autos leer vor sich hin starren oder ihre Liebhaber treffen konnten.

Der Marinova fiel an diesem Tag auf, dass Pola länger blieb als die anderen, sich an die Stange klammerte, als wäre es das letzte Greifbare, das ihr Halt gab. Sie hatte das rechte Bein auf die Stange gelegt und dehnte sich im Spagat. Die Marinova klappte den Deckel des Klaviers mit einem Knall zu, doch Pola reagierte nicht. Sie hatte ihren Blick gesenkt, und es war nur am Beben ihrer Schultern zu erkennen, dass sie Schmerzen litt.

»Ich muss den Saal abschließen.«

Sie reagierte nicht.

»Lass es gut sein.« Die Marinova stand nun genau hinter ihr. Sie konnte sie atmen hören, und als sich ihre Blicke im Spiegel begegneten, trugen Polas Augen einen Ausdruck, den die Marinova lange vergessen hatte. Sie scheuchte Pola hinaus und schloss den Saal ab.

Zur nächsten Stunde kam Pola überpünktlich, was die Marinova mit einer gewissen Missbilligung registrierte. Sie war die Erste an der Stange, und als sie in der Mitte trainierten, platzierte sich Pola auch vor dem Spiegel in der ersten Reihe. Ihr Haar hatte sie zu einem straffen, kurzen Pferdeschwanz gebunden. Die Marinova hätte sie am liebsten heimgeschickt. Sie tat es nur nicht, weil sie nicht die Berechtigung dazu hatte.

Als sie zu den Sprüngen kamen, bei denen sich Pola für gewöhnlich in der Ecke herumdrückte, bis es vorbei war, sprang sie, als ginge es um ihr Leben. Nicht, dass sie besonders gut sprang. Sie flog nicht, sie streckte die Beine nicht, es sah plump aus, geradezu vulgär, fand die Marinova. Sie seufzte und fragte sich, was dieses Mädchen noch verbrechen würde, um ihren Augen wehzutun. Als sie noch einmal springen wollte, winkte sie ab und ließ die Mädchen ihre Spitzenschuhe holen. Pola hatte ihre vergessen und saß den Rest der Stunde am Rand und kaute an ihren Fingernägeln.

Nachher drückte sie sich länger als nötig im Saal herum, und die Marinova mutmaßte, dass es weniger am Ballett lag als an der Tatsache, dass sich dieses Mädchen in einer Art innerem Umbruch befand.

Am Ende der Woche, als das nächste Gewitter den Regen gegen die Fenster des Ballettsaals schleuderte, versuchte sie zum ersten Mal einen Spagat, das Ergebnis war grauenvoll, sie war nicht in der Lage, ihre Beine zu strecken, und stützte sich verzweifelt mit den Händen ab. Blitze zuckten – und draußen wartete Rahel.

»Ich hab dich gesucht«, sagte sie.

Sie drückte sich gegen die Wand. Pola hatte sie sofort erkannt, denn bis jetzt hatte noch nie jemand auf sie gewartet. Die anderen starrten sie an, liefen an ihnen vorbei zu den Müttern, die nun in den Autos warteten, bei laufenden Motoren.

»Warum bist du nicht mehr gekommen? Zum See. So wie es ausgemacht war. Ich hab auf dich gewartet. Bei der Biberhöhle. Auf der Sandbank.«

»Ich konnte nicht.«

»Ich konnte auch nicht.«

Sie lächelten sich an, wie es nur Mädchen tun. Der Wind peitschte die Regentropfen über die Straße.

»Wir haben Ärger daheim«, sagte Rahel, und kurz sah es so aus, als wolle sie Polas Hand nehmen. Dann tat sie es doch nicht und verschränkte die Arme hinter dem Rücken.

»Weil du die Kette nicht mehr gefunden hast?«

»Nein.«

Sie gingen die Treppen hinunter, als würde es nicht regnen, nicht stürmen, und schlugen den Weg Richtung See ein.

»Etwas anderes. Für uns ist es nicht gut, Ärger zu haben.«

»Das ist für niemanden gut.«

»Heute Nacht hat jemand die Scheiben vom Schalom eingeschlagen. Sie denken, es passiert, wenn wir nicht unter uns bleiben.« Rahel machte eine Pause, und Pola dachte, dass das alles nichts mit ihnen zu tun hatte.

»Wie meinst du das?«

»Es ist besser, wenn Juden unter Juden bleiben. Meinen sie.«

»Und was denkst du?«

»Ich weiß es nicht. Ist ja auch egal. Unsere Scheiben sind schon oft eingeschlagen worden.« Sie zuckte mit den Schultern. Ein paar Straßen weiter nahm sie Polas Hand, der Regen klebte ihre Handflächen zusammen, und Polas

Herz klopfte so heftig, dass sie Sorge hatte, es könne im nächsten Moment zerspringen.

Rahel zog eine Schachtel Zigaretten heraus und bot Pola eine an, doch sie lehnte ab. Sie stoppten ein Auto, das sie ein gutes Stück bis zum See mit hinausnahm. Der Fahrer bequatschte sie und wollte Pola seine Hand aufs Knie legen. Pola gab patzige Antworten, während der Scheibenwischer über die Frontscheibe jagte. Sie hatte keine Angst, weil sie Rahels Gesicht im Rückspiegel sah. Ihre Augen waren dunkel und zornig, gleichzeitig aber belustigt, und Pola gab sich Mühe, noch patziger zu antworten, weil sie bemerkte, dass Rahel darüber lachen musste. Sie tat, als wäre sie es gewohnt, dass Männer so mit ihr umgingen, was aber nicht stimmte. Sie hatte noch nie ein Auto gestoppt, hatte noch nie so mit jemandem gesprochen und dachte darüber nach, ob Rahel es schon getan hatte.

Der Mann erzählte etwas von einem Haus am See, auf der anderen Seite des Ufers, und Pola sah, wie Rahel die Augen verdrehte. Sie sah auch, dass der Mann am Hals schwitzte und dass ihm der Schweiß in den Kragen rann. Als er sie am Schotterweg, der zum See hinunterführte, rausließ, rief er Pola nach, wie hübsch sie sei, und Pola steckte sich den Finger in den Mund, als müsste sie sich erbrechen. Dann rannten sie davon, Hand in Hand bis zum Wasser, und Pola dachte an die Fische und an Götz. Der Regen wühlte den See auf, prasselte auf die Wasseroberfläche, und der Boden dampfte. Sie riss sich die Kleider vom Leib und rannte in den See, es war, als würde sie mit jedem Schritt in ein offenes Fischmaul treten. Rahel beobachtete sie vom Ufer aus, und als sie bis zur Hüfte im Wasser stand, drehte sie sich weg und weinte.

»Ich hab dich tanzen sehen.«

»Du darfst nie wieder zusehen.«

»Warum?«

»Weil ich schlecht bin.«

»Stimmt.«

»Danke.«

»Gern geschehen.«

Sie warfen Steine in den See, und die Kreise, die daraufhin auf der Wasseroberfläche zu sehen waren, vermischten sich mit denen der Regentropfen. Der Boden dampfte.

»Ich würde gern tanzen.«

»Warum tust du's nicht?«

»Hast du schon mal eine Jüdin tanzen sehen?«

»Keine Ahnung.«

»Siehst du. Warum strengst du dich nicht an?«

»Keine Lust.«

»Weil es deine Mutter will. Stimmt's?«

Rahel stürzte sich kopfüber ins Wasser und tauchte, so weit sie konnte.

»Du musst nicht antworten. Ich weiß das«, sagte sie, als sie wieder auftauchte.

Pola schwamm langsam wieder zu ihr. Ihre Kleider lagen am Ufer, und als Pola sich umdrehte, sahen die beiden Häufchen aus wie die Haut zweier Schlangen, die sich soeben gehäutet hatten.

»Würdest du dich anstrengen, wenn ich zusehe?«

»Lass das.«

»Sag schon.«

»Nein.«

»Würdest du wohl.«

Pola tauchte ein Stück, nur um die Fische aus der Dunkelheit zu locken. Jetzt oder nie.

»Doch. Du würdest dich vor mir schämen, wenn du so schlecht bist.«

»Würde ich nicht.«

Sie schämte sich schon jetzt.

»Du würdest trainieren wie verrückt und besser sein als alle in deiner Klasse.«

Der Regen ließ nach, und sie schwammen zur Insel. Jetzt war das Wasser wärmer als die Luft draußen. In Polas Nacken kribbelte es. Sie war kurz davor, von den Fischen zu erzählen, hatte aber Angst, dass Rahel sie deswegen auslachen würde.

»Warum sollte ich mich vor dir schämen?«

»Soll ich dir den Gefallen tun?«

Sie kamen an die Stelle, an der Rahel ihren Namen verloren hatte, und Rahel suchte mit ihren Füßen festen Grund, sie standen voreinander im seichten Wasser, und Pola musste Rahels nackten Körper ansehen, den Ansatz ihrer Brüste, weit auseinander, als hätten sie die Hoffnung, die Zeit würde den Zwischenraum noch füllen. Mit den Zehen tasteten sie im Schlamm nach der Kette, und Pola dachte, Rahel hätte vergessen, über was sie gesprochen hatten.

~

Erst vor wenigen Jahren wurde der Lattenzaun am hinteren Ende meines Gartens vollständig abgerissen. Mit Wehmut verfolgte ich, wie ein junger Mann das Holz, das so morsch und nachgiebig zu sein schien wie Schweizer Käse, mit bloßen Händen herausriss. Er hatte das Haus nebenan gekauft und war wild entschlossen, alles zu verändern, was es zu verändern gab. Seine junge Frau stand mit dem Baby auf der Hüfte im Garten, während er den Zaun abriss und zu Kleinholz verarbeitete. Ich fühlte mich, als würde mir jemand die Kleider vom Leib reißen. Ich hätte ihn umbringen können, diesen Mann. Und als er zu dem Teil mit dem Astloch kam, stieß ich einen zornigen Schrei aus und entriss ihm das Brett. Wir starrten uns wortlos an, während ich mir das Brett unter den Arm klemmte. Ja, alte Menschen sind eigen, unzurechnungsfähig und eingefahren. Das mag an ihren Erfahrungen liegen und an ihren Erinnerungen. Meine Erinnerung brodelte in Form eines Astloches in meiner Brust. Es war ein hart umkämpftes Astloch, durch das man klar und ungetrübt in die Vergangenheit sehen konnte. Ich jedenfalls sah Samuel Lewinski und Franz Schlegel, wie sie sich verbissen hinter dem Lattenzaun prügelten. Ich sah mich, hoch oben auf dem

Garagendach, mit baumelnden, sonnenverbrannten Beinen, das Koboldhaar aufgeplustert. Ich sah meine Schwestern, die auf der anderen Seite Limonade tranken, nicht einfach so, sondern als wäre es Champagner, etwas prickelnd Süßes, das über ihre schmalen Handgelenke rann.

»Es ist mein Garten!«, stieß Franz Schlegel hervor, während Samuel Lewinski ihn mit beiden Händen in den Dreck drückte, bis er Gras und Steine spuckte.

»Aber ich bin stärker.« Die Antwort kam gelassen.

»Ich bin älter.« Franz' Mund war dreckverschmiert, er blutete an der Lippe.

Meine Schwestern taten so, als würden sie davon nichts mitbekommen. Sie unterhielten sich über Frisuren, das neuste Engagement meiner Mutter und das kommende Wochenende, das sie bei einer entfernten Tante in Bad Vöslau verbringen wollten. Es war unwahrscheinlich, dass sie das Gerangel nicht bemerkten, aber es war unter ihrer Würde, auch nur einen Blick über die Schulter zu werfen.

»Verschwinde aus meinem Garten!«, würgte Franz.

Ich legte den Kopf schief. Frau Schlegel wischte oben im ersten Stock Staub. Meine Mutter sagte, daran könne man die komplette Persönlichkeit eines Menschen erkennen. An ihrer Bereitschaft, Staub zu wischen. Meine Mutter hatte dazu keinerlei Bereitschaft. Lieber ging sie müßig im Haus umher, streichelte Kezele oder mich, wenn Kezele auf den Dächern unterwegs war. Oder sie saß vor dem großen Spiegel und machte sich für den Abend zurecht. Frau Schlegel aber war eine bodenständige, tüchtige Person. Sie hatte fünf Söhne, der älteste war Franz.

Sie sang nie, kochte dafür Schweinebraten und Palatschinken, und manchmal steckte sie mir etwas davon zu, wahrscheinlich, weil sie dachte, auch Kobolde sollten etwas Anständiges zu essen bekommen. Meine Mutter wäre auf der Stelle tot umgefallen, wenn sie davon erfahren hätte, dass ich Frau Schlegels unkoscheres Zeug auch nur angerührt hatte, und einmal ohrfeigte mich Rahel, als sie mich mit einem Schweinswürstel hinter der Garage erwischte. Aber sie hielt den Mund.

»Wir verpassen das Beste, du Blödmann, wenn du dich nicht einkriegst.« Samuel Lewinski hatte sein kräftiges Knie in Franz' Rücken gebohrt. Ich hatte gehört, dass er seit neuestem zu den Ringern ging. Das merkte man seiner Kampftechnik an.

»Verschwinde aus meinem Garten, Arschloch!«

Sie rangen heftig miteinander und so inbrünstig, dass ich erwog einzugreifen.

»Soll ich euch behilflich sein?«, rief ich freundlich vom Dach hinunter, und die beiden Jungen hielten für einen Moment inne. Franz spuckte wieder Dreck, und Samuel setzte sich nun rittlings auf Franz' Brust. Ich kann nicht leugnen, dass ich diesen Moment genoss. Für gewöhnlich hatte Franz an mir das gleiche Interesse wie an Schmeißfliegen oder Kartoffelkäfern. Er beachtete mich nicht oder jagte mich fort, wenn er die Gelegenheit dazu hatte. Die anderen Schlegel-Brüder waren nicht besser. Sie waren ungehobelt und frech. Sie alle waren blond und hassten mich wegen meines schwarzen Haars und meiner großen Nase. Sie warfen Pflaumen nach mir oder schossen Kieselsteine mit ihren Zwisteln. Aber es traf mich nie so sehr wie bei Franz.

Ich genoss den Moment überraschten Schweigens, dann rutschte ich vom Dach hinunter, bis ich mit den Füßen Halt auf dem Lattenzaun fand. Ich weiß noch, dass ich ein Kleid meiner Mutter trug, ein schwanenweißes Abendkleid, das sie ausgemustert hatte und das ich seitdem nur auszog, wenn ich damit in den Dreck gefallen war und es unbedingt waschen musste. Ich hatte es um gut fünfzig Zentimeter gekürzt und in der Mitte mit einem schmalen Ledergürtel zusammengerafft. Ich trug einen Hut meines Vaters, wegen der Sonne, versteht sich, und Judiths cremefarbene Handschuhe, die sie mir manchmal auslieh und die mir bis über meine Ellenbogen reichten. Ich fühlte mich großartig.

Wie eine Seiltänzerin schwebte ich über den Zaun. Ich musste weder auf meine Füße sehen noch die Hände zur Seite strecken. Nie wieder würde mir ein Auftritt so gelingen wie dieser. Ich verschwand mit einem eleganten, aber auch gewagten Sprung auf unserer Seite des Zaunes, nicht ohne zu wissen, welche Wirkung mein Abgang haben würde. Das flatternde Kleid, das sich um meine Beine bauschte, ein kurzes Lächeln über die Schulter. Und hepp!

Dann stellte ich mich mit dem Rücken vor das Loch. Auf der anderen Seite herrschte nun Stille, und selbst meine Schwestern unterbrachen kurz ihr Gespräch, um anerkennend zu mir herüberzusehen. Ich spürte einen Finger im Rücken. Er bohrte sich genau zwischen meine Schulterblätter.

»Was soll das, Shapiro?«

Ich antwortete nicht, sondern drückte nur meinen Rücken genüsslich gegen den Finger. Ich blieb den ganzen Nachmittag dort stehen und lauschte, wie die beiden Jungen auf der anderen Seite debattierten und sich schließlich gegen mich verbündeten. Meine Schwestern schliefen im Gras. Hitler spazierte von der einen Seite des Gartens zur anderen und setzte sich schließlich zu meinen Füßen ins hohe Gras. Ich hatte das Gefühl, dass er mich mochte, obwohl man das seinem Gesicht nicht ablesen konnte. Sein Blick war immer etwas melancholisch und nachdenklich, aber oft, wenn ich ihn auf der Hand hielt, blinzelte er mir mit seinen goldenen Augen zu, als wolle er mir etwas sagen. Was, das bekam ich nie heraus, aber es schien, als würde er mir hinterhertrotten, in seinem gemächlichen Tempo, und oft schlief er neben mir, wenn ich im Garten auf dem Rücken lag und in den hohen blauen Himmel über Wien starrte. Ich blieb, bis meine Schwestern ihre Sachen zusammenrafften, weil es kühl wurde, sie zurück ins Haus gingen und Franz die letzten Schimpfworte gegen mich ausstieß, bevor er mit Samuel in neu gewonnener Eintracht verschwand.

Ich liebte Franz, und Franz liebte meine Schwester Rahel. So war das.

Ich legte das Brett mit dem Astloch auf mein Nachtschränkchen. Es ärgerte mich, dass der Zaun nicht auf meiner Hälfte des Grundstücks stand und dass der Nachbar dort, wo einst ein Denkmal der Poesie, der Jugend und der ersten Liebe gestanden hatte, einen Gabionenzaun errichtete. Aber bei vielen Dingen ist man machtlos.

Ich hatte dem Mädchen ein Glas Marmelade vor die Wohnungstür gestellt. Vormittags, als sie noch schlief. Ich kann nicht sagen, was mich dazu bewogen hatte. Vielleicht war es Bosheit, vielleicht Langeweile, vielleicht die Hoffnung, etwas in den dunklen Tunnel ihrer Pupillen zu erhaschen.

Ich war in den Keller hinuntergestiegen und hatte lange vor dem Regal gestanden. Ich konnte mich nicht entscheiden zwischen einem Glas aus dem Jahr 1963 und einem aus dem Jahr 1950. Ich spürte, wie ich Kopfschmerzen bekam, einen kleinen, bösartigen Schmerz hinter meinen Augenbrauen. Vielleicht lag es auch an Vaters Medikamentenschrank, der immer noch hier unten stand. Er hatte den Schlüssel immer an einem Haken über der Kellertür hängen, vielleicht glaubte er, wir Mädchen würden nie die Größe erreichen, um hinaufgelangen zu können. Wenn ich ehrlich bin, habe ich ihn auch nur wenige Male geöffnet. Und das letzte Mal ist viele, viele Jahre her.

Die Kälte der Wände drang in meine Knochen, und ich musste daran denken, wie ich die ersten Tage nach dem vierundzwanzigsten Februar 1945 hier unten verbracht und schließlich selbst Kezele das Weite gesucht hatte. Sie verschwand im Irrenhaus, das Wien zu dieser Zeit war und kam nie wieder zurück. Vielleicht war sie tot. Vielleicht hatte sie sich nach einem besseren und wärmeren Zuhause umgesehen. Mir wäre es lieber gewesen, wenn sie tot gewesen wäre, besser als der Verrat, mich einfach im Stich zu lassen, hier, im Keller eines so leeren Hauses.

Schließlich nahm ich das Glas aus dem Jahr 1950 und trug es die Treppen hinauf. Ich schraubte den Deckel ab und steckte einen zierlichen Löffel hinein. Was tut ein Mädchen, das sich nicht an seinen Geburtstag erinnern kann? Was tut ein Mädchen, das sich selbst Kobold nennt, das Jüdin ist und überlebt hat? Was tut eine Elisabetta Shapiro in einer Stadt, von der sie gehasst wird und die sie selbst auch hasst, weil sie alles verschlungen hat, was ihr lieb war? Selbst ein kleines graues Kätzchen. Was tut ein Mädchen, dem nur Hitler geblieben war, auf jede erdenkliche Weise?

Ich hatte Arbeit gefunden in Kunerts Strumpffabrik. Ich verrichtete Botengänge und putzte die Toiletten. Sie waren die Einzigen gewesen, die einen jüdischen Kobold haben wollten. Allerdings musste ich mein Haar unter einer Haube verstecken. Koboldhaar hätte selbst Kunerts Strumpffabrik zu viel an Toleranz abverlangt. Mein wahres Alter hatte ich ihnen verschwiegen, denn 1945 war ich erst elf, hätte aber genauso gut einundzwanzig sein können. Es ist seltsam, dass man das Alter von Kobolden so schwer schätzen kann. Sie sind klein und dünn, aber stark, und ihre Augen könnten die Augen von Neugeborenen sein, wirken aber zugleich uralt und weise. Weise war ich nie.

Ich hatte mir Rahels Rouge auf die Wangenknochen getupft und trug eines von Judiths Kleidern. Eigentlich ging ich nur hin, weil mich Frau Schlegel schickte. Sie war es leid, mir etwas zuzustecken, und gab mir unmissverständlich zu verstehen, dass ich lernen müsste, für mich selbst zu sorgen. Ich ging hin, nachdem sie mir die Tür vor der

Nase zugeschlagen hatte. Der Mann, der mich einstellte, sah mich kaum an. Er fragte mich nach meinem Geburtsdatum, und ich erfand eines. Er fragte mich nicht nach meiner Herkunft, als ob es ihm peinlich wäre. Ein paar Jahre später, als ich älter war, wirklich sechzehn oder siebzehn, da hätte ich ihn wohl angeschrien.

Jawohl, ich bin Jüdin, hätte ich geschrien, glotz nicht so, ich bin eine von denen, die überlebt haben, eine, die du noch vor wenigen Wochen unten am Markt zusammengetrieben hättest, so eine bin ich, und deswegen glotz nicht so mitleidig.

Aber an dem Tag konnte ich nicht schreien. Ich knetete meine Hände und starrte auf das helle Quadrat an der Wand über seinem Kopf, den Platz, an dem jahrelang ein Bild gehangen hatte, das nun weg war. Und er starrte auf den Judenstern auf meiner Jacke, den ich nicht abgetrennt hatte, weil es mir egal war, dass die Leute sich abwandten aus Scham und Unbehagen.

»Und Sie haben schon in einer Fabrik gearbeitet?«

»Nein.«

»Und wieso denken Sie, dass ich ausgerechnet Sie einstellen werde?«

Schweigen. Er blickte nach draußen über den gepflasterten leeren Hof, über den die Spatzen hüpften auf der Suche nach Brotkrümeln, und beantwortete sich seine Frage wahrscheinlich selbst.

»Weil kein anderer da ist«, sagte ich nach einer Weile trotzdem, und er seufzte.

Im Jahr 1950 arbeitete ich das vierte Jahr in der Fabrik.

Ich war sechzehn Jahre alt und lebte alleine in einem riesigen Haus, von dem sich selbst die streunenden Katzen fernhielten. Ich unterhielt mich mit einer Schildkröte, die ich Hitler rief, und wenn ich Zeit hatte, nagelte ich Latten an den Zaun, damit ich nicht in den Nachbarsgarten hinübersehen musste, in dem eine Frau Schlegel ihren Söhnen am Sonntag Schweinebraten mit Knödeln auf der Wiese servierte. Abends legte ich mich in das Bett meiner Schwestern und drückte meinen Kopf in ihre Kissen, aber es war nichts mehr da. Es roch nicht nach den Nächten, die sie hier verbracht hatten, jung und voller neuer, verheißungsvoller Eindrücke. Es roch nur noch nach dem Leinenstoff und dem Staub, der sich auf den Bodenbrettern sammelte.

Die Marmelade mit der Aufschrift Juni 1950 war bräunlich dunkel, ich steckte den Löffel hinein und roch daran, sie roch etwas nach Karamell und gleichzeitig bitter. Ich knallte der Deutschen das Glas vor die Tür und stapfte dann die Treppen hinunter. Mitten in der Nacht wachte ich von einem Klirren auf, als wäre eine Fensterscheibe zersprungen. Und als ich am nächsten Morgen aus meinem Fenster blickte, sah ich einen riesigen marillenfarbenen Fleck auf der Wand des Hauses gegenüber, dem Schlegel-Haus hinter der Gabionenmauer. Der Fleck verteilte sich über die gesamte Front. Niemals wäre ich auf die Idee gekommen, dass sich so viel Marmelade in einem einzigen Glas befinden könnte. Im Nachthemd lief ich hinaus in den Garten. Meine Beine zitterten. Was nichts Neues war. Oft dachte ich, sie würden im nächsten Moment unter meinem Körper wegknicken, einfach so, wie alte, dürre

Zweige. Bis jetzt war es dazu noch nicht gekommen. An der Mauer hing ein Zettel.

Einsam, bitter, leer, stand darauf.

Was kann ich von Pola erzählen? Was von Rahel? Rahel, Tochter einer jüdischen Köchin. Rahel, deren Haar man zu zwei dicken Zöpfen flechten konnte, die ihr dann bis über die Taille hingen. Rahel, die mit ihrer rauen Stimme Pola jüdische Wiegenlieder vorsang und diese Wiegenlieder liebte, als wären sie der Schlüssel zu einer anderen Welt. Rahel, deren Atem nach Honig roch. Rahel, die ab dem Tag mit dem Regen und den Fischmäulern am Fenster des Ballettsaals auf Pola wartete. Nie hat es eine treuere Seele gegeben. Nie ein treueres Mädchen.

Pola konnte ihren Schatten erahnen, und dieser Schatten kitzelte sie im Nacken und ließ sie auf die Stimme der Marinova hören. Zum ersten Mal verstand sie, was die Marinova sagte. Zum ersten Mal prägte sie sich ein, was die Marinova ihr beibringen wollte. Tanzen bedeutete, über der Erde zu schweben. Dass ein Körper leicht werden konnte wie eine Handvoll Flaumfedern, biegsam wie eine Weidenrute und schnell wie der Flug des Falken.

Unter Rahels Blicken dehnte sie sich an der Stange, länger als alle anderen, und die Marinova wunderte sich.

Vielleicht hat sie ja doch Talent, dieses Mädchen, dachte

sie, vielleicht steckt mehr hinter dieser gewölbten Stirn, als es auf den ersten Blick scheint.

Am Ende der Woche sprach sie mit Polas Mutter. Pola hatte sich davongemacht, als würde sie das alles nichts angehen. Davongeschlendert war sie, hatte sich nicht die Mühe gemacht, sich umzuziehen, ihre Spitzenschuhe trug sie in der Hand, wie eine Beute, die sie gerade eben erst erlegt hatte.

Polas Mutter sah erschöpft aus, sie kam aus dem Krankenhaus, hatte die Nacht durchgearbeitet und den halben Tag, und sie sagte, es wäre in Ordnung, wenn Pola abbrechen würde.

Darum ginge es nicht, sagte die Marinova, sie würde sich nur fragen, was mit Pola los sei, was diese Veränderung bewirke.

Polas Mutter zuckte mit den Schultern. Ihr war natürlich keine Veränderung aufgefallen. Die Marinova schob ein Paar alte, ausgediente Spitzenschuhe auf dem Tisch vor sich hin und her. Sie liebte es, wie sich der glatte Stoff unter ihren Fingern anfühlte. Sie fragte sich, was in Pola vorging, und sie fragte sich vor allem auch, was mit den Müttern los war. Sie wussten so wenig über ihre Töchter, dass selbst eine alte Ballettlehrerin sich wunderte, sie aber nicht.

»Nun gut. Wir müssen uns wohl darüber freuen«, sagte sie schließlich.

Aber sie freute sich nicht, denn tief in ihr regte sich ein seltsames Gefühl. Seltsam und rastlos.

Pola lief die Straße hinunter, und der Wind trocknete den Schweiß zwischen ihren Schulterblättern, in ihrem Nacken, in ihrem Haar. Sie wusste, dass Rahel hier irgendwo auf sie wartete. Diesmal saß sie auf der Friedhofsmauer hinter der alten Kirche.

»Deine Pirouetten en dedans waren heute ziemlich gut«, sagte sie und ließ sich auf die andere Seite der Mauer gleiten.

Pola beeilte sich, ihr nachzukommen. Sie warf ihre Schuhe über die Mauer und zog sich mit Händen hoch, suchte mit den bloßen Füßen an den rauen Steinen Halt. Hinter der Mauer lag Rahel in einem kleinen Stück Wiese mit Mohnblumen darin auf dem Rücken. Der Verkehr der Leopoldstraße brandete in der Ferne. Sie hatte ihr T-Shirt ausgezogen, zu einem Ball geformt und warf es nun Pola an die Brust.

»Dafür ist dein Spagat noch … keine Ahnung. Schlechter als schlecht.«

»Dafür kann ich nichts.«

»Klar kannst du. Du musst mehr üben.«

»Üb doch selbst.«

»Bist du böse mit mir?«

Pola konnte mit Rahel nicht böse sein. Es war vollkommen unmöglich. Undenkbar. Absurd. Sie schüttelte den Kopf und begann damit, auf der Friedhofsmauer zu balancieren. Rahel sah ihr zu. Der Verkehr war wie ein fernes, verblichenes Rauschen, dafür zirpten die Grillen umso lauter, wie im Süden. Irgendwo in Neapel oder Palermo. Pola versuchte einen kleinen Sprung, sie federte in den Knien, und Rahel lachte. Noch ein Sprung und noch einer, Changement des Pieds, hörte sie die Stimme der Marinova und setzte die Füße so genau, wie sie nur konnte. Ihre Unterschenkel ließen sie in die Luft schnellen, und sie wunderte sich über die Kraft, die sich in ihren Beinen ballte.

Wenn ich runterfalle, bin ich tot, dachte sie, was natürlich Unsinn war. Aber wer wusste das schon.

»Warum bist du so versessen aufs Tanzen?«, wollte Pola wissen.

Rahel breitete ihre Arme aus.

»Weil es so schön ist.«

»Schön?«

»Unglaublich schön. Reine Poesie.«

Die Worte klangen seltsam, wenn sie so aus Rahels Mund kamen, und jetzt musste Pola lachen. Sie drehte mehrere Pirouetten dabei, schnell, sodass die Kirche verwischte und die Gräber und all das. Die Mohnblumen waren nur noch rote, samtige Flecke. Sie sprang ab und landete neben Rahel, die sich unter ihr wegduckte. Nie war sie so leicht gewesen.

»Schön, was?«

»Ja, schön. Und weißt du, was am allerschönsten ist?«

»Nein.«

»Ach was. Am allerallerallerschönsten?«

Pola liebte es, wenn Rahel mit den Worten spielte, mit ihrer rauen, brüchigen Stimme, wie sie ihre Stirn dabei runzelte, als müsste sie über jedes Wort nachdenken, genau nachdenken, nicht nur so ein bisschen. Es herauskramen und betrachten. Von allen Seiten, ob es auch das richtige

Wort war für diesen Zweck. Das konnte manchmal Minuten dauern. Eine Zeit, die Pola geduldig wartete und dabei in Rahels Gesicht forschte. Nach ihrer Zukunft, ihrer Vergangenheit, ihren Gedanken, den Wünschen und Hoffnungen.

Sie legte sich neben Rahel in den Mohn und stützte sich mit einem Arm auf. Rahel drehte sich zu ihr.

»Das ist jetzt wichtig«, sagte sie.

Dunkle Augen mit goldenen Sprenkeln, der Zopf, der sich um ihren Hals schlang, Polas klopfendes Herz und die Grillen, so eindringlich. So unnachgiebig.

»Du musst es dir einprägen. Nicht nur hier.« Sie legte ihren Zeigefinger auf Polas Stirn. »Sondern auch hier.«

Rahels Finger glitt über ihre Nase, die Lippen, bis zu Polas Brust.

Pola wusste nicht, wie man sich hier etwas einprägen konnte, aber sie nickte, und Rahel nahm ihre Hand weg.

»Am allerallerallerschönsten ist es, wenn du tanzt.«

Den Rest des Nachmittags verbrachten sie in den Mohnblumen. Sie legten ihre Köpfe aneinander und hörten den Grillen zu. Rahel fand, sie erzählten von den staubigen Ebenen vor Konstantinopel. Pola sagte, sie sprächen von Sizilien, vom trockenen Gras, das hinter den Felsen am Meer wächst, so rau, dass es nur die klapperdürren Ziegen fressen können, die mit bronzefarbenen Glocken um ihre sehnigen Hälse über die Weiten ziehen.

Rahel fragte sie, ob sie jemals in Sizilien gewesen sei, und Pola sagte, nein. Nie.

Es überraschte mich ein wenig, als der Nachbar, der ins Schlegel-Haus gezogen war, an meiner Tür klingelte. Ich konnte ihn durch das geriffelte Glas der Haustür sehen, groß und dünn wie ein Dämon. Kurz überlegte ich, ob ich einfach nicht öffnen sollte, hatte aber das Gefühl, dass er mich genauso sehen konnte wie ich ihn. Also öffnete ich die Tür einen Spalt, und er setzte sofort seinen Fuß dazwischen, als hätte er das Recht dazu, nicht nur das Schlegel-Haus abzureißen, sondern auch meines. Er hatte ein Eimerchen mit Scherben dabei, zwischen denen man noch genau das Etikett mit der Jahreszahl 1950 erkennen konnte. Ich hatte damals darauf verzichtet, »Marille« hinzuzufügen, denn ich kochte ausschließlich Marillenmarmelade ein.

»Was hat das zu bedeuten?« Der Mann machte ein strenges Gesicht.

Ich konnte Männer mit strengen Gesichtern noch nie leiden. Oft denken sie, es wäre angebracht, Frauen genau so anzusehen. Aber das ist es nicht. Es ist vollkommen überflüssig. Unnötig und lächerlich.

»Was ist das?«, fügte er hinzu, als ich nicht antwortete, weil ich noch über sein Gesicht nachdachte.

»Ein Glas Marillenmarmelade aus dem Jahr 1950.«

»Und was tut es an meiner Wand?«

Ich zuckte mit den Schultern.

»Frau Shapiro, ich bin mir sicher, dass Sie das waren.«

»Das ist eine Unterstellung.«

»Ist es nicht. Seit wir mit unseren Umbaumaßnahmen begonnen haben, stellen Sie unverhohlen Ihre Feindseligkeit zur Schau.«

Es war ein unerfreuliches Gespräch. Und er hatte recht. Wenn die Deutsche das Glas nicht geworfen hätte, so hätte ich es wohl selbst getan.

»Sie werden für den Schaden aufkommen müssen, das Haus war frisch gestrichen.«

Ich spähte über seine Schulter. Das Mädchen kam gerade nach Hause. Sie machte einen entspannten Eindruck, so entspannt hatte ich sie noch nie gesehen. In der linken Hand trug sie eine Sporttasche, mit der Rechten strich sie über den Flieder, der gerade die ersten violetten Blüten bekam.

»Gibt es ein Problem?« Sie blieb zwischen mir und ihm stehen und heftete ihre schwarzen Pupillen auf sein Gesicht.

»Allerdings. Ihre Großmutter hat heute Nacht ein Glas Marmelade an meine Hauswand geworfen.«

»Können Sie das beweisen?«

Er hielt ihr wortlos den Eimer hin, und ich hätte schwören können, dass ein kurzes Lächeln über ihr Gesicht flog.

»Vergessen Sie's«, sagte sie. »Das ist kein Beweis.«

Einen Moment lang starrten sie sich schweigend an.

»Sonst noch was?«

Selbst ich schnappte nach Luft, als sie die Tür dann vehement vor der Nase des Mannes zuschlug. Sie würdigte mich keines Blickes und lief leichtfüßig die sonnenbeschienenen Treppen zum oberen Stockwerk hinauf. Ihr blondes, kinnlanges Haar leuchtete, und sie selbst schien zwischen den wirbelnden hellen Staubkörnchen zu schweben.

»Ich bin nicht ihre Großmutter«, sagte ich zu der geschlossenen Tür. Ich hörte, wie der Mann die Scherben wütend auf meinen Fußabstreifer kippte und irgendetwas antwortete, das ich nicht verstehen konnte.

Unser Leben nahm die erste entscheidende Wendung, als Hugo Botstiber das Wiener Konzerthaus verließ. Überraschend kam das nicht, und doch traf es meine Mutter mit einer Wucht, die ihr den Boden unter den Füßen wegriss. Sie traf Hugo Botstiber noch einmal im Café Central unter dem hohen gotischen Gewölbe, wo er ihr nahelegte, Wien baldmöglichst zu verlassen. Sie setzten sich in eine abgeschiedene Ecke. Der rote Samt fühlte sich weich unter den Händen meiner Mutter an. Sie fror, denn es war Januar, ein kalter, grauer Januartag, der die Menschen in Lokale scheuchte und denen, die kein Geld, keine Zeit oder andere Verpflichtungen hatten und draußen bleiben mussten, unerbittlich kalt in den Nacken atmete. Januar 1938. Sie tranken eine Melange, und Botstiber machte den unerschütterlichen Eindruck, den er immer an den Tag legte, wenn er mit meiner Mutter sprach. Er tat so, als wäre es sein Entschluss gewesen zu kündigen, doch das entsprach nicht der Wahrheit.

»Ich bin alt«, sagte er.

»Das ist nicht wahr. Was soll das Konzerthaus ohne Sie anfangen.«

»Ich bin seit fünfundzwanzig Jahren Generalsekretär des Konzerthauses. Ich habe Höhen und Tiefen miterlebt. Untergehen wird es nicht. Es wird sich anders entwickeln. Vielleicht besser. Vielleicht schlechter.« Sein Tonfall ließ keinen Zweifel, welcher Variante er mehr Glauben schenkte.

Die Bedienung, eine junge Frau, mit der meine Mutter immer gerne ein wenig geplaudert hatte, stellte die Melange ab und verschwand eilig wieder. Meine Mutter beugte sich über den Tisch, sodass nur mehr wenige Zentimeter zwischen ihr und Botstiber waren.

»Ist es wahr …?«

»Ja, es ist wahr. Sie haben mich wegarisiert.« Er lächelte leicht und sprach dieses Wort aus, als würde er es mit spitzen Fingern aus einem Haufen Dreck picken. Meine Mutter glaubte für einen Moment »wegrasiert« gehört zu haben.

»Wenn ich Ihnen einen Rat geben darf: Warten Sie nicht zu lange. Wien ist im Umschwung. Überall stehen die Leute auf der Straße. Wenn ich Ihnen noch heute kündigen könnte, dann würde ich es tun.«

»Sie haben mich immer unterstützt.«

»Ich liebe Sie. Genau deswegen würde ich Sie fortschicken.«

Meine Mutter rührte in der schwarzen Flüssigkeit und schwieg.

»Wir hätten Joseph Roth schon vor Jahren Glauben schenken sollen.«

»Machen Sie sich keine Illusionen. Die Hölle regiert.«

»Wohl wahr.« Botstiber nippte an seiner Tasse und behielt sie dann in den Händen, als müsste er sich an ihr wärmen.

Meine Mutter hätte gerne ihre Stirn auf die dunkle Tischplatte gelegt, schläfrig, müde, wartend, hätte weiter diese verrauchte Luft geatmet, in der ein Hauch von Botstibers Rasierwasser hing, hätte einschlafend dem Stimmengewirr, dem Klappern von Tassen und dem Zischen neu aufgebrühten Kaffees gelauscht, wissend, dass dies alles nur ein böser, flüchtiger Traum war. Doch Hugo Botstibers Blick hielt den ihren fest.

»Wissen Sie noch, als wir uns das erste Mal trafen?«, fragte Botstiber, und meine Mutter nickte. »Sie kamen ins Konzerthaus zu einem Vorsingen. 1929. Im Mai.«

»Sie hörten mich singen und kamen herein. Ein Junge begleitete mich auf dem Flügel. Immer wieder griff er falsch und entschuldigte sich ständig dafür.« Sie musste lachen, als sie daran dachte. »Dann kamen Sie in den Saal. Sie brachten den Jungen völlig aus dem Konzept, und ich vergaß den Liedtext und musste abbrechen.«

»Wissen Sie, warum ich die Tür des Saals geöffnet habe?«

»Sie hatten sich in der Tür geirrt?«

Hugo Botstiber schüttelte den Kopf.

»Ich dachte mir, diese Frau singt wie ein Engel. Nein, ihr Gesang ist nicht von dieser Welt, nicht aus dieser Zeit, nicht von diesem Ort. Dieses jüdische Mädchen singt, als käme es von den Sternen herab.«

»Danke.«

»Das ist die Wahrheit.«

»Was soll ich tun«, flüsterte meine Mutter.

»Sie werden Sie nicht mehr singen lassen. Sie sind dabei, alles zu zerstören, was schön und gut und wahr ist.«

»Ich weiß.«

Die Tür des Kaffeehauses schwang auf, und ein kalter Windhauch ließ meine Mutter frösteln, als würde das Grau dieses Januartages nach ihrem Körper greifen.

»Ich werde in die Staaten gehen«, sagte Botstiber leise, und meine Mutter sah von ihrer Tasse auf, als könne sie es nicht glauben. Obwohl es so logisch war. Jeder, der gehen konnte, ging. Jeder.

»Kommen Sie mit mir.«

Eine ganze Weile saßen sie einander schweigend gegenüber. Meine Mutter schluckte und schluckte an dem Kloß in ihrem Hals, der sie weder sprechen noch singen, noch weinen ließ. Um sie herum drehte sich die Welt. Kaffee wurde ausgeschenkt, Zeitungen raschelten, Männer küssten ihre Frauen auf die Stirn, Frauen tuschelten hinter vorgehaltener, behandschuhter Hand, und Hitler marschierte in Österreich ein. Die warmen Lampen mit dem gelben Licht flackerten zwischen den Bögen unter der hohen Decke.

Hugo Botstiber stand auf. Im Vorbeigehen legte er kurz seine Hand auf die Schulter meiner Mutter, und sie neigte ihren Kopf, bis ihre Wange diese berührte. Dann nahm er seinen Mantel und ging.

Woher ich das weiß? Ich weiß es nicht. Tatsache ist, meine Mutter verließ das Konzerthaus. Sie weinte nachts, wenn wir schliefen, und manchmal, wenn ich frühmorgens, wenn der Himmel langsam grau wurde, zu ihr ins Bett kroch, spürte ich ihre Tränen unter meinen kleinen Händen trocknen. Sie sang nicht mehr, und wenn sie es doch tat, was selten vorkam, sang sie wilde, zornige Lieder, die wie Schreie in unseren Ohren gellten. Sie sang nicht mehr, als wäre sie von den Sternen herabgekommen, sie sang, als würde sie die Welt damit endlich zum Anhalten zwingen wollen.

Ich träumte, meine Mutter wäre zurückgekommen. Ein grausamer, sehnsüchtiger Traum. Sie war bis auf die Knochen abgemagert, bleich, ihre Haut an den Handgelenken war aufgescheuert und blutete, und in ihren Augen lag ein fiebriges Glühen. Die Art von Verzweiflung, die einen große Schmerzen und Anstrengungen überleben lässt. Ich wachte mit einem Schrei auf und fand mich zwischen Nacht und Morgendämmerung wieder. Das deutsche Mädchen saß an meinem Bett, sie hatte mich am Arm berührt und zog nun schnell ihre Hand zurück.

»Warum schreien Sie?«, wollte sie wissen.

In ihren Augen lag der gleiche Ausdruck wie in denen meiner Mutter, verzehrend und rastlos. Ihre magere Brust hob und senkte sich viel zu schnell unter ihrem Hemd.

»Ich kann nicht schlafen«, flüsterte sie. »Es ist so dunkel da oben.«

Ich setzte mich im Bett auf und strich ihr das Haar aus dem Gesicht.

»Schhhht«, sagte ich.

»Warum schreien Sie?«, fragte sie wieder, wollte aber keine Antwort hören. »Etwas scharrt und kratzt auf den Bodendielen und lässt mich nicht schlafen.«

Nun, das kann vieles sein, dachte ich. Rahel, die vor lauter Zorn durchs Zimmer fegt, oder Judith. Sie schlief oft dort vor dem Bett ein, mit Kezele in den Kniekehlen. Natürlich konnte es auch Kezele selbst sein, das untreue Biest, oder dein Gewissen, das an deine Stirn klopft. Der Wind, der die Zweige des Marillenbaums schüttelt, oder du selbst, schlafwandelnd, tanzend, unruhig wie ein Irrlicht.

»Das ist Hitler.«

Sie zog die Augenbrauen hoch.

»Wirklich?«

»Ja. Du musst keine Angst haben.«

»Ach so.«

Sie seufzte lang und tief, und die Muskeln zwischen ihren Schultern entspannten sich. Die Dämmerung legte sich träge zwischen uns. Langsam ließ sie hier einen Stuhl aus der Dunkelheit wachsen, dort einen Schrank, das Bild mit den Rosen über meinem Bett und das nachdenkliche Gesicht des Mädchens. Sie kaute an ihrer Unterlippe.

»Können Sie tanzen?«, fragte sie mit sehr ernster Stimme.

»Nein.«

»Jeder sollte tanzen können.«

»Ich weiß.«

»Ich kann es Ihnen beibringen.«

Wir gähnten gleichzeitig und lauschten der Amsel, die

draußen ihren Gesang anhob. Sie musste irgendwo auf dem Dachfirst sitzen.

»Es ist wie zaubern. Man kann sich im Tanz auflösen.« Sie machte eine Handbewegung, als wolle sie sich selbst in einem Hut verschwinden lassen. »Dann ist man nicht mehr da, nur noch die Hülle. Verstehen Sie?«

»Das ist nicht das Schlechteste.« Ich stellte mir vor, wie das wäre, wie sich das wohl anfühlen würde. »Dann und wann.«

»Ja. Dann und wann ist das nützlich.«

Ich sah, wie dem Mädchen die Augen zufielen, wie die Erschöpfung an ihr riss, rutschte zur Seite, und sie legte ihren Kopf auf meiner Bettkante ab. Lange betrachtete ich ihr Haar und den schmalen Nacken, die Hände, auf denen ihr Gesicht ruhte. Ich dachte daran, was wir zu Anfang sind, was das Leben aus uns macht und welchen Teil wir davon selbst in die Hand nehmen.

Rahel wollte nicht, dass Pola ihre Eltern kennenlernte. Und Pola wollte nicht, dass Rahel ihren Bruder kennenlernte. Sie sprachen nicht darüber, sie ahnten nicht, dass die andere jeden Gedanken genau gleich zu Ende dachte, Zwillingsgedanken, dunkel, heimlich, atemlos. Sie redeten über Dinge, die weit weg passierten, meinten aber ihr Zuhause, ihre Familie, ihre eigene Welt.

Rahel sagte, dass es irgendwo Krieg gebe und Männer dort Frauen und Kinder ermordeten. Und das im Namen Gottes.

Pola sagte, irgendwo an einem Ort, der nicht nennenswert sei, gebe es junge Männer, die mit anderen jungen Männern einen Krieg anzettelten, weil die einen Angst hatten vor den anderen. Und umgekehrt.

Sie schwiegen und saßen sich gegenüber. Polas Zehen schmerzten vom Tanzen, sie stocherte in ihren Pommes, und als sie aufblickte, lächelte Rahel sie an. Ihre Finger verschlangen sich, fest, und Pola spürte Rahels Fingerspitzen auf ihrem Handrücken. Gerne hätte sie gesagt, dass auch sie Angst hatte. Dass ihr Bruder sie zusammen sehen könnte, hier oder dort, nur aus der Ferne. Sie hätte gerne gesagt, dass sie sich fühlte, als müsse sie aufspringen und laufen, weg von hier, nur weg, irgendwohin, wo niemand sie kannte. Doch sie sagte es nicht.

»Wenn wir nicht wissen, was wir tun sollen, können wir auch so eine Imbissbude aufmachen«, schlug Rahel vor. »Genauso eine wie diese, nur in einem alten Bauwagen. Und den Bauwagen hängen wir an den Mercedes von meinem Onkel Samuel, der ist schon zu alt zum Fahren, und der Mercedes steht ohnehin nur in der Garage herum.«

Sie griff mit der anderen Hand nach Polas Pommes und steckte sich eine in den Mund.

»Der ist dunkelgrün, irgendwie hässlich, aber wir könnten ihn vielleicht anmalen. Ich glaube, er hat sogar eine Anhängerkupplung. Dann sind wir fahrendes Volk. Wir verkaufen Pommes, ich singe traurige Lieder, und du tanzt.«

»Vielleicht kann ich sogar seiltanzen.«

»Wir könnten uns ein Äffchen anschaffen.«

»Und einen kleinen Hund, der auf den Hinterbeinen läuft und Saltos schlägt.«

»Und ein Pony. Ein Zirkuspony.«

»Ein Zebra.«

»Zwei Würgeschlangen.«

»Du könntest aus der Hand lesen.«

»Kein Problem. Zeig her.« Rahel drehte Polas Hand um und strich an den Linien entlang, doch Pola schüttelte ihren Kopf.

»Sag nichts. Ich will es nicht wissen.«

»Ich hätte dir die Wahrheit ohnehin nicht gesagt.«

Zur selben Zeit inszenierte die Marinova *Romeo und Julia*. Sie hatte resigniert, was ihren eigenen Perfektionismus anging, den Staub im Tanzsaal, die blecherne Musik aus den Lautsprechern und das Unvermögen ihrer Schüler. Sie besetzte den Mercutio mit einem unscheinbaren Mädchen, das so wenig Selbstbewusstsein besaß, dass es sich während des Trainings weigerte, als Erste an der Stange zu stehen. Der Benvolio ging an eine pummelige Sechzehnjährige, die spontan in Tränen ausbrach, als sie erfuhr, dass sie nicht die Julia tanzen durfte, und Tybalt an eine junge Italienerin, die erst vor wenigen Wochen neu in die Gruppe gekommen war. Sie beglückwünschte sich selbst zu dieser Wahl, denn wenigstens die Italienerin hatte einen Funken von Talent. Die Marinova erwog den Part der Rosaline zu streichen, entschied sich dann aber schlecht gelaunt dagegen. Eine depressive Rosaline? Warum nicht? Sie wählte ein magersüchtiges vierzehnjähriges Mädchen, das sich in den Stunden vor Eifer überschlug. Um einen besseren Überblick zu bekommen, ließ sie alle Mädchen vortanzen. Auch Pola. Irgendetwas in der Marinova lehnte sich hartnäckig dagegen auf, ihr die Julia zuzugestehen, obwohl Pola in den letzten Wochen mindestens drei Mal die Woche zum Training erschienen war. Sie tanzte die üblichen Sequenzen mühelos, manchmal unkonzentriert und fast schlampig, und die Marinova vermutete, sie könnte unterfordert sein. Beim Vortanzen dann wirkte sie nervös, stürzte bei einem Sprung und hatte anschließend Schmerzen am Knöchel. Die Marinova ließ sie sich auf einen Hocker setzen und ausruhen. Sie beobachtete Pola dabei, wie sie ihre Fingernägel bis zum Nagelbett abkaute und ihre Füße so verbog, dass es schmerzen musste, aber auf ihrem Gesicht zeigte sich keine Regung.

Als die ganze Truppe dann den Morgentanz probte, reihte sich Pola ganz hinten ein und tanzte, als würde sie nicht Ballett, sondern Kampfsport praktizieren. Die Marinova nahm sich vor, Pola später zur Seite zu nehmen. Was sie auch tat.

»Du wirst den Romeo tanzen«, sagte sie knapp, und Pola nickte und warf sich ihre Sporttasche über die Schulter.

»Ich werde den Romeo tanzen.« Sie forschte in Rahels Gesicht, die immer noch ihre Hand festhielt.

Ein Strahlen ging darüber, und Rahel sprang auf, um sie über den Tisch hinweg zu umarmen.

»Bist du enttäuscht?«

»Nein.« Pola vergrub ihr Gesicht in Rahels Haar. Hinter ihnen drehte die Frau in der Imbissbude an ihrem Radio herum und ließ es krächzende, abgehackte Laute von sich geben. Sie goss Öl in die Fritteuse und rückte die Curryketchup-Flaschen gerade.

»Wolltest du die Julia?«

Diese Frage machte Pola seltsam froh. Durch Rahels dichtes Haar sah sie die Straße hinunter, die Hitze flimmerte über dem Asphalt und sorgte für seltsame Spiegelungen, wie flüssiges Quecksilber. Es erinnerte sie daran, wie sie vor Jahren ein Thermometer zerbrochen hatte und das Quecksilber in kleinen Kügelchen über den Küchentisch gerollt war. Sie hatte es erschrocken in den Abfalleimer gekehrt und ihn draußen vor die Tür gestellt, voller schlechten Gewissens, weil sie es verheimlicht hatte. Aber es war nichts passiert. Niemand war gestorben. Niemand war krank geworden. Und die Erleichterung darüber hatte wochenlang angehalten.

Die flimmernde Luft spiegelte sich in den vorbeifahrenden Autos, in den Blättern der Ulmen und hauchte Schweißperlen auf Polas Schläfen.

»Nein. Ich bin keine Julia.«

»Ich weiß.«

»Ich weiß nicht, wer ich bin. Ich glaube, ich habe es vergessen.«

»Wo hast du es vergessen?«

»Am See. Als ich dich gesehen habe.«

Rahel lachte leise.

»Ich habe es in den See fallen lassen. Zu dem Ding, das du dort verloren hast. Kannst du dir vorstellen, wie das ist, wenn man plötzlich mit völlig Fremden zusammenwohnt? Und sich selbst völlig fremd ist? Ein Fremder in fremden Zimmern? In einer fremden Stadt?«

»So geht es jedem. Nur sie kapieren es nicht. Keiner kapiert so etwas. Das würde sie doch umbringen.«

»Mich bringt es fast um«, flüsterte Pola. Sie sah einen Rover. Er parkte drüben am Straßenrand, die Seitenfenster waren heruntergelassen, und der Fahrer ließ einen Arm heraushängen.

»In unserer Imbissbude würdest du dich nicht fremd fühlen. Zusammen fühlen wir uns nicht fremd. Ich weiß, wer du bist. Und du weißt, wer ich bin. Das reicht doch.

Ich kann dir immer davon erzählen, wenn du es gerade wieder vergisst.«

»Was würdest du mir dann sagen?«, wollte Pola wissen.

»Du bist die beste Tänzerin des Universums.«

»Das ist alles?«

»Willst du noch mehr?«

Pola kannte den Rover und das Handgelenk des Fahrers. Und den kahlgeschorenen Kopf. Sie hatte neben ihm gestanden, als er es getan hatte. Das Haar war vor ihre Füße gefallen, ins Waschbecken und hatte in ihrer Nase gekitzelt. Er hatte sie gefragt, wie es aussah, und sie hatte gesagt, gut, und es auch so gemeint. Sie dachte an den letzten Abend, zusammen auf der Couch, Adèls Arm auf ihren Schultern, die Tüte Chips auf ihren Knien. Sie hatten sich Videos angesehen, und Adèl hatte von Götz erzählt. Am Ende des Sommers würden sie mit ihm in ein Ferienhaus an der Ostsee fahren, wenn das alles vorbei sei mit den Judenschweinen. Er sagte, das würde auch Zeit werden, und Pola wusste nicht genau, ob er damit meinte, dass es Zeit wurde, dass es vorbei sei oder dass sie zusammen an die Ostsee fuhren.

Sie hatten weiter auf den Fernseher gestarrt, in dem Männer mit rasierten Köpfen zu lauter Musik, vielleicht war es auch nur Geschrei, tanzten.

»Und was treibst du so?«, hatte Adèl sie gefragt. »Du warst schon lange nicht mehr bei uns draußen.«

»Ich trainiere.«

»Und sonst?«

»Nichts.« Die Chips in Polas Mund schmeckten bitter, und sie kaute ewig an ihnen herum.

»Du könntest mal wieder mitkommen. Was meinst du?«

»Hmmm.«

»Was hmmm. Magst du nicht mehr bei uns mitmachen?«

Pola antwortete so lange nicht, bis sie glaubte, Adèl hätte seine Frage einfach vergessen.

Dann bei der Imbissbude in Rahels Armen wurde ihr klar, dass Adèl seine Frage niemals vergessen würde. Sie sahen sich über die Straße hinweg in die Augen, lange und nachdenklich, und schließlich sagte Pola, sie müssten jetzt gehen. Und nachdem sie sich umgedreht hatte, spürte Pola Adèls Blick im Rücken, während Rahel nichts ahnte, Polas Hand festhielt und von einem Tag erzählte, einem Tag in der Zukunft, an dem Pola den Romeo tanzen würde und sie zusehen und Blumen auf die Bühne werfen würde, Klatschmohn natürlich. Und dass sie so lange applaudieren würde, bis alle Lichter aus und verglüht und verbrannt und alle gegangen waren und nur sie beide zurückblieben. Rahel und Pola, sie beide, ganz alleine auf der dunklen, weiten Bühne.

~

Lange fielen keine Bomben in Wien. So lange, bis es sich keiner mehr vorstellen konnte. So lange, bis es vollkommen unmöglich schien, dass der Krieg überhaupt je nach Wien kommen könnte. Als dann am 13. August 1943, einem strahlenden, heißen Tag, die Neustädter Flugzeugwerke bombardiert wurden, wischten viele dieses Ereignis fort, als wäre es nie passiert. Es sollte noch ein weiteres Dreivierteljahr dauern, bis auch Luftangriffe auf Wien geflogen wurden, ein Dreivierteljahr, in dem ich keinen Gedanken an den Krieg verschwendete, sondern ausschließlich an Franz Schlegel. Der wunderbare, blonde Franz Schlegel, mit den anbetungswürdigen, braungebrannten O-Beinen, mit den fast weißen Härchen, die sich an seine Waden, Schienbeine und Unterarme schmiegten. Ich ließ mir seinen Namen auf der Zunge zergehen, sprach ihn langsam und andächtig, wenn ich im Bett lag, und schrie ihn laut über die abgemähten Felder, in den schwarzen Tannenwald und über die Donau. Ich erzählte Hitler von Franz, denn auch Hitler liebte ich inbrünstig, und er war der Einzige, der mir geduldig zuhörte, mich mit seinen abgründigen goldenen Augen ansah und mir zuzwinkerte, wenn er mir ein Himbeerblatt aus der Hand zog.

Mein Vater hatte ihm einen Judenstern auf den Panzer geritzt, damit klar war, dass er zu uns gehörte, zur Familie Shapiro, seltsam geduldet und nicht beachtet in einem Wien, in dem für Juden die Luft schon viel zu dünn geworden war.

Wir sollten uns unauffällig verhalten, hatte unser Vater uns eingeschärft, und im Haus bleiben, was mir so schwerfiel, dass ich mich niemals daran hielt, sondern heimlich ausbüxte oder mit dem Fahrrad davonfuhr, Hitler in meinem Fahrradkorb, mein kleiner arischer Glücksbringer. Er bat uns auch, die Türen abzusperren, bis er wieder zurückkam, was wirklich keiner befolgte, denn sowohl meine Mutter als auch meine Schwestern liefen im Garten umher, streiften durch Wien und wanderten an der Donau, als wollten sie das Schicksal damit herausfordern. Das Schicksal, das meinen Vater in der Klinik bleiben ließ, ihn unverzichtbar machte und uns unter eine gläserne Haube stellte. Gläsern und zerbrechlich.

Die ersten Bomben fielen im März 1944, einen Tag nach meinem zehnten Geburtstag. Es ist komisch, an was man sich erinnern kann, denn ich erinnere mich nicht an den Schrecken, das Geheul der Sirenen, das Fallen der Bomben, das wie ein Zittern durch die Stadt fuhr, ein Vibrieren und Fauchen, als würde die Stadt unter der Gewalt ächzen. Ich erinnere mich an das Geräusch der Flugzeuge und daran, dass ich lange staunend draußen stand, auf einem frühlingsdurchweichten Feld mit dreckverklebten Stiefeln und Hitler unter dem Arm, der kurz zuvor aus dem Winterschlaf erwacht war, und die Flugzeuge ansah, diese breite

Front, die über Wien zog. Ich betrachtete sie ohne Angst und ohne Herzklopfen, nur mit dem Geruch von nasser, aufgebrochener Erde in der Nase. Danach bekam ich eine schallende Ohrfeige von Rahel, weil ich nicht da gewesen war. Sie waren auch alle nicht da gewesen, hatten sich aber Sorgen um mich gemacht, und ich musste ihnen versprechen, bei Fliegeralarm sofort nach Hause zu kommen. Ich weiß nicht, ob es nur meine Empfindung war oder ob diese Unbekümmertheit allen Kindern zu eigen ist, aber für mich war es geradezu undenkbar, dass mir etwas Böses zustoßen könnte, etwas, das meine kindliche Welt aus den Angeln heben könnte.

Wir gewöhnten uns daran, in den Keller zu laufen, sobald der Alarm einsetzte. Nachts, schlaftrunken im Stockfinsteren, weil wir kein Licht machen durften. Wir stolperten über uns, unsere Füße und die Dinge, die herumlagen. Wir rempelten uns im Flur und auf der Treppe an. Wir stöhnten über die unmenschliche Nachtzeit, als wären es nicht Bomben, die uns weckten, sondern das Bedürfnis, zur Toilette zu gehen. So hielten wir die Tragik klein, wie ein Mäuschen, das wir hinter dem Küchenschrank entdeckt hatten, obwohl diese Tragik schon die Größe eines ausgewachsenen Tigers erreicht hatte. Wir waren nicht die Einzigen, die in unserem Keller Schutz suchten. Es kamen auch Nachbarn aus den umliegenden Häusern, die keine geeigneten Keller hatten, unter ihnen die Familie Schlegel. Meine Mutter öffnete ihnen die Türen, obwohl sie danach sagte, jetzt wäre auch ein jüdischer Keller recht, jetzt kämen sie, diese feigen Ratten, um sich in unserem jüdisch verseuchten Keller zusammenzudrängen. Ich weiß nicht, wann sie begonnen hatte, alle zu hassen: unsere Nachbarn, die Deutschen, die Russen, alle.

So saß ich mit Hitler auf dem Schoß zwischen Judith und Franz Schlegel, und mein Herz klopfte mir bis zum Hals. Wir flüsterten nicht miteinander, weder ich mit meinen Schwestern noch Franz mit mir, doch sein nacktes Knie an meinem nackten Knie brachte mich fast um den Verstand. Mir war vollkommen klar, dass er alles darum gegeben hätte, neben Rahel zu sitzen, doch meine Mutter beharrte strikt auf dieser Sitzordnung. Mit strengem Blick wachte sie über ihre Töchter und die Schlegel-Brüder. Manchmal rempelte mich Franz an oder bohrte mir seinen Ellenbogen in die Seite. Unsere Auseinandersetzungen hatten sich von Monat zu Monat gesteigert, und einmal hatten wir uns auf einem Stück Brachland vor Wien so ausdauernd geprügelt, dass mir danach ein halber Schneidezahn fehlte. Nichts machte mich so glücklich, nichts so euphorisch wie ein Sommertag mit Franz. Nie ließ er sich dazu herab, mit mir zu sprechen, schließlich war ich zu jung, zu sehr Kobold, zu wenig hübsch. Aber er jagte mich, und ich jagte ihn. Ich bewarf ihn in der Lehmgrube mit Dreck und tauchte dann durch das flaschengrüne Wasser zur anderen Seite, um mich mit dem Kopf nach unten von einer dreistämmigen Eiche baumeln zu lassen. Er fing mich beim alten Mödlinger Bahnhof und sperrte mich in den Schalterraum, harrte vor der Tür aus, bis es dunkel wurde, um erst dann den Schlüssel wieder umzudrehen. Ich stach ihm die Fahrradreifen auf, er schraubte von meinem Fahrrad die Reifen ab und baute sie bei seinem Rad wieder ein, wofür ich ewige Rache schwor. Er hielt mich so lange im Schwitzkasten, bis ich fast ohnmächtig wurde, und ich trat ihm gegen die Schienbeine, bis er mich jaulend losließ. So wunderbar konnte ein Sommer sein.

Als die Bomben über Wien fielen, nachts, wie die Eulenfalter, die sich dann und wann in mein kleines Schlafzimmer verirrten, als die nackte Glühbirne über unseren Köpfen schaukelte und knisterte und dann mit einem kurzen Flackern erlosch, da presste Franz Schlegel seine Lippen auf meine. Die Dunkelheit verschluckte diesen seltsam zärtlichen, stillen Akt. Die Schwärze in unserem Keller löschte ihn aus, als hätte es ihn nie gegeben. Doch Franz' Lippen waren echt und warm und jung. Sie tasteten sich über meinen Mund, die Mundwinkel, mein Kinn, suchend, bis ich seinen Kuss erwiderte, so wie man es nur als junges Mädchen kann und später nie wieder. Ohne Berechnung und ohne Absicht, nur des Kusses wegen. Wir küssten uns lange und forschend, sein Mund schmeckte nach Schlaf und der Erde, die ich ihn am Nachmittag hatte schlucken lassen. Ich atmete kaum, spürte seine Hand an meiner Wange und meinem Nacken und meinem Koboldhaar und fragte mich, ob er wirklich mich meinte. Mich.

Als das Licht fast gleichzeitig mit dem langen pfeifenden Ton der Entwarnung wieder anging und alle erleichtert aufatmeten, saßen wir stumm nebeneinander, als wäre nichts geschehen. Und als alle sich aufrappelten, gähnten und die Stiegen hinaufkletterten, wich er meinem Blick aus, stieg vor mir her und verschwand durch den hinteren Teil des Gartens.

Rahel hatte ich nie so zornig erlebt wie an jenem Morgen, an dem das deutsche Mädchen an meinem Bett eingeschlafen war. Sie war auf den Flickenteppich gerutscht, der vor meinem Bett lag, und ich hatte sie mit meiner Bettdecke zugedeckt, war leise über sie hinweggestiegen, zur Tür geschlichen und dann in die Küche. Dort saß Rahel auf einem Hocker neben dem Ofen und starrte mich böse an. Judith geisterte umher, nahm dort ein Stück Zucker in die Hand, strich über die Petersilie auf meinem Fensterbrett und das frische Brot auf dem Küchentisch und summte vor sich hin. Die Stimmung im Raum war, gelinde gesagt, geladen.

»Soll ich dir erzählen, was sie mit uns gemacht haben, damals?« Ich zuckte zusammen und ging zum Fenster, um frische Luft hereinzulassen. Die Vögel sangen ihr morgendliches Lied, und die Feuchtigkeit der Nacht dampfte über den Häusern. Ich fühlte mich seltsam ruhig und gelöst, was nicht an Rahel lag, sondern an den leisen Atemzügen der Deutschen auf meinem Teppich.

»Als sie uns weggebracht haben?«

»Nein.«

»Es war eng und stickig ...«

»Nein.«

»Nicht wegen der vielen Menschen, wegen der Angst ...«

»Sei still.«

»Viele weinten. Leise. Andere waren wie erstarrt und klammerten sich an die Kinder auf ihren Schoß.«

»Sei still.«

»Aber die wurden ihnen später weggenommen. Vielleicht wussten sie das und klammerten sich deswegen so an ihre kleinen, weichen Körper. Willst du wissen, was Mutter die ganze Zeit gesagt hat?«

»Ich will es nicht.«

Sie konnte so grausam sein.

»Warum nicht? Du willst doch sonst alles so genau wissen. Weswegen sonst beherbergst du eine Deutsche? Eine Mörderin? Eine von ihnen?«

Ich antwortete nicht. Judith hauchte mir im Vorbeigehen einen Kuss auf die faltige Wange.

»Die Marmelade ist dir gut gelungen«, flüsterte sie und meinte damit das Glas, das immer noch am Schlegel-Haus klebte, »ich hab sie probiert.«

»Ich will, dass du dich von ihr fernhältst.« Inzwischen hatte Rahel ihre Stimme erhoben, sodass ich befürchten musste, dass die Deutsche davon wach wurde. »Ich will, dass du nicht mit ihr sprichst, nicht an sie denkst, sie nicht ansiehst und sie nicht berührst. Ich will, dass du sie hasst, mit allem, was du aufbringen kannst. Hasse sie, bis sie verschwindet.«

Als ich mich zu ihr umdrehte, sah ich, dass Rahel aufgestanden war und ihr die Tränen über die Wangen liefen, obwohl ihr Gesicht hart war und ihr Mund verzerrt.

»Du weißt nicht, was sie uns angetan haben. Du hast keine Ahnung. Wenn du es wüsstest …« Sie brach ab und wischte sich energisch mit beiden Händen über das Gesicht, öffnete die Ofenklappe und stocherte mit dem Schürhaken in der kalten Asche herum.

»Der muss ausgeleert werden.«

Ich nickte und nahm Schaufel und Eimer in die Hand. Die Asche wirbelte heraus und legte sich klamm in meine Kehle und auf meine Lunge. Ich schluckte hart dagegen an, aber den rauchigen Geschmack spürte ich noch Stunden später auf meiner Zunge.

Später im Garten sah ich das Gesicht der Deutschen oben am Fenster, als ich die Äste des Marillenbaums herunterbog, um mir die verblühten Knospen anzusehen, die kleinen grünen Früchte, erbsengroß und schimmernd im Morgenlicht.

~

Was Pola dazu bewog, eines Nachmittags den Bus zu nehmen und in das Viertel zu fahren, in dem sie das Schalom vermutete, konnte sie nicht sagen. Sie stellte sich diese Frage gar nicht, als wäre es keine bewusste Entscheidung, sondern ein seltsamer Dialog zwischen ihren Beinen und ihrem Kopf, der ihre Schritte lenkte. Sie musste einige Stationen mit dem Bus fahren, knetete während dieser Zeit ihre Finger und blickte auf ihr eigenes Spiegelbild im Fenster. Sie hauchte gegen das Glas, wie sie es im Winter getan hätte, und sah sich die Welt verschwommen an.

Noch einige Tage zuvor, noch bevor Adèl sie mit Rahel gesehen hatte, bevor sie sich aus dem Weg gingen, hatte sie sich eine DVD mit einer Inszenierung von Sergej Prokofjews *Romeo und Julia* angesehen, in der ein junger Schwarzer den Romeo tanzte.

Adèl hatte an der Wohnzimmertür gestanden, eigentlich sollte er lernen, doch die Musik hatte ihn aus seinem Zimmer gelockt. Er stand eine Weile mit verschränkten Armen an der Tür zum Wohnzimmer und starrte auf den Bildschirm. Irgendwann seufzte er und ließ sich neben Pola auf die Couch fallen. Als Pola ihn von der Seite ansah, erschien ihr sein Gesicht mit einem Mal alt und zerfurcht. Er sah plötzlich aus wie Götz, mit Sorgen hinter der hohen Stirn und müden Augen.

»Weißt du noch«, sagte Pola, »als wir früher ganze Nächte lang Filme geguckt haben, weil niemand zu Hause war und wir Angst vor der Dunkelheit hatten?«

Adèl nickte.

»Ich kann mich erinnern, dass wir hier geschlafen haben, du mit der Fernbedienung in der Hand. Du hast immer gesagt, du schläfst gar nicht.«

»Ich hab auch nicht geschlafen.«

»Das ist nicht wahr. Ich habe gesehen, wie du geschlafen hast. Immer so lange, bis dir die Fernbedienung wieder aus der Hand gerutscht ist.«

»Kann sein.«

»Eigentlich fand ich es schön. Ich hatte alleine in meinem Zimmer mehr Angst als mit dir zusammen hier.«

»Götz hat nach dir gefragt.«

Pola sagte dazu nichts. Sie nahm die Fernbedienung, zappte die Szenen durch und dachte darüber nach, ob sie die Sprünge überhaupt schaffen würde. Bei der Balkonszene blieb sie hängen. Was Romeo und Julia tanzten und was sie eigentlich miteinander reden sollten, klaffte für Pola meilenweit auseinander. *O Romeo! Warum denn Romeo? Verleugne deinen Vater, deinen Namen! Willst du das nicht, schwör dich zu meinem Liebsten, und ich bin länger keine Capulet!* Pola kannte den Text auswendig, so oft hatte sie ihn in den letzten Nächten gelesen, wieder und wieder.

Und während sie so ernst miteinander sprachen, tanzten

sie, als wäre die Liebe zwischen ihnen das Einzige, was von Bedeutung war. Vielleicht war es das auch.

»Er wollte wissen, wo du bist. Was du so machst. Warum du so lange nicht mehr dabei warst.«

»Ich trainiere viel.«

»Ich finde, du solltest wissen, wo du hingehörst.«

»Wo gehöre ich denn hin?«

»Dass du das nicht weißt, Pola.«

Sie starrten beide auf den Bildschirm. Der Romeo wirbelte herum, sein Körper war so durchtrainiert, dass man jeden Muskelstrang sehen konnte.

»Ich gehöre nirgendwohin.«

»Du gehörst doch zu mir. Das weißt du, oder? Wir beide. Du und ich.« Er legte ihr den Arm um die Schultern und drückte sie kurz und kräftig, so wie Brüder es tun.

»Ich weiß. Du und ich.«

»Und? Wann kommst du mit?«

Sie zuckte mit den Schultern und ließ die Szenen im Schnelldurchlauf weiterlaufen, bis sich Romeo und Julia in einer riesigen Ventilatorinstallation fanden. Ihre Körper verschlangen sich, die Julia beugte sich nach hinten, in Zeitlupe, bis ihre Hände federleicht den Boden berührten.

Wenn Pola jetzt daran dachte, zog sich ihr Magen zusammen. Aber vielleicht lag es auch daran, dass sie nichts gegessen hatte. Sie fragte sich, wie es möglich sein konnte, dass ein einziger kurzer Moment, ein Blick auf sie und ein jüdisches Mädchen, alles verändern konnte. So verändern konnte, dass es kein Du und Ich mehr gab.

Der Bus hielt, und sie beeilte sich auszusteigen. Von hier aus war es nicht mehr weit. Sie schlenderte eine Querstraße hinunter, wo der Verkehr ruhiger wurde. An Straßencafés vorbei, mit bunten Stühlen und Menschen, die in der Sonne saßen und Eis aßen. An einer Kreuzung stoppte sie, weil ihre Knie zitterten. Ärgerlich strich sie ihr Haar zurück und steckte es mit einer Haarnadel energisch fest, dann ging sie weiter, überquerte die Straße und wechselte die Straßenseite. Ein paar Häuser weiter konnte sie das Schalom sehen. Ein Schild mit geschwungener Schrift. Sie tastete sich weiter, bis sie direkt gegenüber stand. Das Haus war alt, aber neu gestrichen. Auf die frische weiße Farbe hatte jemand einen roten Judenstern gesprüht. Vor dem Restaurant standen Bierbänke, die jetzt zur Mittagszeit voll besetzt waren, und eine Frau, die sie stark an Rahel erinnerte, lief mit einem Tablett von Tisch zu Tisch und nahm Bestellungen auf. Sie hatte Rahels Gesicht mit der langen, geraden Nase und das gleiche schwarze Haar, das sich wie Pferdehaar anfühlte, wenn man hineingriff. Pola stellte sich in den Schatten eines Hauseingangs. Ihr Herz klopfte bis zum Hals. Die Frau blickte kurz zu ihr herüber, dann verschwand sie im Schalom. Sie konnte Pola nicht erkannt haben. Das war nicht möglich. Und trotzdem fühlte sich Pola schäbig, wie sie hier so heimlich ausharrte. Sie ließ ihren Blick die Fassade zu den oberen Stockwerken hinaufwandern in der Hoffnung, sie würde irgendetwas erkennen, das auf Rahel hinwies. Ein Kleidungsstück, das aus dem Fenster hing. Irgendetwas.

Etwas, das ihr die Erlaubnis gab, hinüberzugehen und in Rahels Leben einzutauchen.

Dann hörte sie Rahel singen. Irgendwo unter dem Dach. Klar und rein klang ihre Stimme, genau wie an dem Tag, an dem sie für Pola gesungen hatte, damals im Mohnblumenfeld.

~

Als ich Judith von Franz' Kuss erzählte, warf sie den Kopf zurück und lachte. Habe ich erwähnt, dass ich ihr Lachen liebte? Nie lachte sie mich aus, verhöhnte mich oder machte einen Spaß auf meine Kosten. Sie sprang von dem Fensterbrett in der Küche, auf dem sie so gerne saß, um zu lesen, und zog mich in ihre Arme.

»Schwesterchen! Shvesterke! Wie schön!« Wir sanken zusammen auf den Küchenboden, auf die kleinen schwarzweißen Fließen, und sie presste ihren Finger auf die Lippen. »Psst! Erzähl mir davon! Ich will alles wissen!«

»Rahel darf es nicht erfahren!«

»Ich schweige wie ein Grab!« Ihre Augen blitzten, auf ihren Wangen bildeten sich Grübchen, das Buch, das sie gerade in den Händen gehalten hatte – irgendetwas von Émile Zola –, fiel achtlos, mit geknickten Seiten vor unsere Füße.

»Mutter darf es auch nicht erfahren!«

Sie hob ihre rechte Hand.

»Ich schwöre! Bei meiner Seele! Und nun rede schon!«

Hitler schob sich über den gefliesten Boden auf uns zu und scheuchte Kezele von ihrem Platz, um sich ein Salatblatt zu erbetteln. Er war in den letzten Wochen gewachsen, sein Panzer war nun schon größer als meine beiden Hände, wenn ich sie aneinanderlegte.

»Wo ist es passiert?«, fragte Judith, und dann mehr zu sich selbst: »Meine Kleine, unser kleiner Kobold, ist die Erste, die geküsst wird.«

Wir hielten uns an den Händen. Judith sah mich erwartungsvoll an. Sie, die vier Jahre älter war.

»Im Keller. Als die Bomben fielen. Letzte Nacht«, stieß ich atemlos hervor.

Wieder konnte ich Franz' Hände auf meinem Nacken und meinem Gesicht spüren. Diese rauen Jungenhände mit den dreckigen Fingernägeln, fest und zärtlich auf meiner Haut. Oder hatte ich nur geträumt? Es zu sehr gewünscht?

»Während ich neben dir saß?«, fragte Judith aufgeregt. »Neben mir und Rahel? Mit Mutter gegenüber? Wenn die wüsste!«

Ich nickte und musste nun auch lachen.

»Wie fühlt es sich an? Wie? So wie sie es in den Büchern beschreiben?«

»In welchen Büchern?«, flüsterte ich.

»Ach, die Verbotenen …«, flüsterte Judith zurück. »*Les Fleurs Secretes du Jardin*, *Les Amoures Romaines* … all so was.«

Davon hatte ich noch nie gehört. Ich wusste nur das, was ich selbst greifen konnte.

»Wir dürfen sie nicht lesen, aber ich kenne jemanden, der sie besorgen kann. Egal. Das ist nicht wichtig.«

Wieder drückte sie meine Hände. Wir hörten, dass

jemand summend zur Haustür hereinkam und die Treppen hinaufstieg. Rahel, die unsere Wäsche nach oben brachte.

»Es fühlt sich seltsam an.«

»Seltsam?«

»In meinem Bauch war mir elend. Und mein Herz klopfte zum Zerspringen. Und ich wollte es so sehr …«

»Gott, Elisabetta, das ist so aufregend! Hat er dich umarmt?«

»Nicht wirklich. Seine Hände haben meinen Nacken berührt, vorsichtig, als wäre ich zerbrechlich …« Mir brach der Schweiß aus, wenn ich nur daran dachte. Was hatten nur meine Hände getan? Hatten sie einfach so, gefaltet, in meinem Schoß gelegen? An seiner Brust? Ich wusste es nicht mehr.

»Und seine Zunge? Was hat er mit seiner Zunge getan?«

»Seine Zunge ist über meine Lippen gestrichen«, erwiderte ich wahrheitsgetreu.

Judith erschauderte. Wir rückten noch näher aneinander, und ich schob Hitler zur Seite. Fast ärgerlich sah er mich an. Schmollend, weil ich ihn vernachlässigte. Ich zog ein Salatblatt aus der Kompostschüssel, die hinter mir auf dem Boden stand, und reichte es ihm.

»Hat es dir Mutter schon erzählt?«, flüsterte Judith in mein Ohr.

»Was?«

»Was Männer mit Frauen tun.«

Judith strich mir übers Haar, und Kezele sprang durchs offene Fenster hinaus in den Vorgarten, nicht ohne uns vorher noch klagend anzumaunzen. Es würde heiß werden, ein heißer Tag im August, den Kezele im Schatten des Marillenbaums verbringen würde und wir Mädchen in der Kühle des Hauses.

»Dann sag ich es dir«, entschied sie. »Du bist alt genug. Du hattest zwar noch nicht deine Bat Mitzwa, aber ich erzähle es dir trotzdem.«

»Franz ist kein Mann.«

»Aber bald. Und dann wird er seinen Penis in deine Vagina stecken.«

Ich schluckte, fragte mich, ob ich das wissen wollte, und lauschte auf Rahel, die über uns lautstark die Schranktüren zuschlug.

»Was sagst du dazu?«

Ich zuckte mit den Schultern.

»Wozu?«

Wir hörten, wie Rahel draußen auf der Treppe die Hava Nagila sang, schwiegen einen Moment, und ich sah, wie in Judiths Augen Tränen traten ... *Hava nagila, hava nagila, hava nagila venis mecha ... Lasst uns froh und glücklich sein ...*

Rahel riss die Tür auf und stellte mit Schwung den leeren Wäschekorb auf dem Küchentisch ab.

»*Uru achim belev sameach!* Erwachet, Brüder, mit einem fröhlichen Herzen!« Sie blickte uns grimmig an, und Hitler zog seinen Kopf eilig zurück in den Panzer. »Was tut ihr da?«

»Ich habe gerade Elisabetta von der großen Sache erzählt«, berichtete Judith und wischte sich schnell über die Augenwinkel.

»Bist du verrückt?«

»Sie sollte es wissen. Wer weiß, wie lange noch Zeit ist.«

»Das ist Mutters Sache.«

»Mutter hat andere Dinge im Kopf.«

Rahel blickte noch grimmiger und schob Hitler mit dem Fuß zur Seite, um sich zu uns auf den Boden zu setzen. Wir bildeten einen Kreis, fast berührten sich unsere Köpfe. Rahels Haar kringelte sich an ihren Wangen, erst kürzlich hatte sie es, gegen den Willen unserer Mutter, knapp unter den Ohren abgeschnitten.

»Es ist noch nicht richtig, Judith«, sagte sie streng. »Wir haben es erst viel später erfahren. Sie ist noch ein Kind. Außerdem muss es eine erwachsene Frau tun.«

Ich fand, dass Rahel und Judith erwachsen genug waren.

»Das ist Unsinn. Außerdem habe ich schon damit angefangen.«

»Warum steckt der Mann seinen Penis in die …«, begann ich, um die Sache etwas zu beschleunigen.

»Kinder. So macht man Kinder«, unterbrach mich Rahel.

»Und es soll unendliches Vergnügen bereiten«, fügte Judith hinzu. »Der Mann ist dazu verpflichtet, dafür zu sorgen, dass es der Frau gefällt, wenn er das tut.«

»Die Kinder sind der wichtigere Teil.«

»Das finde ich nicht. Es geht um das Sinnliche. Um die Verschmelzung.«

»Für den Mann vielleicht. Für Männer geht es ausschließlich ums Vergnügen. Immer.«

»Für Frauen auch«, betonte Judith. »Der Mann muss die Frau vorsichtig darauf vorbereiten …«

»Was sie gerne vergessen, hat Mutter gesagt, und dann tut es weh.«

»Was eine Sünde ist. Es darf nicht wehtun.«

»Beim ersten Mal soll es scheußlich wehtun. Und es blutet. Es blutet wie verrückt, du kannst alle Laken wegwerfen, auf denen du liegst. Hat Mutter gesagt.«

»Aber dann ist es köstlich, und du vergisst den Schmerz.«

»Was redest du! Schmerz vergisst du nie! Niemals!«, fiel ihr Rahel heftig ins Wort. »Deswegen lass dich nicht mit Männern ein. Sie machen nur Ärger! Du bist doch nicht verliebt, oder?«

Ich schüttelte heftig den Kopf, wagte aber nicht, Rahel in die Augen zu blicken.

»Ja, lass dich nicht mit ihnen ein, außer, du bist neugierig und wagemutig und willst mit dem Besten belohnt werden, was diese Welt zu bieten hat.«

Rahel seufzte ergeben.

»Tu nicht so, Rahel, du willst es doch auch wissen.« Judith strich ihr übers Haar. »*Uru shvesterke belev sameach.* Erwache, Schwester, mit einem fröhlichen Herzen.«

Wir lächelten uns an, und ich verkniff mir all die dringenden Fragen, die mir nun auf der Seele brannten, denn die Augenblicke, in denen Judith und Rahel einer Meinung waren, gab es selten. Wir legten unsere Schläfen aneinander, und ich dachte an Franz und seine Lippen und das Versprechen, das er mir nicht gegeben hatte.

Trotz meines Unwillens hielt ich mich, so gut es ging, von der Deutschen fern. Ich tat es Rahel zuliebe. Ich wollte sie nicht unnötig verärgern, sie nicht gegen mich oder das Mädchen aufbringen. Rahel konnte töten, wenn es notwendig war. Eine Zeit lang tat ich so, als wäre ich krank. Ich wickelte mir einen Schal um den Hals, trotz der Temperaturen, die in Wien herrschten. Ich ging nicht aus dem Haus und fühlte mich albern.

Ich bekam einen Brief von dem Anwalt der Leute, die ins Schlegel-Haus gezogen waren. Er forderte mich auf, mich mit ihm in Verbindung zu setzen. Ich ignorierte das Schreiben und verbrannte es im Ofen. In meinem Alter kann man solche Dinge aussitzen. Früher oder später würde ich sterben. Ich hatte das Gefühl, der Zeitpunkt rücke rasend schnell näher, so schnell, dass ein Anwaltsschreiben geradezu lächerlich war.

Als das Mädchen an meine Tür klopfte, zog ich den Schal über meine Ohren und starrte hinaus in den Garten, als gäbe es nichts Interessanteres als die Amseln, die sich im Marillenbaum zankten.

Rahel sagte mir, ich solle durchhalten. Einen kühlen Kopf bewahren und das Mädchen Mädchen sein lassen. Wenn ich sie schon nicht hinauswarf, dann sollte ich wenigstens so tun, als wäre sie nicht da. Judith legte mir ihre schlanken weißen Arme um den Hals und flüsterte, dass es für Vergebung nie zu spät sei. Obwohl Judith schon immer eine hoffnungslose Romantikerin gewesen war, habe ich ihre Ratschläge von jeher meist lieber befolgt.

Zu allem Überfluss tauchte die Deutsche im Garten auf. Sie musste, da sie nicht den Weg durch meine Wohnung und die Terrassentür benutzen konnte, über den Zaun geklettert sein. Leichtfüßig vollführte sie einige gesprungene Drehungen, wie sie sonst nur die Männer im Ballett beherrschen. Ein paar Schrittfolgen auf halber Spitze, die Morgensonne brach sich über ihrem Kopf, in ihrem Haar und den grazilen Händen, die sie aufgefächert nach oben streckte. Noch ein gewirbelter Sprung, und sie stand genau unter meinem Fenster und verbeugte sich anmutig.

Wir drei starrten sie atemlos an, dann drehte Rahel sich wortlos um, als hätte sie für ihr Leben genug gesehen.

»Lass sie«, sagte Judith, »sie hat nur Angst, dass ihr dieses Mädchen das Herz bricht.«

Wie jedes Jahr trafen sie sich zu Götz' Geburtstag in dem großen quadratischen Haus. Wenn Pola darin herumlief, hatte sie das Gefühl, Tausende von Augen würden von draußen durch die verglasten Fronten zu ihnen hineinblicken. Sie sagte sich, das liege bestimmt daran, dass es draußen dunkel war und man keine anderen Lichter sehen konnte. Nicht wie in der Stadt, in der sie eher das Gefühl hatte, sie war die Beobachterin, nicht wahrgenommen von den anderen.

Sie streifte eine Weile ziellos durch das Haus, wartete, bis alle da waren. Sie hatte sich hübsch gemacht, eine weiße Bluse, ein dunkelblauer Rock bis zum Knie. Flache Schuhe und ein Band im Haar. Die Männer kamen in ihrer Uniform. Das wollte Götz so. Es hatte etwas mit Respekt zu tun. Sagte er.

Sie stieg die Treppen hinauf in den ersten Stock. Oben in der Galerie blieb Pola unschlüssig stehen. Sie konnte Götz hören, wie er sich im Badezimmer rasierte. Wasser plätscherte ins Waschbecken, und die Klinge strich über die Stoppeln auf Götz' Wange. Da war sein Zimmer, daneben das Zimmer, in dem Adèl geschlafen hatte, und dann noch ein weiteres für sie selbst. Leise drückte sie die Tür auf und ging hinein. Das Bett war mit einer weißen Überdecke abgedeckt, makellos, als hätte hier noch nie jemand geschlafen, und doch, wenn Pola die Augen schloss, konnte sie sich selbst dort liegen sehen. Zusammengerollt unter der Decke und Götz, der danebensaß und mit seinen Pranken über ihren Rücken strich, bis sie schlafen konnte. Sie konnte sich erinnern, dass sie ihn fragte, ob er etwas singen könne. Singen, weil das Haus so still war und ihre eigenen Gedanken so unheimlich laut. Doch Götz sang nicht. Er blieb nur bei ihr sitzen, bis ihr die Augen zufielen und sie langsam in die Welt der Träume hinüberglitt. Wenn sie dann wieder aufwachte, war er weg und das Zimmer dunkel.

Sie setzte sich vorsichtig auf das Bett, blickte zum Fenster hinaus und dachte daran, dass sie nie daran gezweifelt hatte, dass Götz ihre Familie war. Genauso wie Adèl.

»An was denkst du?« Götz war unbemerkt hinter sie getreten und legte ihr beide Hände auf die Schultern.

»Ich weiß nicht.«

Das war natürlich gelogen. Sie hatte das Gefühl, sich entschuldigen zu müssen, aber sie ließ es bleiben und starrte weiter zum Fenster hinaus. Es wurde langsam dunkel, trotzdem konnte Pola sehen, wie Adèl langsam die Auffahrt hinauffuhr. Hinter ihm kamen noch mehrere andere Autos.

»Sollte ich lieber fragen, an wen du denkst?«

Pola zuckte mit den Schultern, und Götz zog Pola an seine Brust. Sie hätte gerne gesagt, an wen sie dachte. Sie dachte an ein jüdisches Mädchen mit gelocktem, dunklem Haar und rauem Lachen.

»Mein Vater hat immer gesagt: Götz, sieh dir die Leute genau an. Dann weißt du, was zu tun ist.«

Pola hörte ihren Bruder unten vor dem Haus lachen. Es war nicht klar, ob Götz Adèl meinte oder die anderen jungen Männer oder alle zusammen. Vielleicht meinte er auch niemanden von ihnen. Götz' Brust war breit, und seine Hände hielten ihre Hände fest.

»Und was ist zu tun?«

»Was in diesem Land passiert, ist nicht gut«, sagte er, ohne ihre Frage zu beantworten. »Du kannst das jetzt noch nicht verstehen. Weil du jung bist. Aber irgendwann wirst du wissen, dass ich recht gehabt habe.«

Er knöpfte sein Hemd zu und drehte Pola zu sich. Seine Krawatte hing ihm lose um den Hals.

»Weißt du, Pola, du und Adèl, ihr liegt mir wirklich am Herzen. Ich mache dieses Verbindungsding ja schon eine ganze Weile, und alles, was nachkommt, sind diese jämmerlichen Schwächlinge.« Er nickte Pola zu, was bedeutete, dass sie ihm die Krawatte binden sollte. Geschickt zog sie die beiden Enden gerade und begann, einen Knoten zu binden.

»Es sind Jungen, die nicht wissen, wohin. In ihnen steckt nichts. Verstehst du das? Sie würden weiß Gott wem nachlaufen, und zufällig bin es nun mal ich. Zum Glück bin ich es.«

Zufrieden tastete er nach dem Krawattenknoten und legte Pola dann wieder den Arm um die Schultern.

Draußen standen die jungen Männer beisammen, sie unterhielten sich, nur Adèl stand etwas abseits. Wenn ein

Auto die Auffahrt heraufkam, begrüßte er die Neuankömmlinge.

Götz legte sich die Schärpe um, die er neben sich auf das Bett gelegt hatte, und setzte sich sein Cerevis auf.

»Pickelige, kleine Versager«, seufzte Götz. »Verrat mir, was ich aus denen machen soll.«

Er zog sich sein dunkles Jackett über.

»Lächerliches Fußvolk. Wie soll sich mit denen jemand identifizieren? Sag mir das. Wir brauchen Leute, die andere inspirieren. Menschen, zu denen man aufsieht. Keine dumpfen Mitläufer. Aber ihr zwei, ihr seid zum Glück anders. Du bist mir wie eine Tochter. Und Adèl … Bei Adèl kann ich mir vorstellen, dass er der Nachfolger wird, den ich mir immer gewünscht habe.«

Unten, als hätte er gespürt, dass Götz von ihm sprach, drehte sich Adèl um und blickte suchend nach oben.

»Sag nichts zu ihm«, bat Götz. »Es ist noch zu früh, um mit ihm darüber zu sprechen. Aber ich wollte, dass du es weißt.«

»In Ordnung.«

»Dir kann ich es sagen, Pola. Es macht mir Angst, was hier passiert. Aber zum Glück sind wir da. Wir sind wieder da.«

Sie gingen hinunter. Götz winkte alle ins Esszimmer, einen langen, rechteckigen Raum mit Blick auf den hinteren Teil des Gartens. Wenn es hell war, konnte man ein Wasserbecken sehen, dessen geometrische Form von Holzbohlen eingefasst war. Früher war Pola mit nackten Füßen darin herumgewatet, als sie noch jünger gewesen war, so jung, dass sie sich jetzt nicht mehr daran erinnern konnte, was sie sich damals dabei gedacht hatte. In Wirklichkeit war es vielleicht zwei Sommer her. Vielleicht auch drei.

Nun setzte sie sich mit Götz und ihrem Bruder an den langen gedeckten Tisch, erwachsen, ernst. Es gab Braten, Klöße und Bier. Das Essen wurde von der Haushälterin aufgetragen, und Götz hielt eine Rede, wie stolz er auf die Jungs war, dass er sie alle herzlich liebte, wie Brüder liebte oder Söhne, und dass sie alle zu Großem bestimmt waren.

»Was«, sagte er, »was wünscht sich ein Mann am meisten?«

Er machte eine bedeutungsvolle Pause, in der niemand zu atmen wagte.

»Treue. Treue bis in den Tod.«

Als er geendet hatte, klatschten die jungen Männer begeistert, einige standen auf und hoben ihre Gläser, bis Götz verlegen abwinkte und sagte, das Essen könne nun beginnen.

Pola hatte diese Rede schon einige Male gehört. Normalerweise erzählte er noch die Geschichte von dem Hund, den er als Kind besessen hatte, der seinen Vater tot in den Bergen gefunden hatte – er war auf einem ungesicherten Wanderweg abgestürzt – und dort die ganze Nacht ausgeharrt hatte, bis die Bergwacht gekommen war. Doch auf diese Geschichte verzichtete er dieses Mal offenbar. Sie beobachtete Adèl, der schnell hintereinander drei Bier trank und kaum etwas aß. Dann stand er auf und hob seine Bierflasche.

»Auf Götz! Auf die gute Zeit, in die er uns führen wird!« Er prostete in die Runde. Sein Blick blieb an Pola hängen. »Wenn wir ihm vertrauen. Und das können wir doch!«

Er machte einen kurzen Moment Pause, um abzuwarten, bis sich der Tumult, der nun entstanden war, gelegt hatte. Einige lachten, andere schienen nicht zu wissen, was sie mit diesem letzten Satz anfangen sollten.

»Diese Woche sind die Neuen im Verbindungshaus angekommen, das neue Semester wird bald beginnen, und wir sollten Geschlossenheit signalisieren. Das ist es, was Götz mit Treue meint.«

Pola blickte auf ihren Teller und schob mit der Gabel ein Stück Fleisch hin und her. Dieses ganze Gerede von Treue und Zusammenhalt, diese Begriffe, die sie verwendeten, die Sachen, die sie trugen, das alles war ihr so vertraut, genauso wie Götz' Hände, die locker auf seinem Schoß lagen, sein raues Lachen, und ihr Bruder, groß und erwachsen in seiner Uniform. Sie legte die Gabel aus der Hand, weil sie bemerkte, dass ihre Hände zitterten. Ihr Herz schlug laut und regelmäßig.

»Aber genug. Wir sind schließlich zum Feiern hier. Ich will noch einen kleinen Witz erzählen. Der wird euch gefallen …« Adèl sah zu Pola, und seine Lippen kräuselten sich zu einem Lächeln. Pola sog scharf die Luft ein. Sie schien an ihrem Gaumen zu kleben wie das Karamell, das Rahel manchmal vom Schalom mitbrachte, das man sich von der Zunge kratzen musste und noch Stunden später zwischen den Zähnen wiederfand.

»Was macht ein Jude auf der Schaukel?«

In Pola wurde es still, als hätte jemand den Ton abgedreht. Sie sah, dass Götz etwas zu Adèl sagte, seine Hand auf Adèls Unterarm legte, aber seine Worte kamen nicht bei ihr an, genauso wenig wie das Klirren der Gläser und das Lachen der anderen. Sie konnte nur sehen, wie sich seine Lippen bewegten. Sein Mund auf- und zuklappte.

»Deutsche Scharfschützen ärgern!«, brüllte einer vom anderen Ende der Tafel.

»Genau.« Adèl prostete ihr zu. »Deutsche Scharfschützen ärgern. Pola. Ist das bei dir angekommen?«

»Ist es.« Sie nahm die Gabel wieder in die Hand und spießte energisch ein Stück Braten auf.

»Und?«

»Was und?« Kauen. Schlucken. Normal aussehen.

»Das ist lustig. Alle lachen darüber.«

»Jetzt lass sie«, mischte sich einer ein. »Das ist ein Männerwitz. Also, den müssen Mädchen nicht lustig finden.«

»Dann erzähl ich ihn eben anders. Für Mädchen. Extra für dich, kleine Schwester. Also, Schwesterchen, was macht eine Jüdin auf der Schaukel? Na?«

Adèls Augen bohrten sich in Polas, und sie hatte das Gefühl, er könne in den ihren all die kleinen Dinge aufspüren, die sie und Rahel verbanden, die Dinge, die passiert waren, die sie gesagt und gedacht hatten. Der gehauchte Kuss auf Rahels Wange. Ihr Lächeln, wenn sie auf dem Mäuerchen vor dem Proberaum auf Pola wartete. Ihre Umarmungen, fest und zärtlich.

»Ich will nur, dass meine Schwester Spaß hat. Ist das zu viel verlangt? Nun lach schon, Pola!«

»Verdammt, Adèl! Setz dich endlich hin und iss was!« Götz packte Adèl am Unterarm, aber Adèl riss sich los und beugte sich zu Pola hinunter, bis sein Gesicht genau vor ihrem war.

»Ich will, dass du lachst!«, sagte er leise zu ihr. »Hast du das verstanden?«

~

Mitten in der Nacht stahl ich mich davon. Ich schlich mich aus dem Bett, vorsichtig, dass meine Schwestern nicht aufwachten, und stieg die Treppen in das obere Stockwerk zu dem Mädchen hinauf. Ich atmete leise, aber ich hatte das Gefühl, dass die Luft nun leichter in meine Lungen strömte, jetzt, wo Rahel und Judith schliefen und ich plötzlich alleine war.

Sie hatte die Tür nicht abgeschlossen. Als ich eintrat, saß sie in der Küche auf dem alten Sessel mit dem Samtbezug, der früher vor Mutters Schminktisch gestanden hatte. Sie saß sehr aufrecht da und schien Zeitung zu lesen. Vielleicht nähte sie auch neue Bänder an ihre Spitzenschuhe. Oder sie tat nur so. Vorsichtig stellte ich das Marmeladenglas auf den Tisch und öffnete das Fenster, damit die Geräusche der Nacht unsere Stimmen übertönten. Die Straßenbahn klingelte leise, und irgendwo in der Nachbarschaft lief noch ein Fernseher. Ich legte meinen Zeigefinger auf die Lippen, als sie den Mund öffnete, um etwas zu sagen.

»Wir dürfen sie nicht wecken«, flüsterte ich. »Sie haben einen so leichten Schlaf. Rahel wacht manchmal auf, wenn ich mich nur im Bett herumdrehe.«

Sie schloss den Mund wieder.

»Sie war schon als Kind so empfindlich. Wenn Hitler über den Boden lief, dann weckte sie sogar das Geräusch seiner Krallen auf den Holzdielen.«

Ich war schon lange nicht mehr hier oben gewesen. Wenn ich einen Untermieter hatte, machte ich die Wohnungsübergabe, mehr nicht. Selbst das reichte. Die Zimmer, die meine Schwestern bewohnt hatten, das Elternschlafzimmer, mein Zimmer. Wozu musste ich es immer wieder sehen. Immer wieder dort die alten Geschichten aufspüren. Das obere Geschoss bereitete mir Schmerzen, tief in meiner Brust, und bisweilen setzte mein Herz sogar aus, und ich musste es mit einem tiefen Atemzug wieder zum Laufen bringen. Vom Dachfenster aus konnte man über den Garten zum Schlegel-Haus hinübersehen. Die Krone des Marillenbaums reichte nicht so weit hinauf, dass es das Haus verdecken konnte, und der Anblick sorgte jedes Mal für einen Stich in meinem Körper. Man kann sich nicht entscheiden, um was man Tränen vergießt. Es passiert einfach so, und bei mir war es die Zeit mit Franz.

Ich betrachtete das Marmeladenglas auf dem Tisch. Schon seit einigen Tagen trug ich es mit mir herum wie einen kleinen, bernsteinfarbenen Schatz. Es hatte nicht viele aus diesem Jahr gegeben, und eines davon bewahrte ich in dem kleinen Medizinschrank meines Vaters auf. Das Glas, das ich auf den Tisch stellte, war eines der anderen. Trotzdem wurde mir etwas schwach in den Beinen, so als würde ich mich über eine Brüstung beugen und Hunderte Meter in einen Abgrund hinunterschauen.

»Marillenmarmelade«, sagte ich. »1944.«

»Soll ich es aufmachen?«

»Nur zu!«

Mit einem dumpfen Knacken nahm das Mädchen den Deckel ab und roch daran, dann steckte sie den Zeigefinger hinein und leckte ihn ab.

»Sie auch?«

»Natürlich!« Ich tat es ihr nach, und die Erinnerung fuhr so hart in mich hinein, dass mir kurz schwarz vor Augen wurde. Ich sah meine Mutter am Herd stehen und die Marillen entsteinen, nach und nach ließ sie die Früchte in den Topf gleiten, rührte darin, gab Zucker hinzu, nur wenig, da kaum noch etwas da war.

»Dann muss sie so halten«, entschied sie. »Was meinst du, Elisabetta, wird die Marmelade den Krieg überstehen? Mit so wenig Zucker?«

»Ich weiß nicht.«

Ich dachte an etwas ganz anderes. Franz, er hatte sich seit dem Kuss nicht mehr blicken lassen, unser Krieg war eingeschlafen. Nur aus der Ferne hatte ich ihn gesehen, auf der Straße, wie er einen Stein gegen die Mülltonnen gekickt hatte.

»Man kann den Krieg nicht überstehen.« Sie beugte sich über den Topf, so nah, dass ihr die Flüssigkeit, die gerade zu sprudeln begann, ins Gesicht spritzte. »Ohne Zucker, meine ich. Aber was soll's.« Sie sagte das so, als wären wir sowieso nicht mehr da nach dem Krieg, und als wäre es egal, ob die Marmelade schlecht werden würde oder nicht.

Ich stemmte mich mit Schwung auf den Küchentisch und setzte mich zwischen die sauber aufgereihten Gläser.

Meine Schwestern hatten sich in ihre Zimmer verkrochen. Die Hitze ließ sie schläfrig werden wie Eidechsen in der Nachmittagssonne. Nur ich war umtriebig, ein ruheloser Kobold, immer auf der Suche, immer wachsam.

»Weißt du, Elisabetta, dir kann ich es sagen, du bist anders als Rahel und Judith.«

»Wie anders?«

»Du verstehst immer, was ich meine. Schon als kleines Kind war dein Verstand wach. Als wärst du schon alt geboren.« Sie nickte, als sie sich erinnerte, und nahm ein leeres Glas in die Hand, betrachtete es, als wäre darin meine Vergangenheit konserviert. Etwas, das nur sie sehen konnte. »Und deswegen sage ich dir: Es wird nicht mehr lange gut gehen.«

Meine Mutter drehte sich zum Herd, um in der Marmelade zu rühren.

»Sie werden uns nicht mehr lange in Ruhe lassen, nur weil dein Vater ein guter Arzt ist. Das ist lächerlich. Wir haben uns was vorgemacht.«

Diese Erkenntnis erschütterte mich nicht. Ich hatte darüber nicht nachgedacht, deswegen war es für mich ein Satz wie jeder andere. Keiner, der mir einen eisigen Schreck in die Glieder fahren ließ.

»Im Keller, hinter der Tür zum Vorratsraum, da steht Vaters Medikamentenschrank. Du wirst darin ein Glas Marmelade finden. Nur für alle Fälle.«

»Für welche Fälle?«

»Dass sie kommen und uns holen wollen.«

»Und dann?«

»Es steht das Jahr 1944 darauf. Es ist eins von diesen Gläsern. Siehst du?«

»Und dann?«

»Es ist nur für den Notfall, Kezele. Falls sie dir was tun wollen und ich dir nicht helfen kann.«

»Für den Notfall.«

»Es wird Arsenik drin sein. Erzähl das bloß nicht deinem Vater. Der würde mich umbringen. Deswegen werde ich das Glas ganz hinten verstecken. Du weißt, wo der Schlüssel für den Schrank hängt.« Sie wandte sich mir zu und sah mir kurz in die Augen. Dann umarmte sie mich und drückte mich an ihre weite Sängerinnenbrust.

Über ihre Schulter, durch das Fenster, entdeckte ich Franz. Er kam mit den Händen in den Hosentaschen die Straße hinunter, schlenderte im Rinnstein entlang, als wäre kein Krieg, als gäbe es nur den hellblauen Himmel über Wien und die Sommerluft, die sein blondes Haar zerzauste. Mit schnellem Griff zog ich meine Zwistel aus der Rocktasche und legte einen Marillenkern in den Gummi. Während meine Mutter ihren Kopf in mein Koboldhaar vergrub, schoss ich Franz den Kern genau zwischen die Augen. Er heulte auf und drückte sich die Hand gegen die Stirn.

»Ein Löffel reicht, Kezele, mehr braucht man davon nicht.«

»Gut«, sagte ich. »Ich werde es mir merken. Nur ein Löffel.«

Das Mädchen stand auf und kam um den Tisch herum. Sie sah aus, als wolle sie mir die Hand auf den Arm, die Schulter oder den Rücken legen, doch als sie meinen Gesichtsausdruck sah, hielt sie inne und lehnte sich stattdessen gegen die Fensterbank.

»Mitleid ist das, was man am wenigsten gebrauchen kann«, sagte ich zornig. »Es hilft nicht, bringt einen nicht weiter und macht, dass man sich noch schlechter fühlt. Wenn ich etwas von Herzen verabscheue, dann ist es Mitleid.«

»Das finde ich auch.«

»Es stellt den einen über den anderen. Gibt ihm Macht. Als könne er den anderen heilen. Aber so funktioniert das nicht. Das wäre zu einfach.«

»Wie funktioniert es dann?« Sie klang ehrlich interessiert, was mich etwas beruhigte. Mein Herz schlug langsamer, und das Rauschen in meinen Ohren wurde leiser.

»Es funktioniert gar nicht.«

»Gar nicht?«

»Ja, gar nicht. Ich muss dich enttäuschen. Niemand wird dich jemals heilen können.«

»Niemand hat Sie jemals heilen können?« Ihre Frage klang wie eine Feststellung.

»Nein.«

»Und niemand wird Sie jemals heilen können?«

»Nein.«

Sie steckte ihren Finger noch einmal in das Glas, das sie immer noch in der Hand hielt, und leckte ihn ab. Genüsslich, wie ich fand.

»Das glaube ich nicht«, sagte sie.

Das nächste Mal, als Pola zum Schalom fuhr, hatte sie sich vorgenommen, Rahel zu sagen, dass sie sich nicht mehr sehen konnten, und allein der Gedanke daran bereitete ihr Bauchschmerzen. Sie probte die Worte stumm und kaute auf ihnen herum wie auf einem ungenießbaren Stück Knorpel. Aber sie nahm sich vor, sie auszusprechen. Manchmal muss man Dinge tun, die einem schwerfallen, dachte sie. Weiter verbot sie sich zu denken.

Der Geburtstag von Götz war nur wenige Tage her, der Himmel hing voller bleigrauer Wolken, ein drückender, schwüler Sommertag, der die Leute ungeduldig werden ließ. Der Busfahrer schnauzte Pola an, weil sie das Geld nicht passend hatte, und eine Frau ließ ihre Handtasche auf dem Sitz stehen, im voll besetzten Bus, damit sich Pola nicht setzen konnte, und Pola traute sich nicht, sie darum zu bitten, die Tasche wegzunehmen. Die ganze Fahrt stand sie neben der Tür und überlegte sich bei jedem Halt auszusteigen. Sie tat es nicht. Irgendwann klatschten dicke Tropfen gegen die Scheiben, doch es begann nicht richtig zu regnen. Pola wünschte, es würde regnen, wie damals am See, als wäre das Wetter eine Schleife, die sich nun wieder verband, um ihrer Freundschaft ein logisches Ende zu geben.

Die Tische vor dem Schalom waren verlassen und die Stühle zusammengeklappt wie vor einem Unwetter. Pola schlenderte am Eingang vorbei und blickte dann durch das Fenster hinein. Drinnen an der Theke stand die Frau mit den lockigen Haaren und polierte Gläser, ein Mann lehnte am Tresen, und dann war da noch Rahel, ihre schöne, geliebte Rahel, ihr Stern, ihr Universum. Sie drehte sich zu ihr um, als hätte sie ihre Anwesenheit gespürt, und winkte.

»Komm rein, komm rein, meine Eltern freuen sich, ich bin mir sicher, dass sie sich jetzt freuen. Ich hab von dir erzählt, von uns …«

»Ich bleib lieber draußen.«

»Nichts da, es regnet, sieh dir den Himmel an.«

»Das macht mir nichts aus.«

»Aber mir. Ich bin aus Zucker. Braunem Vollrohrzucker. Der zerläuft. Also los.«

»Besser, wir gehen spazieren.«

»Meine Mutter wird enttäuscht sein.«

»Zum See.«

»Es kommen nicht oft Freunde zu mir.«

»Es wird nicht regnen.«

»Es kommt nicht oft meine beste Freundin zu mir nach Hause.«

»Besser nicht.«

»Meine allerbeste Freundin.«

»…«

Rahel nahm ihre Hand, um sie die paar Stufen zum

Schalom hinaufzuziehen. Sie stemmte sich gegen die schwere Holztür.

»Sie werden dich mögen. Man muss dich mögen. Weißt du?«

Sie schleppte Pola vor den Tresen, und der Anblick von Rahels Eltern ließ Pola ganze Vogelschwärme durch den Bauch flattern. Kraniche, wie sie fand, oder Silberreiher. Jedenfalls Vögel, die für ihren Bauch viel zu groß waren.

»Das ist sie. Das ist Pola, meine liebste Freundin.«

»Wir haben schon viel von dir gehört.«

»Ja, Rahel erzählt jeden Tag von dir.« Die Stimme von Rahels Mutter war dunkel und weich. »Sie sagt, du kannst tanzen.«

»Ein bisschen.«

»Pola lügt. Sie tanzt wie ... wie ...« Rahel suchte nach Worten. »Wie der Teufel.«

»Stimmt das?« Rahels Mutter lächelte und strich sich ihr Haar aus der Stirn. Pola war sich sicher, dass es sich anfühlen musste wie die Mähne des Ponys, auf dem sie vor Jahren im Hippodrom im Kreis geritten war. Es war auch fast genauso schwarz, mit feinen silbergrauen Strähnen darin.

»Natürlich nicht«, beeilte sich Rahel zu sagen, bevor Pola antworten konnte. »Sie tanzt wie ein Engel.«

Es machte Pola verlegen und gleichzeitig froh, dass Rahel so über sie sprach, ihre Wangen brannten, und Rahels Mutter stellte ihr ein Glas Wasser hin, während Rahel in rasender Geschwindigkeit alles erzählte, was es über Pola zu wissen gab – zumindest das, was sie von ihr kannte. Wie sie durch den See tauchte, einmal um die

Insel herum und nur kurz Luft holen musste, auf Höhe des Biberdamms. Dass ihr der Regen nichts machte, sie aber Angst vor Fischen hatte, noch nie auf Sizilien gewesen war und bei der Imbissbude immer zwei Portionen Pommes bestellte. Dass sie den Romeo tanzte und mittlerweile den Spagat konnte, ohne sich vorher vernünftig aufzuwärmen.

»Wirklich?«, fragte Rahels Mutter, und Pola nickte und zeigte vor dem Tresen, dass sie es konnte. Und Rahel war so stolz, als wäre sie es selbst und nicht Pola. Sie baten Pola, ein paar Drehungen zu zeigen, und Pola machte sechzehn Fouetté, was ihr noch nie zuvor geglückt war. Sie zeigte ihnen, wie schwierig die Sprünge waren, die sie für den Romeo trainierte, und erklärte ihnen, dass sie alles komplett neu lernen musste für den Romeo, denn der Tanz der Tänzerinnen hatte im Ballett nichts mit dem der Tänzer zu tun.

»Also fast nichts«, relativierte sie und machte noch eine letzte Drehung, bevor sie sich knapp verbeugte, so, wie sich die Männer verbeugten.

»Das war fantastisch.« Rahels Mutter schien beeindruckt – so ganz anders als ihre eigene. Polas Mutter hatte sie nie tanzen sehen, wirklich tanzen, frei und ohne Angst.

»Ich finde nur, Pola sollte sich die Haare schneiden für den Romeo.« Rahel schlang ihre Arme um Pola. »So ganz kurz, wie ein Junge.«

»Da ist was dran.«

»Ich könnte es tun.« Rahels Mutter machte eine Schublade auf und dann noch eine und wühlte darin herum, bis sie eine Schere fand. »Willst du?«

Polas Nacken kribbelte, und dann nickte sie. Rahel rannte hinauf in die Wohnung, um einen Kamm zu suchen, und ihr Vater schob einen Stuhl in die Mitte des Raumes unter die hellste Lampe, damit auch nichts schiefging, und legte Amy Winehouse auf, Musik, wie Pola sie noch nie zuvor gehört hatte. Rau und eigenartig, traurig und nicht wie die Schläge ins Gesicht, die man bekam, wenn man die Musik ihres Bruders hörte.

»Du hast unserer Rahel ganz schön den Kopf verdreht«, sagte Rahels Mutter und zwinkerte ihr zu. Sie zog sich einen Stuhl heran und setzte sich so nahe vor Pola, dass sich ihre Knie berührten.

»Ich bin Esther.« Sie reichte Pola die Hand. »Und das ist mein Mann Dov. Wir freuen uns ehrlich, dass du hier bist. Rahel hatte noch nie eine Freundin wie dich. Eine, die ihr wirklich nah ist.«

»Ich auch nicht.«

»Das ist sehr selten. Dafür muss man dankbar sein. Ich habe mir das immer für sie gewünscht.« Sie legte den Kopf schief, und Pola dachte, dass sie schön war und dass die Dinge, die Götz zu ihr gesagt hatte, verblassten, je länger man ihr ins Gesicht blickte. »Vielleicht, weil ich keine Schwestern habe. Und keine beste Freundin. Und weil Rahel auch keine Schwester hat. Hast du eine?«

»Nur einen Bruder.«

»Ach.«

»Es ist nicht schlimm. Seit ich Rahel kenne.«

Wieder lächelte Rahels Mutter, und Rahel riss die Tür auf und überbrachte den Kamm, wie etwas Heiliges, voller

Dramatik, als würde gleich etwas sehr Bedeutsames passieren.

Esther schnitt Polas Haare, während Dov am Tresen lehnte und Rahel ungeduldig auf ihrem Stuhl herumzappelte. Die ersten Gäste kamen herein und liefen durch die blonden Strähnen, begrüßen Dov und Esther und strichen Rahel über den Kopf. Pola konnte das kalte Metall der Schere an ihrem Hals spüren und Eshers festen Griff, wenn sie ihr Haar durch den Kamm laufen ließ, um die Spitzen abzuschneiden. Ein letzter prüfender Blick.

»Fertig!«

Sie stiegen die hundert Stufen zu Rahels Zimmer hinauf, und Pola musste immer wieder mit den Händen durch ihr Haar streichen. Es fühlte sich seltsam an, und sie dachte an Adèl, ob es sich für ihn wohl ähnlich anfühlte.

»Deine Haare sehen toll aus.«

»Findest du?«

»Ja, Romeo.«

»Wer ist das?«

Sie blieben bei einer Kommode vor Rahels Zimmer stehen, zwei Bilder standen da, gerahmt nebeneinander. Pola beugte sich darüber.

»Das ist meine Bubbe.« Rahel nahm das Bild in die Hand.

»Bubbe?«

»Meine Großmutter. Da war sie noch jung. Bevor sie meine Mutter bekommen hat.«

»Und die da?« Pola deutete auf das andere Bild. Zwei

Mädchen, die untergehakt unter einem blühenden Baum standen.

»Ihre Schwestern.«

»Die sehen schön aus.«

»Sie sind nicht alt geworden.«

»Wie alt denn?«

»So alt wie wir. Ein bisschen älter.« Rahel stellte das Bild zurück und runzelte kurz die Stirn, als wolle sie nicht weiter über die zwei Mädchen sprechen. Pola wollte es auch nicht.

»Und deine Bubbe?«

»Die lebt noch. Komm, ich zeig dir mein Zimmer, nicht die alten Fotos. Mein Zimmer ist hübsch.«

»Ich muss dir was sagen.«

»Erst in meinem Zimmer. Siehst du. Hier ist es schon. Da hast du einen Spiegel. Wie findest du's?«

»Dein Zimmer?«

»Deine Haare, du Dummkopf.«

»Kurz.« Polas Herz klopfte schwer in ihrer Brust, als sie sich im Spiegel sah.

»Und das Zimmer?«

»Rot. So wie du. Wie das Zimmer von Rosenrot.«

»Hast du ein Schneeweißchenzimmer? So eines mit weißem Bett und Stuhl und Vorhängen und mit einem Bär, der vor der Tür schläft?«

»Keine Ahnung. Vielleicht.«

Sie ließen sich nebeneinander auf das Bett fallen, Seite an Seite, und Rahel hielt den Spiegel über sich und Pola. Rahels dickes schwarzes Haar schmiegte sich an Polas Wange und an ihren Hals.

»Was wolltest du mir sagen?«

»Ich wollte es dir schon am See sagen. Schon ganz am Anfang.«

»Als wir die Kette gesucht haben.«

»Und nicht gefunden.«

»Als wir im Gras gelegen haben.«

»Hand in Hand.«

»Also was?«

»Dann hab ich mich nicht getraut.«

»Du traust dich doch alles. Du traust dich auf einer Bühne zu tanzen.«

»Da hab ich auch Angst.«

»Wirklich? Du?«

»Bisschen vielleicht. Dass ich stolpere oder nach dem Drehen hinfalle.«

»Ich wollt dir auch was sagen.«

»Ich zuerst.« Pola hielt die Luft an. Rahels Augen leuchteten.

»Nein, ich. Meines ist schöner.«

»Ich weiß.«

»Woher willst du das wissen?«

»Das spüre ich.«

»Ich sag es jetzt einfach.«

»Sag es nicht.«

»Doch. Ich liebe dich, Pola.«

»Ich liebe dich auch, Rahel.«

Rahel zog Pola auf ihr Bett und strich ihr durch das raspelkurze Haar. Wenn Pola noch vor wenigen Sekunden mit sich gerungen hatte, ihr alles zu sagen, so beschloss sie nun, alles zu vergessen. Für einen Tag noch. Oder zwei. Sie legte ihre Stirn an Rahels, und die Kraniche und Silberreiher in ihrem Bauch verwandelten sich in zarte, huschende Geschöpfe. Sie fragte sich, ob man nicht auch einmal etwas wagen könnte, und als sie dann Rahel danach fragte, sagte diese, ja, natürlich, man sollte immer das Äußerste wagen. Nur um zu wissen, ob es funktioniert.

Und wenn es nicht funktioniert? Ja dann, sagte Rahel, ja dann kommt das Ende mit Pauken und Trompeten, denn nichts sei schlimmer als die Stille.

~

Nichts ist größer und einschüchternder als die Stille eines verlassenen Hauses. Sie lauert in jeder Ecke. Bösartig und wild, jederzeit bereit, einen anzuspringen und aufzufressen. Bis man sich kaum mehr traut, einen Schritt zu machen, sich zusammenkauert, sich die Ohren zuhält und vor jeder knarzenden Diele erschrickt.

Ich hatte ja wenigstens Hitler, damals. Hitler war mir geblieben, alle anderen waren fort.

Das deutsche Mädchen fürchtete sich vor der Stille in ihrem Herzen. Sie sagte einmal, wenn die Stille kam, könne sie den Schein des Feuers sehen, die Hitze spüren und den Brandgeruch riechen, und deswegen ließ sie es nicht zu, dass es still wurde. Wenn sie schlafen ging, ließ sie Musik laufen, und sobald sie zu Ende war, wachte sie wieder auf. Sie streunte nachts durch Wien, bis sie vor Erschöpfung kaum mehr stehen konnte, kehrte dann erst wieder um. Vielen Menschen ergeht es so. Sie ist nicht die Einzige.

Nachdem ich bei ihr oben gewesen war, trafen wir uns öfter. Immer heimlich und nachts. Sie klopfte nicht an meine Tür, ich wusste es, wenn sie da war. Sie stand dann draußen am Gartentor, aufgeregt, mit roten Wangen, und ich, ich fühlte mich ein klein wenig wie der Kobold, der ich einmal gewesen war, der andere zu unvernünftigen Dingen verführte, der auf Eichen kletterte und einen Jungen auf den Mund küsste, dessen blondes Haar wie Weizen in der Sonne leuchtete. Wäre nicht mein Rücken gewesen, meine Knie, die schmerzten, ich wäre glatt dieser Illusion aufgesessen.

Einmal gingen wir zum Stephansdom. Wir gingen nicht hinein, weil wir beide mit der katholischen Kirche nicht viel anfangen konnten, aber wir setzten uns davor und sahen den Leuten zu, die schwankend von den Kneipen nach Hause steuerten.

Eine alte Frau und ein junges Mädchen.

»Wissen Sie, warum ich hier bin?«, fragte sie.

»Nein«, sagte ich.

»Wollen Sie es wissen?«

»Nein.«

Da war mir egal, dass sie ein deutsches Mädchen war.

Wir fuhren auch zum Prater, doch das Riesenrad stand still, und die Buden waren geschlossen. Ich führte sie auf den Währinger Friedhof, zum Grab meiner Großmutter, und als sie dort in Tränen ausbrach, nahm ich sie nicht in den Arm. Ich ließ sie einfach weinen. So lange, bis ich das Gefühl hatte, das Dunkelste sei nun vorbei und der neue Tag angebrochen.

Rahel entging das alles natürlich nicht. Sie war wachsam wie eine Füchsin. Sie belauerte mich, lief mir hinterher, trat mir bei jeder Gelegenheit auf die Fersen, warf mir wütende Blicke zu, wenn ich im Garten stand und zusah, wie die Marillen wuchsen. Sie waren mittlerweile kirschgroß, aber immer noch hellgrün und ungenießbar. Rahel bemerkte, dass etwas nicht stimmte. Wenn ich mich auf die verwitterte Holzbank setzte, dann setzte sie sich so dicht neben mich, dass ich ihren Atem am Hals spüren konnte.

»Shvesterke«, sagte sie dann, »weißt du, dass ich dich von Herzen liebe.«

Das wusste ich nicht. Rahel war immer die sprödeste von uns gewesen. Schon als Baby hatte sie sich gegen den Körper meiner Mutter gestemmt, wenn die sie in den Arm nehmen wollte. Sie hatte dem nichts abgewinnen können, und nur selten – ich konnte mich kaum daran erinnern – hatten wir uns mehr als flüchtig berührt.

»Ich bin froh, dass dir nie ein Leid zugestoßen ist.«

Nichts wollte ich weniger, als die Definition von Leid zu diskutieren. Vor allem nicht mit Rahel, die geradezu unerbittlich im Vertreten ihrer Meinung war.

»Jeder Verlust ist schlimm«, sagte ich leichthin und strich mit meinen rissigen Händen über das ebenso rissige Holz der Bank. Bald würde die Hitze der Stadt die Marillen reifen lassen, und nachts würden sie mit diesem dumpfen, polternden Geräusch ins Gras fallen. Wie viele Gläser mochten es wohl dieses Jahr werden?

»Nun ja, es gibt Unterschiede.«

Wir schwiegen, und ich zählte die Sekunden. Rahel schwieg hartnäckiger.

»Welche Unterschiede«, sagte ich ergeben.

Eine Amsel flog in den Baum und hackte auf die unreifen Marillen ein. Was dachten sich diese Vögel dabei? Unreife Marillen stehlen. Ich warf eine Handvoll Steinchen hinauf, und die Amsel zog unter großem Gezeter weiter.

»Habe ich dir erzählt, wie es war, als wir in Dachau ankamen? Wir waren einer der letzten Transporte. Treblinka hatten sie geschlossen. Auschwitz, Flossenbürg, Bergen-Belsen und Maly Trostinec schon lange zuvor. Wenn ich es mir recht überlege, haben sie sich immer ein Stück weiter zurückgezogen, je prekärer die Lage wurde. Aber aufgehört haben sie nie. Als hätten sie gedacht, schnell, schnell, die kriegen wir auch noch tot.«

Ich legte unbehaglich meine Hände in den Schoß und knetete sie. So wie im Winter, wenn sie vor Kälte klamm werden. Rahel, Rahel. Warum nur? Warum nur muss alles immer erinnert und ausgesprochen werden?

»Na, und totgekriegt haben sie uns. So ein Pech auch. Kurz vor Schluss. Kurz bevor es vorbei war. So ein verdammtes Pech.«

»Ja, das ist es.«

»Aber sie müssen gewusst haben, dass es unrecht ist. Nächtelang habe ich darüber nachgedacht. Wenn man es im Nachhinein betrachtet …«

»Hmm?«

»… dann würde ich sagen, es war ihnen glasklar. Sonst hätten sie doch nicht versucht, alles zu vertuschen und verschwinden zu lassen. Was meinst du? Die vielen Toten wegzuräumen, das macht man doch nicht so zum Spaß.«

»Hmm.«

»Aber weißt du, das haben wir nicht geglaubt. Judith und ich haben das einfach nicht geglaubt, dass es uns auch erwischt. Geradezu borniert waren wir. Judith hat ihr Kleid mitgenommen, das mit den Rosen, das sie tragen wollte, wenn ein Kerl um ihre Hand anhält. Sie hat mich sogar gefragt, ob sie's noch anziehen wird, und ich hab gesagt, halt den Mund, du Dumme, natürlich wirst du.«

Ich kannte dieses Kleid gut. So gut, als hätte ich erst gestern den feinen Stoff zwischen den Fingern gespürt. Judith erlaubte mir alles, wirklich alles, nur dieses Kleid durfte ich nie anziehen. Einmal hielt sie es mir vor die Brust, während ich vor dem Spiegel stand. Blassrosa Rosen auf weiß, so undeutlich wie im Schneegestöber. Wunderschön hätte sie darin ausgesehen. Wunderschön.

»Ich hatte meine Bücher in dem kleinen braunen Koffer, und Mullbinden, nur falls ich meine Monatsblutung bekommen sollte. Und Mutter hat die Fotoalben mitgenommen, weiß Gott, warum. Den ganzen Krempel hätten wir genauso gut auch sofort hier auf der Türschwelle verbrennen können.«

»Und Vater?«

»Ich weiß es nicht.«

»Du weißt es nicht?«

»Er war nicht bei uns. Männer und Frauen waren getrennt.«

»Getrennt.«

Ich wusste, dass ich mir mit solchen Äußerungen eigentlich nur Rahels beißenden Spott einhandeln konnte, doch sie erwiderte nichts darauf. Stattdessen blickte sie zum Zimmer der Deutschen hinauf.

»Du kommst dort an, und sie nehmen dir alles weg.

Wann bekomme ich das wieder?, fragst du. Freundlich, weil man es ja so gewohnt ist, freundlich zu sein, vielleicht versuchst du dem Kerl hinter dem Tisch sogar zuzuzwinkern, weil du ja hübsch bist und jung, aber er zuckt nur mit den Schultern. Es ist ihm egal. Oder er hat die Frage schon zu oft gehört. Und er versteht nicht, was dieses Schulterzucken für dich bedeutet. Es macht dich hilflos. Doch das wahre Ausmaß der Hilflosigkeit kannst du in diesem Moment noch gar nicht begreifen.

Entschuldigen Sie bitte, da sind meine persönlichen Dinge in dem Koffer, ich wüsste gerne, wann ich sie wiederbekomme. Am Ende schreist du sogar, und sie bringen dich weg, während du um dich schlägst. Und wenn du dich noch mal umdrehst, siehst du, wie sie dein ganzes Zeug auf einen Haufen leeren, darin herumwühlen, nach Schmuck und Geld und so was suchen, und den Rest, ja den Rest, den schieben sie mit einem Besen in die Ecke, wie Dreck. Aber es sind ja nur Dinge. Es sind ja nur Dinge, das kann man alles neu kaufen und viel schöner, hab ich zu Judith gesagt, weil sie so um ihr Kleid geweint hat. Und ich habe mir gedacht, verdammt, in einer Woche, da bin ich unrein, und die Idioten nehmen mir die Mullbinden weg.«

Sie seufzte und strich sich über die Augen.

»Ach, ich hab das Tor vergessen. Das schmale Tor mit der Aufschrift. Das kommt vorher. Da weißt du schon, was hier gespielt wird, wenn du durch dieses Tor gehst, schön der Reihe nach, hintereinander. Da weißt du, was jetzt kommt. Ich war wenigstens zu Recht hier. Bei mir hatten sie einen Grund. Aber Mutter und Judith.«

»Vergiss das.«

»Mutter war doch nur eine Sängerin. Und Judith war ein Reh. Ein scheues, zahmes Reh. Ängstlich und zart. Sie hat so gezittert, dass ich ihre Hand nehmen wollte, aber einer hat uns auseinandergeschlagen. Da kann man niemanden festhalten. Jeder geht allein durch das Tor. Und danach nehmen sie einem alles. Die Sachen. Den Namen. Alles.«

»Es ist lange vorbei.«

»Ist es nicht. Gestern war das. Oder vorgestern. Vorbei ist das nie.«

»Es ist vorbei.«

»Hab ich dir von der Nummer erzählt?«

»Hast du.«

»Natürlich. Jetzt, wo du es sagst. Das ist natürlich langweilig für dich. Immer die gleichen Geschichten. Immer dasselbe. Das nutzt sich ab mit der Zeit. Aber ich kann dir noch etwas erzählen, was du nicht weißt.«

Sie sah mich erwartungsvoll an. Hatte ich erwähnt, dass ich Rahels Geschichten hasste? Ich hasste sie von Herzen.

»Mutter.«

»Was soll mit ihr sein?«

»Sie hat gesungen.«

»Ich weiß.«

»In Dachau hat sie zum ersten Mal wieder gesungen. Nicht dieses Zeug, das sie zu Hause gesungen hat, nachdem der Botstiber weg war. Sie hat die *Norma* gesungen, und *La Traviata* und die Pamina in der *Zauberflöte*. Nie habe ich sie schöner singen hören. Nie. Alles Schlechte hat so auch etwas Gutes.«

Ich spürte, wie sie ihren Körper gegen meinen Körper lehnte. Ihre Anwesenheit ließ mich schwer atmen, und ich versuchte krampfhaft, Luft durch den Mund zu holen, was mir kaum gelang. Aber ich konnte auch nicht aufstehen und weggehen. Früher hätte ich das noch gekonnt, aber heute nicht mehr.

»Sie sang in der Baracke, und die, die zuhörten, weinten. Sie sang, bis sie weggebracht wurde. In den Bunker. Aber selbst da hörte sie nicht auf.«

Die Amseln, die nun im Baum landeten, vertrieb ich nicht. Sie raschelten oben, und eine unreife Frucht fiel mir in den Schoß. Ich schloss meine Finger darum. Was machte es schon, wenn die Vögel die Ernte verdarben.

»Sie wolle die Gefangenen mit ihrem Gesang aufwiegeln, hieß es. Vielleicht stimmte das auch. Wer weiß. Bist du mal im Bunker gewesen? Man kann das jetzt besichtigen. Den Gang mit den Zellen. Die Amerikaner sehen sich das gerne an. Aber ich bezweifle, dass sie verstehen, was dort passiert ist. Warst du dort?«

»Nein.«

»Das macht nichts. Das macht doch nichts, du musst deswegen nicht weinen. Was würde es bringen, wenn du wüsstest, wo sie gesessen hat, auf dem kahlen Boden, und dann in der Stehzelle, so schmal, dass man sich nicht einmal mehr hinsetzen konnte. Das würde doch niemandem etwas bringen, vorbei ist vorbei, wie du vorhin gesagt hast. Da musst du jetzt nicht mehr traurig sein, jede vergossene Träne ist zu viel. Wirst du mal hinfahren?«

»Ich weiß es nicht.«

»Oh Shvesterke, beruhige dich, so traurig wollte ich dich nicht machen. Es ist egal, ob du hinfährst oder nicht. Aber wenn du mal dort bist und auf diesem riesigen, geschotterten Platz stehst, dann denk daran, dass sie auch noch gesungen hat, als sie gestorben ist. Der Wind fegt dort über den Boden und wirbelt an trockenen Tagen den Staub vor sich her. Wenn es regnet, steht das Wasser knöcheltief. Auf diesen Platz, in die Mitte haben sie sie hingestellt, und ihr Gesang hing noch in der Luft, da lag sie schon auf dem Boden. Es ist kaum möglich, aber ich schwöre dir, ich konnte sie noch hören, und die anderen konnten es auch … *o mio babbino caro, mi piace è bello, bello …*«

Ich spürte ihre Hand auf meinem Scheitel … schhhht … schhhht … Shvesterke, nicht weinen … und sah dann das deutsche Mädchen, das durch den Garten auf mich zukam und sich wortlos neben mich setzte. Denn manchmal gibt es keine Worte.

~

Es kam selten vor, dass die Marinova Schülerinnen nach den Proben zu sich in das kleine Kämmerchen rief, in dem sie sich auf die Stunden vorbereitete, wobei vorbereitete eher zu viel gesagt war. Meist presste sie sich die Fingerspitzen an die Schläfen und versuchte auszublenden, wo sie war und wo sie jetzt sein könnte, wenn ihr Körper dem harten Training standgehalten hätte. Ihr Rücken schmerzte und ihre Achillessehnen fühlten sich wie heiße, brennende Stränge an, die sie an den Boden fesselten.

Vor ihr saß Pola. Sie starrte auf ihre Hände, die ruhig auf ihren Knien lagen.

»Warum hast du den Mercutio gewürgt?«, setzte die Marinova an.

Es schmerzte die Marinova aus tiefster Seele, dass ihr Mercutio so untalentiert war. Dass er nichts zustande brachte außer ungelenken Hüpfern. Es machte sie halb wahnsinnig, dass sie ihre Zeit mit Schülerinnen verbringen musste, die keinen Funken Poesie im Leib hatten, und sie fragte sich, wieso sie kostbare Stunden damit verbrachte, diesen Kindern Schritte beizubringen, die sie vergaßen, sobald die Tür des Ballettsaals hinter ihnen zufiel. Kurz gesagt, sie hätte den Mercutio auch gerne gewürgt, wenn ihr nicht bewusst gewesen wäre, dass auch das nicht das Geringste nutzte.

Pola zuckte mit den Schultern. Sie hob nicht einmal den Blick. Mit ihrem kurzen Haar sah sie aus wie ein halbwüchsiger, wütender Romeo. Eigentlich so, wie sich die Marinova den Romeo gewünscht hätte.

»Zum Teufel, Pola, warum hast du ihn gewürgt? Du und Mercutio, ihr gehört zusammen. Er ist dein bester Freund. Er gerät mit deinem schlimmsten Feind in Streit, und du würgst ihn. Das ist nicht deine Rolle.«

»Was ist denn meine Rolle?«

»Du tötest Tybalt.«

»Und warum?«

Die Marinova sog hörbar die Luft ein. All das machte sie unendlich müde, diese Gespräche, diese Proben, diese Mädchen. Vielleicht sollte sie damit aufhören und zurückgehen nach Polen, zu ihrer Mutter, wer weiß, wie lange die noch lebte.

»Tybalt tötet deinen besten Freund Mercutio. Du hasst ihn.«

»Aber er ist Julias Cousin. Wenn ich ihn töte, dann verliere ich meine große Liebe Julia.«

»Hör zu, das ist nun einmal so. Die Familien sind verfeindet. Du willst vermitteln, aber Tybalt tötet Mercutio …«

»Mercutio provoziert Tybalt.«

»Tybalt provoziert Mercutio. Du willst vermitteln, aber die beiden hören nicht auf dich. Egal, was du tust, du kannst Julia nur verlieren.«

Pola hob den Kopf und sah der Marinova in die Augen.

»Was würden Sie tun, Frau Marinova, wenn Sie an Romeos Stelle wären?«

Ihre Stimme hörte sich seltsam klar an. So klar, als würde sie tatsächlich eine Antwort hören wollen.

»Es geht nicht darum, was ich tun würde. So darf man nicht denken. Man handelt so, wie das Stück es verlangt. Mehr nicht.«

»Ich würde es aber gerne wissen.«

Das Gelächter der Mädchen drang zu ihnen herein. Sie kamen aus der Umkleide, liefen tuschelnd an der Glastür des Büros vorbei und verschwanden nach draußen. Nur der Mercutio hielt kurz inne und starrte Pola böse an. Die Marinova presste wieder ihre Finger gegen die Schläfen, doch der pochende Schmerz in ihrem Kopf ließ sich nun nicht mehr stoppen.

»*Na litosc bosca!* Vergiss das jetzt. Was soll diese Diskussion?!«

»Romeo und Julia hätten nicht sterben müssen. Ich will damit sagen …«

»Du wirst die Geschichte nicht ändern. Du nicht. Und auch niemand sonst. Und jetzt Schluss!«

Energisch schob die Marinova ein paar leere CD-Hüllen und Zeitschriften beiseite. Sie stand auf und kam um den Tisch herum. Polas Körper erinnerte sie nun an ihren eigenen, als sie noch jung war. Sie hatte sich verändert, diese Pola. Überhaupt war ihr Pola sehr ähnlich geworden, fand sie. Ehrgeizig und hart zu sich selbst.

»Du hast zu viel trainiert«, sagte sie nun etwas sanfter

und legte kurz ihre Hand auf Polas Schulter. »Du warst fast jeden Tag hier. Das ist schön. Aber es geht an die Substanz. Du bist eine gute Schülerin. Das bist du. Vielleicht meine beste.«

»Danke.«

»Du solltest nach Hause gehen. Ruh dich aus. Kein Training heute mehr. Verstehst du?«

»Gut.«

»Und wenn du wiederkommst, dann tanzt du den Romeo. Du tanzt ihn wunderbar.«

»Aber …«

»Nichts aber. Mercutio ist deine Seite. Tybalt ist die andere Seite. Du kannst ihn nur hassen. Du hasst doch nicht deinen eigenen Freund? Deinen besten Freund, der wie ein Bruder für dich ist.«

»Ich weiß nicht.«

»Natürlich weißt du. Natürlich. Dein Gefühl ist das richtige. Und jetzt geh. Draußen ist Luft und Licht. Du bist schon ganz blass. Komm.«

Sie zog Pola hoch und schob sie durch die Tür nach draußen. Die Gerüche des Kolophoniums, des Holzbodens und der vielen durchtanzten Stunden vermengten sich und ließen das Herz der Marinova schwer werden.

Von der Tür der Tanzschule aus konnte Pola sehen, dass Adèl auf sie wartete. Er stand mit dem Auto in zweiter Reihe und blickte über das Dach des Wagens hinweg in Richtung Englischer Garten, als würde er dort etwas beobachten. Dem ersten Impuls folgend machte Pola einen

Schritt zurück und wollte die Tür wieder zuziehen, doch dann besann sie sich anders und lief die Stufen hinunter. Im Grunde hatte sie auf diesen Moment gewartet, ängstlich gewartet, wenn sie zu Hause war und sie die Haustür zuschlagen hörte, Schritte auf der Treppe und Adèls Stimme vor ihrer Zimmertür. Sie hatte sich kleingemacht, als könnte das ein Zusammentreffen verhindern, doch dieses Kleinmachen nützte nichts, und nun war der Moment da. In Polas Brust machte sich seltsamerweise ein Gefühl der Erleichterung breit.

»Wollen wir zum See raus?«, fragte Adèl, als sie beide gleichzeitig in den Wagen stiegen. »Vater ist zurück. Es ist besser, wenn du jetzt nicht heimkommst.«

Dann sagte er die ganze Fahrt lang nichts mehr. Pola konnte sehen, wie sich sein Kiefer anspannte und an seinen Händen die Fingerknöchel weiß hervortraten. Sie fragte sich, wie man im Sommer ein derart klammes Gefühl haben konnte, und schob es darauf, dass es bald Herbst werden würde. Sie spürte Kälte ihre Beine hinaufkriechen. Rahel hatte zu ihr gesagt, dass der Herbst und der Winter nicht schlimm werden würden, weil sie sich nun kannten. Doch Pola dachte, es wäre kein Wunder, wenn sogar der Sommer, dieser kümmerliche Rest, der vom Sommer übrig war, schlimm werden würde.

Sie hielten am See und gingen zum Ufer hinunter. Hinter den Weiden begann es sacht zu dämmern, der Tag hatte sich geneigt und benetzte das Gras mit Tau und das Wasser mit Nebel.

»Wie lange wird er nun hier sein?«

»Bis er wieder …« Adèl unterbrach sich und warf Pola einen schnellen Seitenblick zu. »Es wird nicht mehr so sein wie früher.«

Sie schwiegen und beobachteten einen Eisvogel, der übers Wasser schoss. Sein Gefieder leuchtete blau und türkis. Pola hatte einmal gehört, dass die Vergangenheit einen nicht einholen konnte. Sie war vergangen und blieb vergangen. Dort, wo der Eisvogel die Wasseroberfläche berührt hatte, kräuselten sich kleine Wellen. Sie erschien ihr lächerlich, diese Behauptung. Wenn selbst das Wasser unruhig blieb, von einer zarten Berührung, und Minuten brauchte, bis es wieder glatt und reglos dalag. Sie dachte an den Mercutio, daran, wie sie ihre Finger um den Hals des plumpen Mädchens gelegt hatte, ihre aufgerissenen Augen und die unbändige Wut, die sie immer weiter zudrücken ließ, bis die Marinova ihr ins Gesicht schlug, zwei harte Schläge, die sie wieder zur Besinnung brachten.

»Er ist ein beschissener Versager.« Adèl streifte sich die Schuhe ab und bohrte seine Füße in den Sand. »Ein beschissener Schlappschwanz. Das ist er schon immer gewesen.«

Pola tat es ihm nach, der Sand umklammerte ihre Füße kühl und feucht. Sie schloss kurz die Augen, der Schmerz pochte in ihren Zehen, dem Rist, der Achillessehne, ließ aber nun langsam nach und beruhigte sich, wie ein gehetztes Pferd, dem man die Hand zwischen die Augen legt. Jetzt wusste sie, dass er nichts über Rahel fragen würde, auch wenn sich diese ungestellten Fragen seltsam zwischen sie und Adèl legten.

»Weißt du, was ich am meisten hasse?« Er sah sie wieder kurz an, und Pola schüttelte den Kopf. »Dass alle sagen, er ist krank. Dabei ist er ein Schwächling. Einer, der sein Leben noch nie auf die Reihe bekommen hat. Schlimm genug, dass er unser Vater ist.«

»Ich kann mich erinnern.«

»Das musst du nicht.«

»Ich kann es aber.«

»Dann vergiss es. Das ist nicht mehr wichtig.«

Selbst wenn sie Adèl nicht ansah, hatte sie immer noch sein Gesicht vor Augen: blutig und zerschlagen. Und was er gesagt hatte, deutlich, immer wieder. Sie solle raus hier, raus, jetzt sofort. Runter zu Götz, der würde wissen, was zu tun sei. Und dann die Polizei, der Krankenwagen, der ihren Vater mitgenommen hatte, Mutter, die das Haus aufräumte, mit zugezogenen Vorhängen, damit die Nachbarn es nicht sehen konnten. Nachts waren sie zum Flaschencontainer gefahren, weit weg, bis raus nach Feldmoching, damit sie nur ja niemand erkannte. Pola fror im Auto, übernächtigt, am nächsten Tag musste sie wieder in die Schule, zum Tanzunterricht, das Leben ging schließlich weiter. Aber ihr wurde jetzt noch übel, wenn sie daran dachte.

»Das ist nicht nur einmal passiert«, sagte sie.

Adèl winkte ab. »Vergiss es. Der stirbt sowieso. Das dauert nicht mehr lange.«

Sie wusste, dass sie nun wieder zu Götz gehen würden, in das quadratische Haus. Sie und Adèl. So lange, bis er wieder weg war, zurück in der Klinik oder vielleicht tot.

»Und woran soll er sterben?«

»Seine Eingeweide werden durchbrechen, und er wird in seiner eigenen Scheiße und Pisse verrecken.«

Seine Stimme klang gleichgültig. Er warf einen Stein weit auf den See hinaus und dann noch einen.

»Ich will diese Scheißgene nicht.«

»Da kann man jetzt nichts mehr machen.«

»Aber ich muss nicht ein Loser werden wie er. Verstehst du, Pola?«

Sie nickte, und er warf noch einen letzten Stein. Die Dämmerung verschluckte ihn, als hätte er ihn bis zur Insel geworfen, so weit hinüber, dass man weder sehen noch hören konnte, wie er aufs Wasser traf.

Ich hatte sie gefragt. In einer Nacht, als wir die letzte Droschke mieteten, die uns mit nach Liesing hinausnahm, da hatte ich sie gefragt, wie er denn gestorben sei, und Pola hatte mit den Schultern gezuckt und in den dunklen Himmel gestarrt. Das Klappern der Hufe des Droschkenpferds hallte durch die Gassen und der Kutscher sank auf dem Kutschbock zusammen, als wäre er längst eingeschlafen. Irgendwo läuteten die Glocken, und das Mädchen gähnte.

»Woran soll er schon gestorben sein«, sagte sie. »Verreckt ist er. In seiner Scheiße und Pisse, genau wie Adèl es gesagt hat.«

~

Ich konnte verstehen, dass Franz in Rahel verliebt war. Sie war nicht nur schön, sie war exotisch. Es lag vielleicht an den Hosen, die sie trug. Vielleicht auch an ihrem überlegenen Gesichtsausdruck. Vielleicht war es auch ihre Aura, dunkel und geheimnisvoll, und sie war klug. Wenn die Zeiten anders gewesen wären, hätten sich die Männer auf der Straße nach ihr umgedreht, sie wäre belagert worden, wäre begehrt gewesen. So war es nur Franz, der ihr folgte wie ein Schatten. Ich hasste ihn dafür. Nicht sie. Natürlich nicht sie.

Irgendwie kam es dazu, dass sie sich immer hinter dem Nebengebäude trafen, um zu rauchen. Sie zwängten sich in den engen Spalt zwischen dem Lattenzaun und der Hauswand und setzten sich dann einander gegenüber auf den Boden. Franz brachte die Zigaretten mit – seine Mutter arbeitete in der Waffenfabrik Simmering und kam dort an die Zigaretten, die Franz ihr dann aus dem Nachttisch klaute –, und Rahel ließ sich als Lohn dazu herab, mit ihm zu reden. Er hing an ihren Lippen, und ich konnte für die Gefühle, die ich für ihn empfand, keinen Ausdruck mehr finden. Abscheu? Mitleid? Verachtung?

Und je länger ich bäuchlings auf dem Dach lag, desto

mehr wurde mir klar, dass ich die gleichen Gefühle auch für mich selbst hegte. Ich bemitleidete mich grenzenlos und vergoss Bäche an lautlosen Tränen, die sich in der Regenrinne sammelten. Ich verabscheute mich, weil ich seinen Kuss in jener Nacht erwidert hatte, nun wohl wissend, dass er nicht mir gegolten hatte, sondern Rahel, und ich verachtete die rasende Eifersucht, die in meinem Herzen wütete.

Neben mir lag Hitler, mein ständiger Begleiter, und sonnte sich. Rahel zog an der Zigarette und gab sie an Franz zurück.

»So«, sagte sie und blies den Rauch aus der Nase, »deine Mutter will also nicht, dass du dich mit den Shapiro-Mädchen abgibst.«

»Sie hat's mir verboten.«

»Verboten. Aber du lässt dir nichts verbieten, hmmm?«

Franz wand sich. Natürlich hätte er nie zugegeben, dass seine Mutter nichts von den Treffen wusste, dass er sich aus der Hintertür schlich, um Rahel zu sehen, und zuhause weiß Gott was erzählte.

»Lass ich nicht«, sagte er schließlich, und Rahel lächelte. Sie war wie eine dunkle, listige Füchsin, das musste man ihr lassen.

»Das ist gut.«

»Sie sagt, dass ihr bald auffliegen werdet. Und dann holen sie euch ab. Alle. Egal, ob dein Vater ein guter Arzt ist und wichtig für das Krankenhaus oder nicht. Das ist Hitler egal.«

»Glaubst du das?«

»Ich weiß nicht.« Er versuchte, ein Husten zu unterdrücken.

Mir wurde eiskalt, obwohl mir die Sonne auf den Rücken schien und meine Haut im Nacken brannte. Die alte Schlegel war eine Hexe. Das wusste ich. Sie trug stolz das Ehrenkreuz der deutschen Mutter auf ihrer ausladenden Brust und wandte sich ab, wenn sie uns Mädchen im Garten sah.

»Du?«

»Nein. Natürlich glaube ich das nicht.«

»Hast du keine Angst?«

»Nein.«

Rahel sah Franz tief in die Augen. Ich kannte ihre Tricks. Den Blick des anderen festhalten, während man log. Die Hände ruhig halten und nicht lächeln. Lächeln bedeutet fast immer Unsicherheit. So kam sie mit allem durch. Sie wickelte meinen Vater um den Finger und bestand vor dem forschenden Blick meiner Mutter.

»Mein Vater hat mächtige Freunde. Und der Krieg ist bald vorbei. Sagt mein Vater. Wenn wir keine Fehler machen, geschieht uns nichts.« Sie nahm die Zigarette wieder in Empfang und inhalierte tief.

Die Rauchkringel zogen an mir vorbei, und ich drehte mich auf den Rücken. Auch wenn ich nichts von den beiden sah, konnte ich spüren, wie Franz näher rückte, sich ihre Knie berührten und er mit sich rang, ob er seine Hand nach ihr ausstrecken sollte, um die ihre zu nehmen.

»Meine Mutter sagt, wir sollen nicht darüber nachdenken, was mit den Juden passiert. Das geht uns nichts an. Wir sind ja schließlich keine Juden.«

»Liebst du deine Mutter?«

»Nein.«

Rahel lachte leise.

»Du gefällst mir«, sagte sie. »Was sagt sie noch, deine Mutter?«

»Wenn alle weg sind, dann wird Ruhe einkehren. Wenn Hitler zufrieden ist. Deswegen müssen alle mithelfen.«

»Dann glaubt sie, er wird aufhören, wenn wir alle weg sind?«

»So ist das wohl.«

»Dann will sie also auch, dass wir weg sind. Na? Will sie das?« Obwohl Rahels Stimme sanft war, konnte ich einen scharfen Unterton in ihr ausmachen. Als Franz nicht antwortete, seufzte sie. »Jeder will, dass wir weg sind. Du brauchst dich also nicht zu schämen. Deine Mutter ist doch nur eine von vielen.«

Ich hörte das alte Laub rascheln, als sie aufstand, sich die Blätter vom Kleid klopfte, dann ihre Schritte, die sich entfernten.

»Hast du gehört, Hitler? Frau Schlegel ist eine volkstreue Mutter. Vielleicht sollte man ihr noch einen Orden verleihen.« Ich blickte der Schildkröte ernst in die Augen.

»Was Sie nicht sagen, Fräulein Shapiro«, antwortete ich mir selbst mit verstellter Stimme.

»Shapiro, halt deinen Mund.«

»Ich denke gar nicht daran.«

»Halt deinen Mund und komm runter, damit ich dich verprügeln kann.«

Ich rollte mich wieder auf den Bauch und spähte zu

Franz hinunter, er hatte den Kopf in den Nacken gelegt und starrte mit seinen hellen blauen Augen zu mir hinauf. Ich habe es mein Leben lang bedauert, dass man es sich nicht aussuchen kann, wen man liebt.

»Nur schade, dass Frau Schlegel so missratene Söhne hat«, sagte ich zu Hitler, »sonst hätte sie bestimmt das Mutterkreuz in Gold verdient. Ach was, in Diamant.«

»Sitzt du schon die ganze Zeit da oben?«

»Immer und immerzu.«

»Hast du alles gehört, was wir geredet haben?« Ich kann nicht behaupten, dass Franz besorgt klang. Eher ärgerlich. Ertappt. Weil er versucht hatte, sich an Rahel ranzuwerfen.

»Das und mehr.«

»Also noch mal. Komm runter da.«

»Du kannst froh sein, wenn ich nicht zu dir runterspucke.«

Ich beobachtete eine Weile, wie Franz wutentbrannt aufsprang, sich dann anschickte, zu mir hinaufzuklettern, aber immer wieder an der glatten Hauswand abrutschte. Dann stopfte ich in aller Ruhe Hitler in meine Schürzentasche und lief über den Dachfirst davon.

»Das wirst du noch büßen, Shapiro!«, rief er mir hinterher.

Ich ertappte mich dabei, dass ich tagsüber immer wieder am Fenster stehenblieb und die Straße hinunterspähte. Kam das Mädchen zurück? Wo blieb es so lange? Wenn ich ihre zierliche Gestalt am Ende der Straße entdeckte, ging ich hinaus in den Garten, setzte mich auf die Bank unter dem Marillenbaum und wartete. Ich muss zugeben, dass sich dadurch mein Verhältnis zu Rahel zusehends verschlechterte. Sie wich mir kaum mehr von der Seite, als könne sie nicht nur mich, sondern auch meine Gedanken kontrollieren, und nervte mich mit ihrer negativen Weltanschauung, bis ich wieder aufsprang und irgendetwas erledigte, was getrost hätte liegen bleiben können, nur damit ich meine Hände und meinen Mund im Zaum halten konnte. Ich rechte Blätter zusammen und grüne Marillen, von denen immer wieder neue ins Gras fielen. Ich harkte die Beete, obwohl ich sie schon seit Jahren – seit mir das Bücken so schwerfiel – nicht mehr bepflanzte, und besorgte schließlich bei der Gärtnerei um die Ecke sogar einige Pflanzen, Rittersporn, Herbstastern und Mohn, die ich in die frisch geharkten Beete setzte. Es sah hübsch aus. Dieses strahlende, himmelfarbene Blau, das Rot der Mohnblumen, das in der aufkommenden Dämmerung besonders kräftig leuchtete, und dazwischen die buschigen Asternstauden mit den Hunderten von geschlossenen Blütenknöpfchen. Rahel hatte an allem etwas auszusetzen. Meistens versuchte ich ihre Kommentare zu überhören, was mir aber immer schwerer fiel, und einmal, sie sagte gerade, dass das Blau des Rittersporns sie an Franz' Augen erinnerte, da drehte ich mich mit erhobener Harke zu ihr um, und wir starrten uns einen Moment lang hasserfüllt an. Dann ließ ich erschrocken meinen Arm sinken und eilte an ihr vorbei, zurück ins Haus.

Das Mädchen war zurück, ich konnte sie oben hören und verscheuchte damit den kalten Schrecken in meinen Gliedern. Später trafen wir uns vor dem Gartentor.

»Kommen Sie«, sagte sie und nahm mich an der Hand. Als ich mich noch einmal zum Haus umdrehte, waren weder Rahel noch Judith am Fenster, und ich fühlte mich seltsam befreit, leicht, als könnte es da, in der Dunkelheit über Wien, einen neuen Anfang für mich geben.

Wir gingen an der Neubaugasse vorbei Richtung Museumsquartier zum Getreidemarkt. Das Mädchen erzählte von irgendetwas, das sie geprobt hatten, von den anderen Mädchen, von den Schmerzen in ihren Sehnen und Bändern. Ich hörte zu und dachte an die vielen Male, die ich diesen Weg an der Hand meiner Mutter gelaufen war. Es ist wahr, dass man sich leichter an das erinnert, was so viele Jahre her ist. Ich erinnerte mich an ihre schmalen Finger, an die Art, wie sie mal hierhin und mal dorthin deutete, um mir etwas zu erklären, etwas zu zeigen.

»Sieh, Elisabetta, hier hinter dem Zaun ist eine weiße Ziege an einem Strick.«

»Was tut sie da?«

Sie nahm mich auf ihren Arm und ließ mich über den Zaun spähen. Die Ziege fraß das Gras des kleinen Vorgartens millimeterkurz. Als sie mich sah, warf sie den Kopf hoch und machte einige Sprünge, so weit es der Strick eben zuließ.

»Und, was tut sie?«, fragte meine Mutter.

»Sie mäht den Rasen.«

»Brave Ziege.« Sie küsste mich auf die Wange, ein hingehauchter Kuss, der nach Geranien und Pfefferminz duftete.

»Woran denken Sie?«, fragte das Mädchen, und ich blieb stehen.

»Hier hinter dem Zaun war einmal eine weiße Ziege.«

»Hinter welchem Zaun?« Wir blickten beide in die Auslage eines Schuhgeschäftes. Hübsche Schuhe, braun, ledern, geschnürt, hohe Absätze. Und wir sahen unser eigenes undeutliches Spiegelbild darin. Ich schüttelte den Kopf, und das Mädchen fragte nicht weiter.

Wortlos überquerten wir die Operngasse. Spätestens hier hatte meine Mutter immer kurz angehalten, um vor mir in die Hocke zu gehen.

»Du weißt, dass du brav sein musst im Konzerthaus«, hatte sie gesagt. »Es dauert nicht lang. Und wenn die Probe fertig ist, dann können wir noch kurz rüber zum Naschmarkt. Was sollst du nicht im Konzerthaus?«

»Rennen, schreien, Sachen kaputt machen, mit fremden Leuten reden«, ratterte ich herunter.

»Gut, Kezele, du bist meine Liebe.«

Dann stand sie auf, und wir gingen die letzten Meter.

»Ich bin schon lange nicht mehr hier gewesen«, sagte ich zu der Deutschen, als wir vor dem Konzerthaus standen und unsere Köpfe in den Nacken legten, um den hellen Bau und den dunklen Nachthimmel zu betrachten. Über dem Konzerthaus schwebte der Mond hinter Schleierwolken, es war fast kein Stern zu sehen. »Vielleicht bin ich schon siebzig Jahre nicht mehr hier gewesen.«

Das war die Wahrheit. Ich hatte immer einen großen Bogen um dieses Gebäude gemacht, aber im Schlaf, in meinen Träumen, lief ich oft durch diese hohen Räume, um meine Mutter zu suchen.

»Kommen Sie«, sagte das Mädchen noch einmal, und ihre Augen waren wieder so wie ganz zu Anfang, fast schwarz und so tief, dass ich wegsehen musste.

Sie führte mich um das Konzerthaus herum. Hinter uns versiegte der Verkehr. Es musste schon auf den Morgen zugehen.

»Wir werden nächste Woche Szenen aus *Romeo und Julia* tanzen. Hier im Konzerthaus. Heute war Probe.«

»In welchem Saal?«

»Dem Großen.«

Ich schluckte. Das Scheinwerferlicht eines Autos streifte uns, und für einen Moment, im gleißenden Licht, lächelte sie mich an. Sie legte den Kopf schief.

»Während der Probe bin ich hinunter in den Keller. Es wurden gerade Getränke geliefert, und der Typ, der Lieferant, hat mir eine Zigarette gegeben. Wir haben vor dem Lieferanteneingang zusammen geraucht, und als er seine Zigarette im Kelleraufgang ausgedrückt hat, hab ich den da vom Schlüsselbund gefummelt.«

Sie öffnete ihre geschlossene Faust und hielt mir den Schlüssel hin.

»Ich dachte mir, Sie wollen vielleicht mit mir kommen. Ohne die Leute. Die Leute erschrecken Sie, oder?«

»Das tun sie.«

»Schön.« Sie lächelte und schloss die Faust wieder. »Der Eingang ist dahinten.«

Sie zog mich weiter. Ihre Hand fühlte sich absurderweise so an wie die meiner Mutter.

»Als ich klein war, habe ich mich oft in diesen Gängen

verlaufen. Es kam mir hier so riesig vor, so unendlich weit und hoch.« Ich blickte nach oben zu den hohen Decken mit dem Stuck.

»Als ich klein war, habe ich mich oft in unserem Haus verlaufen. Ich habe mich versteckt und bin in dem Versteck eingeschlafen«, sagte das Mädchen.

»Ja, so war das.« Ich nickte. Die Gänge sahen nicht mehr aus wie früher. Enger. Kleiner. Teppiche verschluckten unsere Schritte. »Wenn ich aufgewacht bin, hörte ich meine Mutter nach mir rufen.«

»Ja, genau«, sagte das Mädchen. »Manchmal hat mein Bruder nach mir gerufen.«

»Oder meine Schwestern.«

»Er rief nicht, er flüsterte.«

»Komm raus, Shvesterke.«

»Er ist weg. Du musst dich nicht mehr verstecken. Er schläft.«

»Dann war mir kalt. Wenn man einschläft, ist einem immer kalt. Tagsüber zumindest.«

Sie drückte vorsichtig die Tür des Großen Saals auf.

»Hier hinein.« Wir schoben uns durch den Spalt, und die Tür fiel leise hinter uns ins Schloss.

In meinen Ohren tobt das Orchester. Sie spielen Richard Wagner, und meine Mutter ist die erste Sopranistin. Ich verstehe die Texte nicht, doch die Stimme meiner Mutter lässt die Kristalllüster an der Decke vibrieren, nicht nur die, meine Haut, mein Haar, mein Herz, alles vibriert, und Hugo Botstiber hat Tränen in den Augen, dieser harte Brocken, der einem die Hand schüttelt, als wolle er sie samt dem Arm aus dem Gelenk reißen. Tränen laufen ihm über die Wangen. Die Streicher setzen ein, das Cello, die Posaunen, es nimmt einem den Atem, aber vielleicht ist es auch nur meine Mutter, die unsere Atemzüge braucht und einsaugt, um damit diese Töne in den Himmel zu schleudern. Hinter mir flüstert einer, der Wagner, der würde sich im Grabe umdrehen, und ich denke, ja, das stimmt, er würde sich umdrehen und lauschen, und ihm würden die Tränen über das Gesicht laufen wie dem alten Botstiber. Und dann drehe ich mich um. Die zwei Frauen hören zu flüstern auf und starren mich an, als hätte ich etwas verbrochen, ein Kind, das da hinsieht, wo es nicht hinsehen soll.

Durch die leeren Stuhlreihen ging ich nach vorne, ganz still lag die Bühne da, als würde sie schlafen. Die Ränge leer. Auch die Logenplätze. Die goldene Decke war so weit über mir, dass mir schwindelig wurde, als würde ich aus großer Höhe hinunterblicken und nicht hinauf. An die Säulen erinnerte ich mich und an die roten Teppiche, an das rote glänzende Kleid meiner Mutter, das genau den gleichen Ton hatte.

»Wie sehe ich aus, mein Kezele?«, hatte sie hinter der Bühne zu mir gesagt.

»Wie eine Prinzessin.«

»Wirklich?«

»Ich schwöre es.«

Dann hatte mich der Botstiber zu meinem Platz gebracht. Er hatte mich nicht ermahnt, leise zu sein, denn er kannte mich.

Das Mädchen ging ein paar Schritte hinter mir.

»Da laufen wir ein«, sagte sie leise und deutete nach links. »Der Romeo und ich.«

»Du tanzt die Julia?«

»Ja, obwohl ich es nicht kann.«

Sie ging an mir vorbei und sprang federnd auf die Bühne.

»Ich kann die Julia nicht fühlen. Ich weiß nicht, wer sie ist.« Grazil bog sie ihren Rücken nach hinten, als müsste sie sich strecken und locker machen, dann ging sie in die Hocke und streckte mir die Hand entgegen, um mir hinaufzuhelfen. Als ich oben war, zitterten meine Beine.

Erste Geige. Hier saß Alfred Schuhmann. Er mochte mich, obwohl er immer so tat, als wären Kinder das Letzte, was man in einem Konzertsaal gebrauchen konnte. Für einen Geiger hatte er kräftige, narbige Hände, so rau, als hätte er schwer gearbeitet. Ich kroch unter seinen Stuhl, und er warf sein Jackett über mich. So hielt ich still, und meine Mutter sang die Aida. Violine: Marcia Gonzales, dick und behäbig, roch immer etwas nach Karamell, und wenn sie spielte, kniff sie ihre vollen Lippen aufeinander, sodass nur noch ein dünner Strich zu sehen war. Bratsche: Hermann Feiner. Und Cello: Pavel Andracec. Er ging eines Abends nach der Vorstellung weg und wurde nie wieder gesehen, seine Wohnung wurde geplündert, das Cello auf der Straße verbrannt. Oboe: Luise Marschall, klein und zierlich, die Brille auf der Nase meistens verrutscht. In den Pausen saß sie mit mir auf dem Boden und erzählte mir die Märchen, die sie kannte. Das waren nicht viele, doch meistens schlief ich davon ein. Sie kam nicht wieder eines Abends, und eine andere, deren Namen ich vergessen habe, nahm ihre Oboe mit nach Hause. Ich bitte euch, sagte sie, da ist es schade drum, um die Oboe. Und dann war da meine Mutter, diese strahlende Frau. Und so viele andere. So viele unbesetzte Stühle.

»Warum fühlst du die Julia nicht?«, fragte ich die Deutsche.

»Stellen Sie sich vor mich«, sagte sie anstelle einer Antwort. »So. Auf die Zehenspitzen. Und winkeln Sie ein Bein an.«

»Welches?«, fragte ich.

»Das ist egal. Aber es muss so aussehen.« Sie drückte mein Bein zurecht, bis es gut war, bis meine Zehenspitze das andere Knie berührte. Es zog in meinen Leisten, doch ich hielt still und tat, was sie sagte.

»Nun geben Sie mir Ihre Hände und konzentrieren sich auf einen Punkt hinter meinem Rücken. Die Tür vielleicht. Die oberen Ränge. Und ich drehe Sie. Sie sehen erst weg, wenn es nicht mehr geht. Dann drehen Sie den Kopf schnell weiter. So. Sehr gut.«

Das Mädchen drehte mich. Eine alte hölzerne Tanzfigur. Ich musste lachen.

»Fühlen Sie es?«

Ich nickte. Immer weiter. Immer weiter. Die Welt drehte sich unter meinen Füßen. Das Mädchen lachte auch. Glockenhell, wild, und als ich nicht mehr konnte, setzte ich mich auf Pavel Andracecs Stuhl und sah zu, wie sie tanzte. Ihr Körper glühte. Sie war wundervoll. Genau wie es meine kleine Rahel gesagt hatte.

Als Pola nach Hause kam, saß ihre Mutter im Wohnzimmer und blätterte in einer Zeitschrift. In ihrem Gesicht zeigte sich Erschöpfung, doch ihre Haltung war aufrecht, konzentriert. Die Tischdecke lag am Boden, auch der Kerzenständer und eine Blumenvase. Ihre Mutter schien es nicht zu bemerken. Während Adèl an der Haustür wartete, ging Pola in ihr Zimmer und packte ein paar Sachen. Sie sah sich um, überlegte, was ihr wichtig war, und entschied sich für ihre ersten Spitzenschuhe, eine getrocknete Mohnblume, die ihr Rahel Anfang des Sommers geschenkt hatte, und ein Foto, das sie als Dreijährige mit ihrer Mutter zeigte. Im Laufe der Jahre hatten die Dinge gewechselt. Dinge, die sie in der Hand hielt, in eine Tüte stopfte, einen Rucksack. Sie konnte sich an eine Puppe erinnern, einen Bären, eine vertrocknete Hummel in einem Marmeladenglas, den Armreif, den sie in der Drogerie geklaut hatte, und ein Freundebuch, fast leer, aber mit der Telefonnummer ihrer Lehrerin. Was sollte sie nun mit diesen Dingen? Völlig nutzlos. Sie legte das Foto zurück und nach einigem Überlegen auch die Mohnblume. Es erschien ihr als gutes Omen, Erinnerungen zurückzulassen. Ansonsten warf sie ein paar Klamotten in eine Sporttasche. Manchmal ahnt man, dass man nicht zurückkommen wird. Manchmal weiß man es. Und Pola wusste es.

Das Gespräch danach mit ihrer Mutter war genauso wie immer. Sie legte die Zeitschrift nicht beiseite und blickte auch nicht davon auf. Pola sagte, dass sie mit Adèl bei Götz wohnen würde, so lange, bis er wieder weg wäre. Darauf antwortete ihre Mutter nicht. Pola redete einfach weiter, was ungewöhnlich war, aber sie hatte das Gefühl, gewisse Dinge müssten gesagt werden. Vielleicht hoffte sie auch, dass ihre Mutter alles noch einmal abwenden würde. Sie fragte, wie lange er bleiben würde, wie es weitergehen würde, was sie vorhatte, und ihre Mutter antwortete so lange nicht, bis Pola sie anschrie. Sie ging bis auf zwanzig Zentimeter an ihr Gesicht heran und schrie. Damals konnte sie das noch, später war ihr diese Fähigkeit irgendwie abhandengekommen. Sie sah, dass die Hände ihrer Mutter zitterten, riss ihr die Zeitschrift aus der Hand, obwohl ihr Wille, etwas aus ihr herauszupressen, nun schon am Erlahmen war. Schließlich sagte ihre Mutter, dass sie ihn wecken würde, sie sagte das so leise, als wäre ihr Vater Rübezahl oder Blaubart, der im Gewölbe tief unter dem Haus schlief, und Pola dachte, dass es so wahrscheinlich auch war, aber das Problem lag woanders, dort, wo es niemand vermutete. Zumindest nicht ihre Mutter.

In der kurzen Atempause, die entstanden war, begann ihre Mutter die Vorhänge zuzuziehen. Sie hob die Vase auf, stellte sie zurück auf den Tisch, ließ aber die verstreuten Blumen im verschütteten Wasser liegen. Die Haustür öffnete sich erneut, und Adèl kam herein, der fragte, ob Pola nun endlich so weit sei. Er machte ein Gesicht, als würden sie nur zusammen ins Kino gehen oder zur Imbissbude an der Ecke.

»Geht nur, geht nur.« Sie trat mit ihren Pumps durch die Pfütze und strich Pola kurz über den Kopf. »Hier ist nichts weiter zu tun. Ein paar Kleinigkeiten. Sonst nichts.«

Sie sagte noch, sie sollten sich amüsieren und das Geld vom Küchentisch nehmen. Es waren 500 Euro.

Ihre Mutter blieb im Wohnzimmer stehen, irgendwie verloren, aber nicht verzweifelt, nicht traurig genug, um ihre Kinder zurückzuhalten.

Und so schulterte Pola ihre Tasche und verließ das Haus ihrer Eltern.

Sie sagte zu mir, dass nichts so einsam sei wie ein verlassenes Haus, in dem nur eine Person zurückbleibt, und ich stimmte ihr zu. Vielleicht kam dieser Satz auch von mir, und die Deutsche nickte. Sie erzählte mir davon, wie sie bei Götz ankamen, er wartete nicht auf sie, sondern sah sich etwas im Fernsehen an, und das Mädchen verschwand in einem der vielen Zimmer und schloss die Tür hinter sich. Ihr war kalt, und sie fühlte sich einsam, aber im Nachhinein erschien ihr dieses Gefühl lächerlich.

»Stimmt«, sagte ich, »wahrscheinlich ist es lächerlich.«

So wie jedes Gefühl lächerlich ist, wenn man es aus der Nähe betrachtet. Nur die Liebe nicht. Die Liebe gibt sich nie der Lächerlichkeit preis.

Das Mädchen sah mich böse an, sie hatte erwartet, dass ich ihr widersprechen würde, und war nun verletzt. Sie ließ mich mitten auf der Straße stehen, stopfte ihre Hände in die Hosentaschen und lief davon.

»Das war nicht so gemeint«, rief ich ihr nach, und meine Stimme hallte seltsam in den leeren Gassen, die hinab zur Donau führten. Ich sah, wie ihre Schritte langsamer wurden und sie schließlich ganz stehenblieb.

»Wie war es dann gemeint?«, sagte sie.

Ich seufzte.

»Verzeih mir.«

»Nein«, sie drehte sich um und kam wieder ein Stückchen näher, »verzeihen Sie mir.«

Wir gingen zur Donau hinunter und liefen am Wasser entlang. Der Mond kräuselte sich in den Wellen, als würde er irgendwo tief unten verschollen auf dem Grund liegen. Eine ganze Weile sagten wir gar nichts, und ich dachte, dass es so besser wäre. Einfach nichts mehr zu sagen und die Geschichte freizulassen, frei wie einen Vogel, dessen Käfigtür man endlich öffnet, heimlich froh darüber, weil man sich ein bisschen schämt, dass man es getan hat, gewagt hat, das Elend einfach – und vielleicht beherzt – wegzuschicken. Ich erwog, ihr das zu sagen. Etwas zu sagen wie, lassen wir es gut sein. Hier am Ufer der Donau ist ein guter Punkt, um damit aufzuhören. Schon das Symbol des Flusses erschien mir wie ein Zeichen, das ich nicht übergehen konnte. Ich sah das Profil des Mädchens, diese kleine, gerade Nase, die gewölbte Stirn, das Haar, das sie sich immer wieder aus dem Gesicht strich. Etwa hundert langsame Schritte lang dachte ich darüber nach. Und nach den hundert Schritten war es mir, als hätte ich es schon gesagt, nicht nur gedacht. Ich schob meinen Arm unter ihren, und der Blick, den sie mir daraufhin zuwarf, war leicht wie eine Berührung mit den Fingerspitzen.

Und dann, als wir vom Konzerthaus zurückkamen, noch ausgelassen und mit roten Wangen – selbst das blasse, deutsche Mädchen hatte rote Wangen, soweit ich das im

Licht der Straßenlaternen beurteilen konnte –, gerade da, als sich das Glück heimlich an uns heranschlich und wir wie zwei Verbündete waren, Verschworene, die im Verborgenen rebellieren, gerade da tauchte Adèl auf. Er saß auf der Treppe und wartete auf uns. Natürlich nicht auf uns, er wartete auf das Mädchen. Ich hatte ihn mir ganz anders vorgestellt. Größer und blonder und älter. Er war ja noch ein Kind. Ein großes, unbeholfenes Kind, selbst sein Gesicht war weich, als hätte er sein ganzes Leben lang bis zu diesem Moment geschlafen.

Ich sah, wie das Mädchen erschrak, sie zog ihren Arm von mir zurück und brachte einen Meter zwischen uns. Man konnte hören, wie sie den Atem anhielt. Ihr Bruder rappelte sich auf und ließ mich vorbei. Tatsächlich ging ich auch vorbei, ohne noch einmal innezuhalten, mich umzudrehen und Gute Nacht zu sagen, ohne all diese dummen, höflichen Floskeln ging ich hinein und zog die Wohnungstür hinter mir zu. In mir fiel der Turm zu Babel zusammen. Etwas brach unterhalb meines Kopfes und stürzte durch meine Brust, etwas Großes, Schweres, etwas, von dem ich dachte, dass ich es niemals wieder aufrichten konnte, von dem ich bis jetzt nicht gewusst hatte, dass es überhaupt noch existierte.

Die Haustür fiel ins Schloss, und ich hörte das Mädchen und ihn auf der Treppe. Sie sprachen immer noch nicht. Nichts. Ich setzte mich an den Küchentisch und begann die Briefe zu öffnen, die ich die letzten Tage und Wochen darauf gestapelt hatte, ohne hineinzusehen. Allesamt Briefe vom Anwalt des Nachbarn. Ich zerriss sie in ärgerliche, kleine Schnipsel. Rahel kam gähnend aus dem Schlafzimmer, sie fröstelte und schien sich nicht über mich zu wundern, weder über mich noch über die Schritte über unseren Köpfen.

»Du musst …«, setzte sie an.

»Ich muss gar nichts!«, unterbrach ich sie, kehrte die Schnipsel in meine Hand und schleuderte sie in den Ofen. Die meisten davon fielen davor auf den Boden.

»Du musst es endlich loswerden, dieses Mädchen. Du denkst vielleicht, es wird alles gut. Aber es wird nichts gut. Das Gutwerden hat sich die Welt irgendwann einmal abgewöhnt.«

Rahel ging neben mir in die Hocke und sammelte langsam die Schnipsel auf.

»Weißt du, was dein Problem ist?«

Ja, darauf hatte ich mein Leben lang gewartet, dass Rahel mir sagte, was mein Problem war.

»Du hängst dein Herz an die falschen Menschen. Nichts ist schlimmer als das.«

Die Stille über unseren Köpfen ließ mein Herz lauter schlagen, als mir lieb war.

»Du warst schon als Kind zu weich. Nicht so wie Judith. Judith war sanft, aber schlau. Doch du, du wolltest es immer allen recht machen. Aber das ist unmöglich. Du machst es allen recht, und am Schluss hassen sie dich, weil es trotzdem nicht gut genug war. Das ist dein Problem. Die falschen Menschen, von denen du geliebt werden willst. Menschen, die diese Liebe an Bedingungen knüpfen.«

»Es ist schön, dass du so ehrlich bist.«

»Nicht wahr? Das war ich schon immer.« Sie legte mir den letzten Schnipsel in die Hand und lächelte kurz. »Und du warst schon immer eine treue, unglückliche Seele. Bemitleidenswert unglücklich. Denk nur an Franz. Diesen Tölpel von einem Goi. Er hat dich nur benutzt.«

Ich hielt mir die Ohren zu, doch Rahels Stimme schien seltsamerweise alles zu durchdringen, sie schien aus dem Inneren meines Kopfes zu kommen.

»Er hat dich benutzt, damit er sich selbst besser fühlen konnte. Und du hast ihn von seinen Sünden reingewaschen. Ich muss nur daran denken, wie er jahrelang zu dir gekommen ist, weil er es mit seiner eigenen Frau nicht ausgehalten hat. Verrate mir mal, warum er dann nicht gleich dich geheiratet hat, sondern die andere.«

»Ich weiß es nicht.«

Sie riss ein Streichholz an und warf es in den Ofen. Die Papierschnipsel flammten kurz auf und erhellten unsere Gesichter. Wie alt musste mein Gesicht aussehen im Gegensatz zu ihrem.

»Aber ich weiß es. Ich wusste es, als ich ihn und sie gesehen habe. Er hat sie nicht geliebt, aber es ist immer noch besser, eine Deutsche zu heiraten, die man nicht liebt, als eine Jüdin, die man liebt.«

»Er hat es seiner Mutter wegen getan.«

»Das glaubst du, aber die Wahrheit ist, er hat es nur für sich getan. Nur für sich. Und du warst seine kleine jüdische Perversion. Ein kleiner, jüdischer Kobold, den man nicht herumzeigen kann, anschmiegsam und weich, mit einem großen Herzen. Aber eben jüdisch.«

»Ich kann dich nicht mehr ertragen.«

Rahels Hände legten sich auf meine Schultern.

»Doch, das kannst du. Du hast keine Wahl. Wir sind Schwestern. Auf ewig. Und irgendwann wirst du auch diese Wahrheit ertragen können, so wie alle Wahrheiten, alle Schläge, alle Erniedrigungen, alle Verluste. Es bleibt dir doch nichts anderes.«

»Was schlägst du vor?«

»Ich soll dir Ratschläge geben?« Rahels Lachen war hell wie eine Kette voller aufgereihter Süßwasserperlen. »Ich soll dir Ratschläge geben?«

Diesmal hob ich meine Hände, um ihr Gesicht zu berühren. So weich war ihre Haut, so rein, so seidig ihr schwarzes Haar, so unbeschadet ihr Gesicht, nach all der langen Zeit.

Das Haus schrie mich an. Aus jedem Winkel schrie es die Namen derer, die nicht mehr da waren. Der Februar 1945 war kalt, Schnee lag auf den Zweigen des Marillenbaums. Ich versuchte mich in die Mitte des Hauses zu flüchten, dorthin, wo die Namen nur noch ein Flüstern waren. Ich zerrte Mutters Matratze in Vaters Arbeitszimmer. Jemand sagte mir, ich solle nicht heizen. Um Gottes willen, mach den Ofen nicht an, Kind. Sie kommen zurück und holen dich, wenn sie sehen, dass die Fenster des Hauses nicht vor Kälte beschlagen sind. Ich verkroch mich unter die Decken meiner Schwestern und lauschte auf die Geräusche des Hauses, die Treppen, die knarzten, als würde mein Vater abends mit schweren Schritten vom Krankenhaus nach Hause kommen, der Wind, der im Kamin heulte und jammerte, und das Tropfen eines Wasserhahns im Badezimmer, den meine Mutter nicht ganz zugedreht hatte. In den Nächten schlief ich nicht. Mein Entsetzen hielt mich wach. Das Entsetzen über das leere Haus, jammernd und weinend, leer und doch voll mit den immer leiser werdenden Stimmen meiner Familie. Ich las *Alice im Wunderland*, die Seiten waren noch geknickt, genau so, wie Judith es aus der Hand gelegt hatte, und ich hoffte, darin eine Botschaft zu finden, etwas, das mir sagte, was zu tun sei, was ich nun tun sollte. Alice fiel in das Kaninchenloch, Alice aß den Kuchen, sie wurde kleiner und größer, sie traf das Kaninchen, ich las und las und fand keine Botschaft, nur Abdrücke von Judiths Fingern. Dort mit etwas Himbeermarmelade, denn sie liebte es, abends ein Stück Brot mit hinauf ins Bett zu nehmen, hier mit der Creme, die sie für ihr Gesicht verwendete, und da mit Tusche, mit der sie manchmal kleine filigrane Bilder zeichnete. Wenn ich träumte, träumte ich von Spielkarten, von meinen geköpften Schwestern und Butterkuchen.

Hitler schlief. Ich hatte ihn im Herbst hinunter in den Keller gebracht. Dort schlief er in einer kleinen Schachtel mit alten Zeitungen. Als ich es alleine nicht mehr aushielt, beschloss ich, ihn zu wecken. Ich nahm all meinen Mut zusammen und ging die Treppe zum Keller hinunter. Als ich an der Haustür vorbeikam, sah ich durch das Sprossenfenster Frau Schlegel auf der Straße vor unserem Haus stehen. Sie hatte die Hände in die Seiten gestützt und sah zu mir herüber, natürlich konnte sie mich hinter dem Fenster nicht sehen, und trotzdem duckte ich mich unter ihrem Blick weg.

Unten öffnete ich die Schachtel und sah vorsichtig hinein. Er hatte seinen Kopf zurück in den Panzer gezogen und rührte sich nicht. Ich klopfte leise auf den Stern, aber es kam keine Reaktion. Also setzte ich mich mit untergeschlagenen Beinen vor ihn und wartete. Über mir hing Vaters Medikamentenschrank. Einen Kellerraum weiter konnte ich den Wäschekorb sehen, den Rahel zuletzt nach unten getragen hatte. Unterwäsche war darin, Mutters helle Schürzen, eines von Judiths Unterkleidern hing über den Rand. Ich weigerte mich, mir vorzustellen, dass sie diese Dinge nie mehr tragen würden, lieber stellte ich mir die Zeit, die nun vor mir lag, als Zeit vor, in der ich auf ihre Rückkehr warten würde, genauso wie darauf, dass Hitler seinen Kopf aus dem Panzer streckte. Meine Beine kribbelten, ich stand auf und stellte mich auf die Zehenspitzen, um an den Schlüssel zu Vaters Medizinschrank zu kommen. Die Tür sprang auf. Ganz hinten stand das Glas mit Mutters Marmelade. Ich nahm es heraus und drehte es in den Händen hin und her.

»M&A« stand da in Mutters steiler, zackiger Handschrift, Marillen und Arsenik.

Ein Geräusch ließ mich herumfahren. Jemand tastete sich durch den dämmrigen Keller. Ich konnte die Schritte hören, von Raum zu Raum, und bevor ich vor Angst schreien konnte, stand Franz plötzlich vor mir.

»Sie haben sie mitgenommen«, war das Erste, was er zu

mir sagte. Wir standen wie erstarrt voreinander. Das Marmeladenglas hielt ich hinter dem Rücken versteckt. Was sollte ich dazu sagen? Ich konnte in seinem Gesicht sehen, wie sehr er litt, vielleicht mehr als ich, zumindest in diesem Moment.

»Ich war draußen auf der Straße, als sie abgeholt wurden. Ich habe Rahel gesehen, wie sie auf den Wagen gestiegen ist und mich angesehen hat.«

In meinem Magen nistete sich ein bohrender Schmerz ein, der schlimmer wurde, je mehr Franz seine hellen, vor Panik geweiteten Augen auf mich heftete.

»Ich hab gesehen, wie sie den Koffer raufgewuchtet hat, dabei hat sie nur mich angesehen, und ich wollte weglaufen, konnte aber nicht. Ich war wie festgewachsen. Ich konnte nichts tun. Dann griff sie an ihren Hals und ließ das hier in den Schnee fallen.«

Er hielt mir seine geöffnete Hand hin. Rahels Kette. Mit ihrem Namen und dem Davidsstern.

»Ich hab sie aufgehoben, weil ich dachte, du willst sie. Als Erinnerung.«

Er drückte mir die Kette gegen die Brust, bis ich endlich danach griff und sie durch die Finger gleiten ließ.

»Ich glaube, sie wollte, dass ich sie dir gebe.«

Ich glaubte gar nichts. Alles, jedes Wort, alles, was Franz sagte, war wie luftleerer Raum, ein hohles Vakuum, in das ich nicht eintreten wollte. Neben uns begann Hitler in seinem Karton zu rascheln. Er streckte langsam ein Bein aus dem Panzer, dann noch eines und schließlich den Kopf. Ich wusste nicht, ob er es mir übel nahm, dass ich ihn so früh geweckt hatte. Ich war so froh, dass er wach war, dass ich am liebsten geweint hätte.

»Sie kommen wieder zurück«, sagte ich.

»So ein Unsinn, niemand kommt zurück!«

»Sag so etwas nicht. Wenn das vorbei ist, kommen sie nach Hause.«

Meine Stimme zitterte.

»Shapiro, niemand ist jemals zurückgekommen. Oder kennst du wen? Irgendwen? Der Samuel Lewinski, der ist seit zehn Monaten weg. Ich glaub, der ist tot. Und das glaubst du doch auch, oder? Die sind alle tot, die sie weggebracht haben.«

Ich glaubte gar nichts. Ich schloss die Augen, damit ich nicht sehen musste, wie Franz die Tränen über die Wangen liefen. Niemals hatte er geweint. Seit ich ihn kannte, hatte Franz nie vor mir geweint, und ich nicht vor ihm. Selbst als ich ihn hinter der Bäckerei in der Grasgasse verprügelt hatte, als ich ihn richtig im Gesicht erwischt hatte, an der Unterlippe, am Kinn und an den Wangenknochen, da hatte er nur den Kopf in den Nacken geworfen und das Blut hinuntergeschluckt. Ich konnte es nicht glauben, aber es war so.

Ich spürte, wie er näher kam und vor mir zusammensank, meine Beine mit seinen Armen umfing.

»Ich weiß, dass sie zurückkommen«, sagte ich.

Franz schüttelte nur den Kopf. Seine Stirn presste sich gegen meine Schenkel, und sein Schluchzen war seltsam trocken und kraftlos, als hätte er alles schon aufgebraucht, und die Verzweiflung wäre das Einzige, was ihn nun festhielt, seine Schultern verkrampfen ließ und ihn dazu brachte, sich an mich zu klammern.

»Das wollte ich nicht.« Ich strich sacht über sein blondes Jungenhaar. »Das wollte ich doch nicht.«

Was der Marillenbaum acht Jahre später, im Sommer 1953, über meinem Kopf abwarf, konnte man als Plage bezeichnen. Ich wusste nicht, ob ich mich wie Goldmarie oder Pechmarie fühlen sollte, wenn ich unter dem Baum stand und das Obst in meinem Rock sammelte. In der Nacht wachte ich vom Geräusch fallender Marillen auf, die Früchte waren so schwer, dass sich die Zweige bis zum Boden bogen, manche brachen, das Holz gab einfach unter dem Gewicht nach. Ich hatte alle Gläser verbraucht. Ich konnte nichts mehr einkochen, und überall schwebte der Geruch von überreifen, vergorenen Marillen. Es machte mich wütend. Mitten in der Nacht packte mich die Unruhe an den Handgelenken und zog mich aus dem Bett. Ich klemmte mir Hitler unter den Arm – sein Panzer war mittlerweile schon größer als meine Hand – und lief im Nachthemd in den Garten hinaus. Mit meinen bloßen Füßen trat ich in die Früchte, die unter den Zweigen lagen, sie fühlten sich an wie kleine, glitschige Tiere. Die Nacht sprach nicht. Sie spannte ihre Dunkelheit über meinen Körper und meine Gedanken. Sie ruhte, sie war so unendlich still, dass mir der Schweiß ausbrach. Ich setzte Hitler unter den Baum und begann die Marillen einzusammeln. Ungeachtet ob sie faulig oder gut waren, warf ich sie in eine große alte Holzkiste, die ich vom Schuppen herübergetragen hatte. Ich dachte an meine Mutter und daran, dass es Zeit war, die Dinge zu Ende zu bringen.

Ein Geräusch aus dem Garten der Schlegels ließ mich innehalten. Ich hatte Franz seit über einem Jahr nicht mehr gesehen. Er war nach Kärnten gefahren, einfach weg, als müsse er vor mir flüchten. Vielleicht auch nicht vor mir, vielleicht war es auch die Erinnerung an Wien im Winter, an Schneeflocken, die wie Nadelstiche im Gesicht schmerzten, und eine Kette, die er aufhob, um sie mir zu geben. Ich kann es nur vermuten, gesagt hat er es mir nie.

Ich hielt inne und ließ die Marille fallen, die ich gerade aufgehoben hatte.

»Was tust du da, Shapiro?« Ich sah die Glut einer Zigarette über dem Holzzaun aufglimmen. »Es ist drei Uhr morgens.«

Dem Geräusch nach zu urteilen, stemmte er sich hoch und schwang seine Beine über den Zaun. Wir waren keine Kinder mehr, es war leicht, über Zäune zu klettern, die auf wundersame Weise geschrumpft zu sein schienen.

»Ich konnte nicht schlafen.«

Als er vor mir stand, konnte ich sehen, dass auch er nicht geschlafen hatte. Vielleicht schon ein paar Jahre nicht. Er nickte und hielt mir die Zigarette hin.

»Und da sammelst du Marillen ein«, stellte er fest. »Meine Mutter hat gesagt …«

»Ich will nichts über deine Mutter hören«, fiel ich ihm ins Wort, bückte mich und warf eine Handvoll Marillen in die Kiste. »Ich habe zu tun.«

»Was machst du damit?«

»Einkochen.«

»Das faulige Obst?«

»Das kann dir egal sein.«

»Ich meine ja nur.« Er verschränkte die Arme vor der Brust, lehnte sich an den Stamm des Marillenbaums und sah mir zu. Fast schien es so, als würde er zum ersten Mal, wenn er mit mir zusammen war, nicht an Rahel denken.

»Und nein, ich habe nichts von ihr gehört«, sagte ich trotzdem. Meine Finger klebten. Ich machte eine kurze Pause, um sie abzulecken. »Aber du wirst der Erste sein, dem ich es sage, wenn sie wieder da ist.«

»Ich habe dich nicht nach Rahel gefragt.«

»Jetzt weißt du es trotzdem.«

»Und?«

»Und kannst wieder gehen.«

Ich wandte mich ab und fuhr fort, die Früchte in die Kiste zu werfen.

»Warum bist du so wütend?«

Wenn ich gewollt hätte, hätte ich ihm die Male aufzählen können, an denen wir uns zuletzt gesehen hatten. Er hatte mich ignoriert, nur um dann wieder auf meiner Türschwelle zu sitzen, um mit mir zu reden. Er hatte mich in Rahels Zimmer geküsst, heftig und, wie ich fand, leidenschaftlich, und sich danach wochenlang nicht mehr blicken lassen, was ich vor mir selbst mit seiner Trauer um meine Schwester rechtfertigte. Als er wieder auftauchte, standen wir wie Fremde voreinander, er fragte mich, wie ich zurechtkäme, und ich sagte, gut.

»Ich habe keine Gläser mehr.«

»Welche Gläser?«

»Zum Einkochen«, fauchte ich ihn an. »Alles wird schlecht und fault. Es blüht und wächst und wird reif, und dann kann ich alles wegwerfen.«

Mir standen keine Tränen in den Augen, die hatte ich alle lange zuvor schon geweint. Das Gras unter meinen Füßen fühlte sich trocken und warm an, hatte doch den ganzen Tag die heiße Julisonne daraufgeschienen. Ich dachte an den Tag, der sich unter dieser Sonne gedehnt hatte, ein Sonntag wie so viele Sonntage zuvor, an denen die Straße meinen Blick festgehalten hatte, an denen das Warten noch schwerer war als sonst.

»Du solltest sie liegenlassen«, schlug Franz vor. »Warum gehst du nicht mit den anderen Mädchen tanzen?«

»Tanzen.«

»Ja, die Mädchen von der Strumpffabrik treffen sich im Volksgarten.«

Ich blieb vor ihm stehen. Er sah mich fragend an. Sein Gesicht wirkte seltsam jungenhaft und verletzlich. Ich hob meine rechte Hand und schlug ihm mit aller Kraft auf die eine Wange. Dann auf die andere. Sowohl ihm als auch mir blieb die Luft weg. Mein Herz schien in meinem Hals zu schlagen. Ich hätte es ihm genauso gut vor die Füße spucken können.

»Hier hast du deinen Volksgarten«, brachte ich hervor, »hier hast du ihn, wenn du auch sonst nichts verstehst.«

Die Zigarette war ihm aus der Hand gefallen. Ich holte noch einmal aus, doch Franz erwischte mich rechtzeitig am Unterarm. Er fing auch die andere Hand und presste beide auf meinen Rücken, obwohl ich mit meinen bloßen Füßen nach ihm trat. Wir sagten nichts mehr. Wir mussten nichts sagen, denn es gab nichts, was er hätte begreifen und ich hätte erklären können. Die Geschichte lag so frisch und warm zwischen unseren Körpern wie ein frisch geschächtetes Tier, dem das Leben aus dem Körper rinnt und in die Erde unter unseren Füßen sickert. Ich erwischte ihn am Knie und am Schienbein, trat zwischen seine Beine. Der Kobold in mir wollte nur beißen und Schmerz zufügen. Irgendwann zog Franz mir die Beine weg und ließ sich mit seinem ganzen Gewicht auf mich fallen. Ich spürte, wie die Marillen unter meinem Rücken zerquetschten und mein dunkles Ponyhaar im Nacken verklebten.

»Gut«, sagte Franz. »Nun ist es gut.«

Und als er vorsichtig meine Hände losließ, konnte ich nicht mehr damit zuschlagen, ich schlang ihm meine Arme um den Hals und presste mein Gesicht an seine Wange. Er roch so gut nach Wind und Regen. Allein sein Geruch schien meinen Durst stillen zu können. Ich war froh, dass er zu einfach gestrickt war, um Dinge zu sagen, die ich nicht hören wollte, dass es weiterging, dass das Leben alle Wunden heilt, dass man nach vorne sehen muss. All das sagte er nicht.

»Hast du schon mal eine probiert?«, fragte er mich. Er strich mit der pelzigen, weichen Haut der Marille über meine Lippen. Dann biss er selbst hinein. Ich erwiderte sein Lächeln.

»Hier.« Er ließ mich probieren, als hätte es die letzten Minuten zwischen uns nicht gegeben und auch nicht die letzten Jahre, diese ganze verdammte Zeit. Dann küsste er mich, und der Geschmack der Marille vermischte sich mit dem Geschmack seiner Lippen.

»Es schmeckt süß«, flüsterte ich.

»Siehst du.«

Die romantischste Liebe ist die, die unerfüllt bleibt. Wir liebten uns unter dem Baum, leise und zärtlich. Und schon während wir es taten, wusste ich, dass es hier enden würde. Hier und später. Immer wieder. Dass unsere Liebe für Nächte wie diese gemacht war und dass es nach diesen Nächten keinen gemeinsamen Morgen geben würde. Heute kann ich es bedauern, so wie man eine verlorene Chance bedauert, die einen mit der Zeit nicht mehr traurig, sondern müde macht, doch damals zerbrach jedes Mal ein Stück von mir daran. In jener Nacht zerbrach die Härte, mit der ich mich aufrecht hielt. Sie fiel unter Franz' Händen in Stücke, sie zerbröselte unter seinen Küssen, und ich blieb wie gehäutet zurück. Es ist nicht das Schlechteste, wenn Dinge zerbrechen, das weiß ich nun, nach einem ganzen Leben. Es ist nicht das Schlechteste, wenn man auf wenige Nächte zurückblicken kann, in denen man zerrissen am Boden liegt. In denen man sich küssen lässt, obwohl einem der Schmerz tief in der Brust sitzt.

Am nächsten Morgen war Franz fort. Und Hitler auch. Ich wachte auf, und die Sonne schien mir ins Gesicht. Meine Lippen fühlten sich wund an. Ich rappelte mich auf und rief nach Hitler. Dort, wo er unter dem Stamm gesessen hatte, war noch eine kleine eingedrückte Kuhle im

Gras. Ich begann durch den Garten zu laufen und jede Ecke abzusuchen, unter jedes verdorrte Blatt zu sehen, Spuren zu deuten, die keine Spuren waren. War es nicht auch lächerlich, Spuren einer Schildkröte zu suchen, deren Zehen so klein waren, dass sie auf meinen Daumen passten. Ich sah Hitler nicht wieder, und ich konnte mir nie verzeihen, dass ich ihn dort unter dem Baum vergessen hatte. Das Dilemma derer, die zurückgeblieben sind, die Schuld derer, die überlebt haben. Sie können ihn sich nie verzeihen, diesen einen Moment, die Sekunde, die sie gerettet hat.

~

In den ersten Tagen, die Pola mit Adèl bei Götz verbrachte, erkannte Pola zwei Dinge. Zum einen, dass auch Menschen, deren Schicksal sie nie als Schicksal wahrgenommen hatte, an diesem litten. So wie man von einer Mutter überrascht wird, die mit einem Mal weint, oder einem Lehrer, dessen Leben plötzlich menschlich erscheint.

Zum anderen, dass man sich Gedanken und Gefühle verbieten kann, indem man sich auf etwas anderes fokussiert.

Sie verbrachte die meiste Zeit in Götz' Garten, lief bis zum Zaun durch das kurz geschnittene Gras oder saß an dem quadratischen Wasserbecken und starrte in die Spiegelungen. Dabei mied sie den Blick in ihr eigenes Gesicht, versuchte vielmehr nichts Bestimmtes zu sehen, sondern das große Ganze wahrzunehmen. Von den Birken segelten gelbe, gezackte Blätter in das trübe Wasser, und Pola dachte daran, dass bald der Herbst kommen würde. Alles, was sie über ihre Mutter denken wollte, ließ sie auf den Grund des Beckens sinken, und sie beschloss, es erst einmal nicht wieder heraufzuholen. Sie tippte die Wasseroberfläche vorsichtig an und erschrak vor den Wellen, die daraufhin bis zum Beckenrand liefen. Vielleicht erschrak sie auch vor Götz, der unvermittelt hinter ihr auftauchte und sich neben sie setzte. Er sah grau aus, fahl, als wäre er krank. Pola wusste, was er sagen wollte. Er war froh, dass sie hier waren. Das wusste sie, weil sie ihn nachts durchs Haus gehen hörte. Hinunter in die Küche, wieder hinauf. Manchmal stand er vor ihrer Zimmertür, nachdenklich, legte die Hand auf die Klinke und ging dann wieder fort, aber nicht, um zu schlafen. Pola sah, wie er unten am Fenster stand und in den Garten hinausblickte, einmal schlief er an das Geländer der Galerie gelehnt ein, und Pola weckte ihn am Morgen, oder es war die Sonne, die durch die riesigen Fenster hereinschien.

Hinter der Hecke stritten sich die Elstern, und Götz hob einen Stein auf, um nach ihnen zu werfen. Er traf mitten in die Hecke, und die Elstern flogen auf, jagten sich bis in die Krone der größten Birke, die ihre Zweige über das Becken breitete. Dort hielten sie inne und äugten mit schief gelegten Köpfen zu ihnen hinunter. Unter ihren scharfen, ruhelosen Augen legte Götz seinen Kopf in Polas Schoß und weinte, und hätte er darüber reden können, so hätte er gesagt, dass ihn die Einsamkeit fraß, die Einsamkeit und die Angst und noch so einiges mehr. Aber so sagte er nichts. Sein Rücken zuckte und die Minuten zogen sich, in denen Pola die Kälte in die Glieder kroch. Ihre Füße, die immer noch ins Becken hingen, sahen blass und bläulich aus, und ihre Arme verkrampften sich, denn sie wollte ihre Hände nicht auf Götz' Kopf legen, nur das nicht, sie wollte stillhalten, bis er nicht mehr weinte und der Sommer vorbei war. War doch so viel vorbei. Die Zeit, in der sie ein kleines Mädchen gewesen war, die Zeit, in der sie Götz geliebt hatte und in der sie gedacht hatte, jemand könne sie beschützen, für immer und ohne irgendwelche Bedingungen.

»Götz«, sagte sie. »Im See. Da sind keine Fische.«

»Wie kommst du darauf?«

»Ich weiß es. Die Fische gibt es nicht. Du hast mich angelogen. Aber hier. Hier unter meinen Füßen kann ich sie spüren. Hier im Becken.«

»Hier kann man bis zum Grund sehen. Das Wasser ist klar.«

»Trotzdem. Sie reißen ihre Mäuler auf. Und draußen im See, da ist nichts. Keine Rohre. Keine Fische. Nur laues Wasser und Libellen.«

Und die Libellenkönigin, die auf der Insel wartete.

Sie stützte ihre Arme hinter sich auf den Steinen ab. In ihrem Kopf tanzte sie den Romeo. Wenn sie die Augen schloss, konnte sie jeden Sprung und jede Drehung fühlen. Sie tanzte vor Rahel und Esther und Dov, und als sie klatschten, huschte ein Lächeln über ihr Gesicht.

Etwas später, mitten in der Nacht, in der sich nun schon beharrlich der Nebel über das Gras und das Wasserbecken legte, fuhren sie mit einem Lieferwagen hinaus nach Dachau. Pola saß hinten neben Adèl, im Auto roch es nach Diesel und dem Schweiß der jungen Männer. Er unterschied sich so komplett von dem Geruch, der nach einem anstrengenden Training im Ballettsaal hing. Pola wurde übel. Es konnte auch am Schaukeln des Lieferwagens liegen oder der Aufregung, die ihr die Brust zuschnürte. Götz hatte sie nach Mitternacht geweckt, es gab keine Fragen und keine Antworten. Wie immer wusste nur er Bescheid, saß am Steuer und schwieg beharrlich. Sie waren fünf oder sechs. Pola konnte sich die Namen nicht merken, und die Männer sagten nur »Kleines« zu ihr. Sie sagten, dass es gut war, die Kleine dabeizuhaben, auch wenn sie nur im Transporter wartete. Sie sei ein Glücksbringer. Sie versuchten mit ihr zu scherzen, doch Pola war nicht zum Scherzen zumute. Wenn sie in die Nacht hinaussah, pustete ihr Rahel Schmetterlinge in die Kehle.

An einem Nachmittag, der noch gar nicht so weit entfernt war, hatten sie im Englischen Garten gelegen, nahe am Chinesischen Turm, und Rahel hatte gesagt: »Jetzt wird die Erde schon langsam kalt, spürst du es? Die Erde speichert die Nacht, im Sommer ist es der Tag.«

Trotzdem hatte die Sonne geschienen, warm auf ihre Gesichter, ihren Rücken, die Beine, und Pola hatte Rahel mit einem Grashalm gekitzelt, erst auf der Stirn, dann auf der Nase, den Lippen und am Hals.

»Bist du aufgeregt?«, hatte Rahel gefragt und das Tanzen gemeint, die Premiere, die näherrückte.

Und Pola hatte gesagt, ja, schon, und dabei hatte sie an die Nacht gedacht, die Nacht, die nun gekommen war, die am nächsten Tag in der Erde und in ihren Gliedern sitzen würde, kalt und feucht.

Sie stellten den Lieferwagen in der Siedlung ab und warteten. Machten die Lichter aus. Nun sprach niemand mehr. Ein Mann mit einem kleinen Hund ging vorbei, aber er sah nicht herüber, schlenderte nur vorbei, und der Hund trottete hinter ihm her, als würde er schlafwandeln. Der Motor knackte. Einer bewegte sich und stieß ihr in den Rücken. Sie dachte weiter an Rahel, an den Kuss auf ihr Ohrläppchen und die Berührung ihrer Knie, als sie sich einander zugewandt hatten.

Adèl und ein anderer stiegen aus und verschwanden zwischen den Häusern. Sie fragte sich, wie man hier wohnen konnte, im Garten grillen, abends fernsehen, die Kinder zu Bett bringen und morgens zur Schule schicken, normale Häuser, normale Menschen. Ein Hund schlug an, irgendwo, es klang seltsam hohl und klagend. Dann kamen sie zurück, und Götz startete den Motor. Sie fuhren nicht auf den Parkplatz, den Platz zwischen den hohen Bäumen. Stattdessen ließ er den Transporter über den geteerten Weg rollen, vorbei am Besucherzentrum, einem langen, flachen Gebäude mit Gedenktafeln, bis zu der kleinen Brücke. Dahinter war das Tor.

Rahel hatte gesagt, dass ihre Bubbe nie da gewesen war. Sie redete auch nie davon. Sie redete viel, sagte sie, aber nicht über Dachau. Einmal hatte sie sie danach gefragt, aber das war Jahre her. Sie war ihr ausgewichen und sagte, sie wüsste nichts. Ihre Schwestern, die wüssten, was dort passiert sei, ihre Mutter, ihr Vater, aber sie nicht. Rahel meinte, sie wolle nicht darüber sprechen. Natürlich, wer will das schon.

Adèl flüsterte ihr zu, sie solle im Bus sitzen bleiben, doch sie stieg mit aus, stolperte hinter den anderen her, der Himmel hing voller Wolken, und Pola konnte ihren eigenen Atem sehen, so kalt war es nun schon geworden.

Einer fragte, wie lange sie Zeit hätten, aber keiner antwortete. Sie kletterten auf die kleine Steinmauer, das Geländer der Brücke und von dort aus über den Zaun, also drei von ihnen, Adèl und zwei von den Neuen. Es war so lächerlich einfach. Pola zog sich am Zaun hoch, schwang ein Bein hinüber und das andere. »Was soll das«, zischte Adèl, aber da war sie schon drüben und sprang in den kleinen Grasstreifen. Hinter ihr plätscherte die Würm. Einer begann, das Tor aus den Angeln zu hebeln, klein war es, so klein, dass ein großer Mann vielleicht den Kopf einziehen musste, wenn er drunter durchmusste, so kam es ihr vor. Aber vielleicht waren die Leute damals kleiner gewesen. Dafür war es schwer. Ein weiterer kam dem anderen zu Hilfe, und gemeinsam schafften sie es. Sie legten es quer, der Dritte kam dazu und packte schweigend mit an.

Hinter dem Tor strich der Wind über den Appellplatz. Pola machte einen Schritt hinein und dann noch einen. Sie konnte hören, wie sie das Tor über den Zaun hievten, schnell glitt es von einer Hand zur nächsten. Unter ihren Füßen knirschte der Kies, und neben ihr, es mochten zweihundert Meter sein oder mehr, wuchsen die Baracken aus der Dunkelheit.

Rahel hatte gesagt, sie würde es auch gar nicht wissen wollen, was passiert war, wie sich das anfühlte, wenn man hierherkam. Sie wollte das nicht fühlen. Aber Pola fühlte es. Ihr ganzer Körper konnte es fühlen, ihre Füße, ihre Beine, die Brust. Sie lief weiter, bis sie in der Mitte des Platzes stand, bis Adèl plötzlich neben ihr auftauchte und sagte, sie solle jetzt mitkommen, die anderen würden nicht warten.

»Was tun wir? Was tun wir da, Adèl?«

Sie hörten, wie Götz den Transporter startete, und Adèl wollte sie am Arm nehmen.

»Ist doch egal«, sagte er. »Komm jetzt, die fahren sonst ohne uns.«

Die Stimmen summten in Polas Kopf. Rahels Stimme und Esthers und die von Dov. Sie konnte sogar die Bubbe hören, ihre raue, leise Stimme, und den Gesang von Rahels Urgroßmutter. Sie konnte singen, dass einem das Blut in den Adern gefror und das Herz zerriss, hatte Rahel gesagt. Und Polas Herz zerriss.

Rechts neben ihnen das Wirtschaftsgebäude, dahinter der Bunker, der Ort, vor dem alle Angst hatten, von dem kaum einer zurückkam, in dessen Gängen das Entsetzen lauerte, als würde es dort wohnen und wäre nicht von den Menschen selbst erschaffen worden. Auf der anderen Seite ganz hinten das Krematorium. Adèl drehte sich um und sah hinüber.

»Lass uns abhauen, jetzt komm schon.«

Doch Pola hielt ihn fest.

»Hörst du es auch?«

»Was?« Sie konnte die Angst in seinem Gesicht sehen.

»Die Stimmen.«

»Du spinnst.«

»Du hörst sie auch, das sehe ich.«

»Du drehst durch.«

Sie nickte.

»Ja, ich drehe durch.«

Drüben am Eingang wendete Götz den Transporter.

»Das fühlt sich nur so an. In Wirklichkeit …«

Das Motorengeräusch entfernte sich, und Pola hörte nun nur noch ihr Herz schlagen. Dann rannten sie los, sie liefen durch die Reihen, in denen die Baracken gestanden hatten, wo der Boden jetzt flach und platt war, getilgt, damit es nicht so schwer war, so furchtbar. Sie sahen den Wachdienst kommen und rannten weiter. Vor den Taschenlampen her, den Tritten ihrer Stiefel, die Nacht machte sie schwerelos, und Pola glaubte Menschen zu sehen, so viele Menschen zwischen den Reihen, doch sie wollte es Adèl nicht sagen, er sah sie doch ohnehin. Er nahm Pola beim Laufen an der Hand, nicht weil er sie schützen wollte, er brauchte sie, die Wärme ihrer Hand und den Druck ihrer Finger. Als sie ganz hinten anhielten, sich versteckten, in eine Ecke kauerten, bis es wieder ruhig war, legte Pola ihren Kopf an Adèls Brust, und Adèl sagte, da ist nichts.

Schwesterchen, da ist nichts.

Die Unvorsichtigkeit einer Füchsin bestraft die Natur mit dem Tod.

Ich weiß nicht, wie alles geendet hätte, wenn Rahel noch einige Monate stillgehalten hätte. Vielleicht wäre der Plan meines Vaters geglückt. Aber das sind nur Mutmaßungen und im Grunde die Überlegungen eines Feiglings. Mit dieser Einstellung käme nie eine Revolution zustande. Mit dieser Einstellung würde man mit eingezogenem Kopf im Unglück verharren.

Rahel lernte Karel Lier im Herbst 1944 kennen. Er musste alles gewesen sein, was sich Rahel erträumt hatte. Er war unberechenbar und zornig, ein Künstler, der riesige abstrakte Bilder malte, Farbe an Wände warf, zerstörte, aufbaute und wieder abriss. Gleichzeitig aber war er sanft, wenn Rahel bei ihm war, still und zögernd, ob er alles richtig machte, sie nicht erschreckte. Wie ein Löwe, den man gebändigt hatte, dessen Kraft aber fest in jeder seiner Bewegungen saß. Sie fand, er hatte die Augen eines Löwen, braun und golden, und eine breite, gebogene Löwennase. Seine Hände waren Pranken, aber seine Handflächen weich und samtig. Sie sehnte sich nach diesen Pranken und dem Grollen seiner Stimme.

Er war kein Jude, aber zur Hälfte Roma, ein Ungar, der in Wien untergetaucht war und dort auf das Ende des Krieges wartete. Ich kann geradezu am eigenen Leib fühlen, wie Rahels Herz jubelte, als sie ihn traf. Er lud sie in sein schäbiges Zimmer ein, das in der Nähe der Oper lag, nur ein Zimmer, ganz unter dem Dach, von dem ein Teil mit einem Vorhang separiert war. Dort malte er. Auf der anderen Seite schlief er, aß er und empfing Besuch. So auch Rahel. Sie saß auf dem alten, zerschlissenen Sofa, während er Tee aus Salbeiblättern kochte, die er auf dem Dach in Töpfen anpflanzte. Er zelebrierte das Aufgießen des Tees, ließ sich Zeit, wobei Rahel seinen Körper unter dem bis zum Nabel aufgeknöpften weißen Hemd betrachten konnte. Noch nie hatte sie einen schöneren Mann gesehen, und als er sie fragte, ob er sie malen dürfe, stimmte sie ohne zu überlegen zu. So verbrachte sie ganze Nächte in diesem Zimmer. Er malte, schob ab und zu ein Scheit Holz in den kleinen schwarzen Ofen und streichelte sie mit seinen Blicken. Es war das einzige gegenständliche Bild, das er jemals malen würde. Ein Porträt von Rahel, ihre ernsten Augen, die hohe Stirn, das lockige Haar. Sie sprachen wenig, hatte Rahel doch das Gefühl, ihre Unterhaltung würde auf anderer Ebene stattfinden, unter der Oberfläche, als reine Schwingung zwischen ihren Seelen. Sie liebte es, wenn er sie ansah, als wäre sie das Einzige, was für ihn auf dieser Welt von Interesse war, wenn er sich in ihr Gesicht vertiefte, in die kleine Kuhle zwischen ihrem Hals und dem Schlüsselbein und dem Ansatz ihrer Brüste. Der kleine Raum schien zu atmen, schien ein Wesen zu sein, das sie in seinem Bauch beherbergte, sie zusammenschweißte, aneinanderklebte mit dunkler, noch feuchter Farbe, dem Geruch nach Terpentin und billigem Wein. Karel rührte sie nicht an, und das ließ Rahels Trotz, ihre spröde, harte Schale zerbröseln. Sie fragte sich, was ihn davon abhielt, sie zu verführen, sie wäre zu allem bereit gewesen. Doch dann verstand sie, dass er sie mit den Strichen seines Pinsels berührte, sie streichelte, ohne ihr nahezukommen. Und so schmiegte sie sich in das, was die Kunst zwischen ihnen entstehen ließ.

An einem Abend kam ein Mann. Er brachte ein braunes Kuvert, und Karel musste gehen, zog sich wortlos Jacke und Schuhe an, küsste Rahel auf den Hals, mehr ein Hauch als eine Berührung, und ging, vertröstete sie mit diesem leichten Kuss auf den nächsten Abend. Wenige Tage später klopfte eine Frau an die Tür. Wieder wurde ein Umschlag übergeben, diesmal ging er nicht, sondern steckte ihn unter einen Stapel Bücher und malte weiter. Rahel wollte noch nicht fragen. Sie hatte Angst, dass ihre Neugierde ihn abstoßen könnte, sie wollte perfekt für ihn sein, abgeklärt, wissend, ohne zu wissen. Als sie nicht fragte, sah er sie weich an, er kniete sich vor sie und nahm ihr Gesicht in seine Hände und küsste sie zum ersten Mal, und auch wenn der Unterschied zwischen Karel und Franz und Rahel und mir nicht größer hätte sein können, fühlte sich dieser Kuss ähnlich an, was aller Wahrscheinlichkeit nach an der tief sitzenden Verzweiflung lag, die sowohl Rahel als auch mich in dem Moment packte, in dem wir zum ersten Mal geküsst wurden. Rahel ahnte, dass die Briefe, die

Leute, die spätnachts vor der Tür standen, die kurzen gewisperten Worte, die Falten, die sich tief in seine Wangen gruben, nichts Gutes bedeuteten. Sie ahnte es, aber ignorierte ihren Instinkt.

Die Natur ist grausam. Sie bestraft die Missachtung des Instinkts und die Unachtsamkeit in der Gefahr. Oder wie es meine Mutter ausdrückte: Wer sich in Gefahr begibt, der kommt darin um.

Ich wusste, dass Rahel diese Treffen vor meinen Eltern verheimlichte. Sie schlich sich nachts aus dem Haus, wenn alle schliefen und nur ich sie durch einen Spalt im Vorhang beobachtete, wie sie leise die Tür hinter sich zuzog und mit hochgeschlagenem Mantelkragen davoneilte. Allein das war so gegensätzlich zu ihrem sonstigen Wesen, dass ich schon damals erstaunt darüber war, was die Liebe zuwege bringt, dass sie sich nicht einsperren, nicht verbieten und nicht einfangen lässt, dass sie Unvernunft ihren Weg bahnen lässt und die Angst irgendwohin verbannt, wo sie einen zufriedenlässt oder zumindest nur durch leises, fernes Kratzen stört. Ich kann nur hoffen, dass diese Liebe Rahel für alles entschädigte und in ihrem Herzen blieb, stark und warm, bis alles vorbei war.

An einem Sonntagmorgen kam ich hinunter in die Küche, es war so kalt, dass sich auf den Fensterscheiben Eiskristalle bildeten. Am Küchentisch saß Rahel, sie hatte ihren Mantel an und die Stiefel und die Handschuhe. Ihr Hut lag vor ihr auf dem Tisch. Sie war so blass, dass ihr Gesicht im fahlen Morgenlicht zu leuchten schien. Ich fragte sie, was mit ihr los sei, kochte Tee, klapperte in der Küche herum, um etwas Lebendigkeit zu verbreiten.

Der Krieg war seltsam. Er schien langsam alles auszulöschen, was da war, jede Freude, jeden Funken Wärme, alles. Als es noch dunkel war, hatte ich meinen Vater aus der Klinik kommen hören, und wenig später Rahel. Ihre Finger in den Handschuhen und ihre Füße in den Lederstiefeln mussten wie Eis sein.

Ich kniete mich vor den Ofen und legte Holz hinein, sorgfältig, erst Späne, dann kleine Zweige, dann die Scheite, und die ganze Zeit, während ich das tat, sah mir Rahel nur zu, konnte mich aber eigentlich gar nicht sehen, denn in ihren Augen spiegelten sich die Dinge, die geschehen waren und die geschehen würden. Ich war nur ein Mädchen und meine Schwester eine junge Frau, und trotzdem beugte ich mich über sie, drückte ihren Kopf an meine Brust und sagte ihr, dass alles gut werden würde.

Ich weiß nicht, ob sie mir glaubte.

Kann es sein, dass die glücklichen Momente in schweren Zeiten noch glücklicher sind? So erschien es Rahel jedenfalls, wenn sie bei Karel war und kurz vergessen hatte, was um sie herum geschah. Wenn sie dann irgendwann Karels Hand nahm, den Pinsel zur Seite legte und ihn hinter den Vorhang führte. Dabei legte sie ihren Finger auf seine Lippen, was bedeutete, dass er nicht sprechen sollte, das hatte er zwar nicht vor, aber man konnte ja nie wissen. Dort hinter dem Vorhang zog sie ihr Kleid aus, was lange dauerte, wegen der vielen Knöpfe, ihre Schuhe, die Strümpfe, bis sie nackt vor ihm stand und er seinen Kopf an ihren Bauch presste, weniger vor Verlangen als vor Rührung über dieses Geschenk.

Sie hatte nicht erwartet, jemals glücklich zu sein, aber sie war es. Sie war so voller Glück, dass sie seine ganze Wohnung damit wärmen konnte. Oft vergaß er deswegen Holz nachzulegen, und im Morgengrauen waren dann die Fenster voller Eisblumen und man konnte nicht mehr hinaussehen, nicht zu den anderen Dächern, den Tauben, die auf den Fensterbrettern landeten, nicht auf den Stephansdom, nicht auf den Prater und nicht auf den Himmel über Wien.

Er fragte sie unsinnige Dinge, was sie nach dem Krieg mit ihrem Leben anfangen wolle, ob sie bei ihm bleiben würde, obwohl er mindestens fünfzehn Jahre älter war als sie, was nur er als Problem empfand, wie sie ihre Kinder nennen würde und ob sie jemals Tel Aviv gesehen hätte.

Rahel dachte ernsthaft darüber nach und beantwortete ihm bei ihrem nächsten Treffen seine Fragen. Sie sagte, dass sie nach dem Krieg die Kunsthochschule besuchen wollte, dass sie ihn heiraten und die Kinder Karel und Elisabetta nennen würde – mehr als zwei wollte sie nicht, dafür war sie zu emanzipiert – und dass sie ihre Hochzeitsreise nach Tel Aviv machen würden. Damit war er zufrieden. Er malte nur noch wenige Striche, wenige Schattierungen, nur einige Minuten, bis er abbrach und sie in sein Bett zog. Die Zeit erschien ihnen zu kostbar. Sie diskutierten darüber, ob es eine feste Anzahl geben würde, wie oft sie sich sehen durften, eine Zahl, die für sie vorgesehen war. Ob sie also mit jedem Mal dem Ende näher kamen oder ob es eine unendliche Zahl an Treffen geben würde, die nicht aufzubrauchen war, nicht weniger wurde, sondern immer hinten ein neues Mal hinzufügte. Rahel war ängstlich, Karel zuversichtlich, aber Rahel sagte ihm nicht, dass sie an die erste Variante glaubte und dass sie mit jedem Mal spürte, dass die Zeit ablief, dass sie jedes Mal, wenn sie ihn traf, ein Blütenblatt abriss und von der Hand pustete. Sie wollte es ihm nicht sagen, und er neckte sie, stritt mit ihr, und wenn er dann hinter ihr lag und ihr zärtlich in den Nacken atmete, liefen ihre Tränen an der Innenseite ihrer Brust, an ihren Rippen entlang, zum Magen und zur Leber, heimlich, still und trotzdem heiß wie Lava. Er bemerkte es nie, und sie fragte sich, ob er sein Inneres auch vor ihr verbarg oder ob er tatsächlich offen war wie ein Buch, in dem sie eine Seite nach der anderen aufmerksam studierte.

Besonders liebte sie es, wenn er von seinen Eltern erzählte. Wild waren seine Eltern gewesen und leidenschaftlich. Sie liebten sich so sehr, dass sie, eine Ungarin aus gutem Haus, mit ihm, einem Zigeuner, durchbrannte. Sie liebten sich so sehr, dass sie sich die Haut aufritzten und ihr Blut in zwei Phiolen vermischten, die sie dann um den Hals trugen. So leidenschaftlich war ihre Liebe, dass sie brannte wie ein Buschfeuer in Australien und alles in kürzester Zeit vernichtete und zugrunde richtete. Das Einzige, was am Ende übrig blieb, waren Karel und seine Mutter. Sein Vater zog weiter und mit ihm die Leidenschaft und die Liebe.

Im Nachhinein, dachte Rahel, sind diese Geschichten

besser als die, die gut ausgehen. Und das beruhigte sie so weit, dass sie wiederkam, die knarrenden Holztreppen hinaufstieg, sich vorher an jeder Ecke umdrehte, ob jemand sie sah, und mit dem Glück spielte, als wäre es ein neugeborenes dreifarbiges Kätzchen.

An einem Abend gab Karel ihr einen Umschlag und eine Adresse, wo sie den Umschlag abgeben sollte. Er musste sie nicht darum bitten, was er nie getan hätte, sondern nahm sie nur in den Arm und küsste sie. Ein Kuss, der für Rahel an diesem Abend bitter schmeckte. Der Weg führte sie an der Hofburg und am Volkstheater vorbei. Sie versuchte gleichmäßig zu laufen, nicht eilig, nicht zu langsam, das braune Papier klebte an ihrer Brust. In einer engen Gasse, kurz vor dem Haus, in dem sie den Brief abgeben sollte, drückte sie sich in einen Hauseingang und öffnete den Umschlag. Die Kälte stieg von unten in ihr Kleid, ein Sommerkleid, das sie Karels wegen angezogen hatte, obwohl es viel zu dünn war, aber es war hübsch, schwarz mit weißen Kirschblüten. Schneeflocken klebten sich in ihre Wimpern. Im Umschlag befanden sich Pässe. Rahel liefen Schauer durch den Körper und ihre Beine zitterten.

~

Nach ein paar Tagen, an denen die Sonne heiß auf Wien brannte, fielen die ersten reifen Marillen vom Baum. Jedes Mal erfüllte mich diese Tatsache mit Freude. Schon morgens war es so warm, dass ich barfuß und nur im Nachthemd hinaus in den Garten gehen konnte, um die ersten Früchte einzusammeln. Es waren zwei Hände voll, doch sie waren nur die Vorboten für Hunderte, die in den nächsten Tagen auf die Erde regnen würden. Ich hob sie auf und setzte mich auf die Bank. In den Tautropfen funkelte das Morgenlicht.

»Ja, in diesen Momenten scheint es so, als hättest du ein glückliches Leben geführt«, sagte Rahel neben mir. »Aber es scheint nur so.«

»Manchmal war es das auch.«

»Wann soll das gewesen sein.«

Ich brach eine Marille auseinander und betrachtete den geriffelten braunen Kern, so vollendet, so wunderbar von der Natur gemacht. Dann steckte ich mir die eine Hälfte der Marille in den Mund und kaute.

»Jetzt zum Beispiel.«

»Jetzt.«

»Ja. So aromatisch waren die Marillen noch nie. Süß

und herb. Ich werde diesmal keinen Lavendel mit einkochen. Die Marmelade wird auch so fantastisch.«

»Fantastisch.«

»Ich finde, der Lavendel in der Marmelade wurde schon immer überschätzt.«

»Und sonst?«

»Es ist mir egal, ob die Gläser koscher sind. Ich habe Gläser vom Container, in denen vorher Gänseleberpastete war. Ich sage dir, dieses Jahr ist es mir einfach egal.«

Langsam aß ich eine Marille nach der anderen. Es ist nicht einfach, bei seiner Familie die Ruhe zu bewahren. Bisweilen bringen sie einen an seine Grenzen, und irgendwann muss man sich von ihnen distanzieren, sonst fressen sie einen auf.

»Der Junge ist nun schon seit einer Woche hier. Er geht nicht raus, sitzt nur da oben im Zimmer herum.«

»Das geht uns nichts an.«

»Ich habe gelauscht.«

Sie machte große Augen, die Augen eines siebzehnjährigen Mädchens, das auch nie einen Tag älter werden würde.

»Judith hat auch gelauscht. Aber du kennst sie ja. Sie hat keine eigene Meinung, keine Leidenschaft, keinen Hass, keine Begierde. Sie ist zu gut, um sich eine Meinung zu bilden.«

Mit dem Kopf im Nacken schloss ich die Augen. War es nicht herrlich? Ein heller, klarer Morgen, rein, wie frisch gewaschen. Die Luft, die in die Lungen strömte, voller Sommer und Erwartung, die Gedanken wach und pfeilschnell. Selbst die Amseln oben bei den Marillen störten mich nicht. Ich gönnte ihnen ihren Teil, denn dafür sangen sie auch wunderschön. Freute ich mich nicht jeden Morgen, wenn mich ihr Gesang weckte?

»Sie streiten unentwegt.«

Die Kerne in meiner hohlen Hand fühlten sich an wie die Steine, mit denen Judith und ich früher vor dem Haus gespielt hatten. Obwohl sie vier Jahre älter war als ich, war sie manchmal gutmütig genug, um ihre Zeit mit mir zu verbringen.

»Eigentlich streiten sie nur dann nicht, wenn das Mädchen nicht da ist.«

»Sie hat nächste Woche Premiere.«

»Premiere. Premiere. Das geht dich nichts an.«

»Sie wird die Julia wunderbar tanzen.«

»Die Julia. Du bist verrückt. Weißt du, was du da sagst?«

»Sie hat sie gefunden, die Julia, in der Nacht, in der wir im Konzerthaus waren.«

»Und du hast ihr dabei geholfen. Du kannst stolz auf dich sein.«

»Das bin ich.«

Ich streckte mich und bog mich nach hinten, so weit es mein alter Rücken zuließ. Die Amseln flatterten über uns, die Zeit für ihren Gesang war vorbei, als hätte jemand eine Vorstellung beendet und würde nun auf den Applaus warten. Einen Augenblick sah ich auf die Kerne in meiner Hand, die Hand mit den knotigen Fingern, steif und runzlig, dann hielt ich sie Rahel hin und legte sie auf ihre weichen Handflächen, doch die Kerne fielen zwischen uns auf die Erde und blieben vor meinen Füßen liegen.

Auch ohne Rahels Kommentare über das Mädchen und ihren Bruder war ich wachsam, lauschte auf ihre Worte, konnte nicht mehr schlafen, ohne von ihnen zu träumen. Von Brüderchen und Schwesterchen, beide hatten aus dem verzauberten Brunnen getrunken, hatten sich verloren und sich in meinem Haus wiedergefunden. Einige Tage lang schlich sich das Mädchen an meiner Tür vorbei ins Konzerthaus, während er einfach in der Wohnung blieb. Ich wusste nicht, was er tat in der Zeit, in der sie nicht da war. Es ging mich auch nichts an, natürlich nicht, und doch zermürbte es mich. Um mich abzulenken, holte ich noch einige Gläser vom Altglascontainer. Jedes Jahr wieder befürchtete ich, dass sie nicht reichen würden. Ich suchte die Schönsten heraus, die mit rotweißem Deckel, und tat so, als würden mich die Marillen mehr interessieren als das, was in meinem Haus vor sich ging. Judith begleitete mich. Sie genoss es, an lauen Sommerabenden durch Wien zu streifen, sich vom Wind tragen zu lassen, von dem Geruch nach Abgasen, vermischt mit dem nach fallenden Blüten. Wir mussten nicht miteinander sprechen, um diese Momente schätzen zu können, es reichte, dass wir es gemeinsam taten.

Mit den Gläsern im Korb schlenderten wir zurück, ich langsam, während Judith vor mir hersprang, sich hier nach einer Blume bückte, dort nach einem glatten Stein oder einer Münze, die jemand verloren hatte, sich vor ihrem Spiegelbild in den Schaufenstern drehte, als wäre sie ein junges, selbstverliebtes Mädchen. Es war so leicht ohne Rahel, ohne ihre ständigen Maßregelungen, ihre Launen, ihre Ansichten, die sie von Jahr zu Jahr vehementer vertrat. Ich fühlte mich leichter, wenn sie nicht da war.

»Sieh«, flüsterte Judith, »eine Schildkröte.«

Sie deutete auf die Auslage eines Geschäftes für Heimtierbedarf, und mir wurde schwer ums Herz. Es war eine kleine Schildkröte, nicht größer als der Deckel eines der Gläser in meinem Korb. Hellgrün und schlickfarben. Hitler war nie so klein gewesen. Auf der Fensterscheibe konnte ich ihren Atem sehen, vielleicht war es auch mein eigener, und ich war zu nah an das Glas getreten. Ich zog Judith energisch weiter, die Gläser klirrten in meinem Korb, und die untergehende Sonne wärmte mein Gesicht.

»Magst du ihn?«, flüsterte Judith. Sie hauchte diesen Satz in mein Ohr, und ein Prickeln glitt über meinen Kopf. »Ich könnte es verstehen, er ist ein lieber Junge.«

Wir wechselten die Straßenseite, liefen kurz vor der Straßenbahn vorbei und brachten hupende, eilige Autofahrer zum Halten. In letzter Zeit fühlte ich mich oft kurzatmig, als wäre ich zu lange gelaufen. Ich fand, das war kein gutes Zeichen.

»Lass gut sein«, sagte ich. Wie so oft.

»Ein ganz lieber Junge. Sie sind alle so lieb, wenn sie jung sind.«

Ich konnte darüber nur den Kopf schütteln und ihren Arm abstreifen, den sie mir sanft um die Schultern gelegt hatte.

»Später verwächst sich das«, sagte ich etwas ruppiger, als ich eigentlich wollte. »Kannst du mir das erklären?«

Judith schüttelte den Kopf, schien aber ernsthaft darüber nachzudenken, bis wir zu Hause waren und ich die Haustür aufschloss.

»Da ist er«, wisperte sie. »Tu ihm nichts, dem armen Jungen. Er hat so viel mitgemacht.«

»Du meinst, das rechtfertigt alles. Wie man aufgewachsen ist, gibt einem einen Freifahrtschein, meinst du das? Dann hat er aber wirklich Glück gehabt. Wirklich ganz großes Glück.«

Ich hielt inne und drückte die Tür nicht auf. Das letzte Sonnenlicht verschwand gerade hinter den Häusern. Am liebsten wäre ich davongerannt.

»Er hat so gelitten, als er klein war.«

»Alle leiden, wenn sie klein sind. Nenn mir einen, der nicht gelitten hat. Das ist nun mal so. Selbst die Glücklichen leiden. Das ist das Gesetz der Natur. Das Gesetz des Lebens. Wachsen schmerzt. Erfahrungen schmerzen. Ich könnte weinen, wenn ich daran nur denke.«

»Du solltest mehr weinen, mein Herz. Lehn dich an meine Schulter und weine.«

Ich sah sie zornig an, aber als mir die Absurdität des Gesprächs klar wurde, konnte ich nur seufzen und ihr Lächeln erwidern.

»Der arme Junge, der weiß nicht, wie viel Schmerz in ihm steckt«, sagte sie. »Das sind die Schlimmsten, die es nicht wissen. Sie haben es am schlechtesten getroffen. Sie verbergen ihr Leid hinter der Wut und tun alles, damit es keiner merkt und sie selbst es nicht merken.«

Nun drückte ich doch die Tür auf, und Judith flüsterte

in mein Ohr. Tu ihm nichts, tu ihm nichts, und streichelte mit ihrem Atem meine Wangen.

Tatsächlich stand der Junge unten im Hausflur. Etwas verloren sah er aus mit seinen hängenden Armen, als würde er etwas suchen, was schon lange nicht mehr zu finden war. Er zuckte zusammen, als er mich sah, und drehte sich eilig weg, um die Treppen wieder nach oben zu steigen. Vielleicht hielt ich ihn mit meinem Blick zurück, denn ich rief ihn nicht, sprach ihn auch nicht an, und dennoch blieb er stehen und wartete. Ich stellte den Korb mit den Gläsern vor meine Wohnungstür, das leise Klirren ließ ihn noch einmal zusammenzucken, ich sah es nur aus den Augenwinkeln, seine Hand auf dem Treppengeländer, das blonde Haar, über das die letzten Strahlen der Abendsonne strichen. Vielleicht waren es auch Judiths Finger, die ihn liebkosten.

»Nun bist du also da«, stellte ich fest.

Er nickte.

»Warum?«

»Ich wusste nicht, wohin.«

Ich hatte seine Stimme anders in Erinnerung. Kräftiger. Lauter. Klar und deutlich alle Fragen beantwortend. Fragen, die mich fast umbrachten, ihn aber nicht zu stören schienen.

»Und da kommst du nach Wien. In mein Haus.«

»Zu meiner Schwester«, berichtigte er mich.

Wie gut konnte ich mich an sein Gesicht erinnern, sein Gesicht mir gegenüber, selbstbewusst, fast belustigt.

Aber nun. Seine verwundeten Augen wichen den meinen aus.

»Wie lange bist du drin gewesen?«

»Sechs Jahre.«

»Warum nur sechs Jahre?« Ich sagte das mehr zu mir selbst, denn sechs Jahre sind eine hingeworfene Handvoll Zeit. In sechs Jahren zieht man kein Kind groß. Man wird nicht alt. Man dreht sich einmal herum, und sechs Jahre sind verronnen.

»Der andere?«

»Ist noch drin.«

Der andere hatte damals nur vor sich auf seine Hände gestarrt. Hatte seine Augen hinter seinen Armen verborgen, einer Sonnenbrille, der Kapuze seiner Jacke. Er hatte nicht den Mut gehabt, mich anzusehen. Ein jämmerliches, lächerliches Häufchen Elend. Warum sitzen einem immer die schlechten Erinnerungen im Nacken.

»Wie lange noch?«

Der Junge zuckte mit den Schultern. Als würde ihn das nichts angehen. Er und das Mädchen, sie waren sich so ähnlich.

»Lange.«

»Dann ist es gut.«

Ich ließ ihn an der Treppe stehen und ging in meine Wohnung. Es war so still darin, so still wie lange nicht mehr. Die Fenster musste ich aufreißen, damit Wien zu mir hereinkommen konnte. Doch es kam nicht. Es verharrte draußen, als wäre ich in einem Gefängnis hinter unsichtbaren Gittern, die alles aussperrten. Vor der Terrasse hingen die reifen Marillen in den Ästen, doch ich konnte nicht hinausgehen. Ich konnte mich nur vor die Stiege setzen, meine alten Knochen hinwerfen, so als ob alles verloren wäre. Mehr konnte ich nicht.

Rahel ließ mich erstaunlich lange in dieser Stellung verharren. Ungefähr fünf Minuten saß ich so da, bis sie an meine Seite kroch. Sie rutschte auf ihren nackten Knien näher, abwartend, was ich sagen würde, ob ich überhaupt etwas sagen würde. Ich sagte nichts. Sie atmete ein paar Mal tief ein und aus, pustete sich eine Strähne ihres gelockten Haars aus der Stirn und setzte sich auf ihre Fersen.

»Du weißt, was du tun musst«, sagte sie dann.

Vor der Terrassentür begannen die Vögel ihr Abendlied zu singen. Schwer und voll.

»So, weiß ich das.« Meine Stimme war brüchig. Ich konnte nur an die Augen des Jungen denken. Damals und heute. Und an die Augen des Mädchens, die so sehr leuchteten, wenn sie tanzte, wenn sie von Rahel erzählte, wenn sie ihre Wange kurz in meine Hand legte, um sich zu vergewissern, dass ich noch da war. Nicht nur Engel können zärtlich sein.

»Du weißt noch, wo das Glas ist, das von 1944, das Mutter im letzten Sommer eingekocht hat. Was war das nur für ein Sommer. So schön, weil er der letzte war. Voller Ahnung und Nichtwissen. Ein herrlicher, süßer Sommer. Die Marmelade hat nie einer probiert.«

»Woher weißt du davon?«

»Schade ist es um diese Marmelade. Mit Sicherheit ist sie köstlich.«

»Woher weißt du es?«

Ich wandte mich zu ihr, aber sie war nicht mehr als ein Flimmern in der Abendluft, unstet, wie der jäh abbrechende Gesang der Vögel, das Schlagen eines Fensters im Wind, ein Gedanke, der fortgerissen wurde.

»Du hast es mir im Schlaf erzählt. Dass du das Glas in die Hand genommen hast. Immer und immer wieder. Die Finger um den Deckel geschlossen. Dann herumgedreht. Die Aufschrift gelesen. Obwohl du wusstest, was dieses Glas barg.«

Wohl tausend Mal hatte ich das Glas in der Hand gehabt. In den eisigen Wintern, wenn mich die Einsamkeit durchs Haus jagte. Nach den Nächten mit Franz, wenn er seine Hände von mir löste, wegging, ohne sich zu verabschieden, auf ungewisse Zeit. Als ich Hitler verlor, da saß ich ganze Nächte lang mit dem Glas im Garten. Komm zurück, schrie ich in dieses dunkle Wien hinein, komm zurück, oder ich tu's. Ich schwöre dir, ich tu's!

Dann nahm ich das Glas wieder in die Hand, nachdem mich Franz im Sommer 1960 mit dem Auto mit hinaus nach Bad Vöslau genommen hatte. Einen Tag nur, einen einzigen Tag verbrachten wir dort, schwammen in den geschwungenen Steinbecken unter den Eichen, deren Stämme so dick waren, dass man sie zu zweit kaum umfassen konnte – wir hatten es ausprobiert. Er kaufte mir ein Schokoladeneis, ein Eis für den Kobold, wie er lächelnd sagte, und küsste mir die cremigen Spritzer von der Nasenspitze. Im Wasser hob er mich hoch, so leicht war ich, so klein in seinen Armen. Die anderen Badenden um uns herum lachten und spritzten, als ob es nie anders gewesen wäre, nie Winter, nie kalt, nie Krieg. Meine Handrücken wurden braun, die Unterarme, meine Stirn und die Wangen, wie sie nur an Sommertagen werden, an denen man glücklich ist, atemlos glücklich, so glücklich, dass man sterben könnte. Ein Glück, das einem die Sommersprossen wie einen Schleier über den ganzen Körper und den Verstand zieht, bis man glaubt, alles würde so bleiben und sich nie wieder auflösen.

Wir blieben lange. So lange, bis niemand mehr da war und der Bademeister gelangweilt Blätter mit einem kleinen Kescher aus dem Becken fischte. Hand in Hand liefen wir über das kurz gemähte Gras, über die gepflasterten Wege zu den Umkleiden. Wir schlenderten, als hätten wir keine Eile, aber in Wirklichkeit konnten wir es nicht mehr aushalten, und nur mit Mühe drosselten wir unsere Schritte. Wir blieben beim Bademeister stehen und sahen zu, wie er sich über das Wasser beugte. Wir entdeckten eine Münze auf dem Grund des Beckens, und Franz ließ kurz meine Hand los, um noch einmal hinunterzutauchen. Sein Körper war so vertraut da unter Wasser, so oft berührt, so sehr geliebt. Er legte mir die Münze in die Hand, aber als wir sahen, dass es eine Reichsmark war, schleuderte ich sie fort, so weit ich konnte.

»Nun müssen Sie sich aber beeilen mit dem Umziehen«, sagte der Bademeister, und ich zog Franz weiter. Ja, ja, das tun wir, ja, ja.

Und dann war alles anders. Franz schloss die Tür der Kabine hinter uns. Holz, von dem die Farbe abblätterte, die Wand aus grünem Mosaik, der Boden, auf dem Pfützen standen, durch die noch vor wenigen Augenblicken Kinderfüße gelaufen waren, die Dunkelheit, die durch eine geschlossene Tür entstehen kann, Franz' Schultern, der Mund, die ernsthaften Augen. Das alles ist in meinem Gedächtnis festgewachsen, fest wie der Mauerpfeffer vorne neben dem Gartentor. Er drehte mich um, und ich legte meine Stirn an das Holz. Ich hörte mich jammern. Aber war ich das überhaupt? Oder war es Rahel? Oder Judith?

»Du bist so schön, Shapiro«, flüsterte er in meinen Nacken. »Ich kenne niemanden, der so schön ist wie du.«

Er meinte es wirklich so. Da bin ich heute noch sicher. In diesem Moment meinte er es wirklich so. Und ich, ich konnte mich durch seine Augen sehen. Meine kleinen Brüste, der weiße, weiche Bauch, die kräftigen Schenkel. Selbst meine Finger waren schön. Meine schmalen Füße in den Badehosenpfützen. Das alles war so perfekt, so wunderbar, so unglaublich, so sehr meins.

Vielleicht wurde ich deswegen schwanger, weil ich mich in diesem Augenblick selbst so geliebt hatte, so sehr, wie ich vorher nur ihn liebte.

»Das letzte Mal hattest du das Glas in der Hand, da warst du grün wie der Steinboden in den Umkleiden von Bad Vöslau. Du hast ins Waschbecken gespuckt, in die Toilette und auf dem Naschmarkt in einen Mülleimer. Du konntest es kaum aushalten, diese Übelkeit.«

»Ich konnte das Kind nicht aushalten.«

»Ach herrjeh. Wirklich.«

»Das Kind brachte mich fast um.«

»Nein. Du brachtest das Kind fast um. Dich und das Kind.«

So war das. Ich wusste es schon, da saßen wir noch im Wagen nach Hause. Fuhren über die Landstraßen, die sich so sanft durch die Wiesen schlängelten, und ich wusste die ganze Zeit, was passiert war. Das ist nicht gelogen. Er wusste natürlich nichts. Er legte ab und zu seine Hand auf mein Knie. War besorgt, dass ich mich erkälte, weil mein Haar nass war und die Fenster offen, hielt an einer Haltebucht kurz hinter Tribuswinkel, um mich zu küssen. Das alles, weil er meine Unruhe spürte. Männer spüren das. Sie spüren die Gefahr, wenn sie auch sonst blind und taub sind. Dann, in Wien, ließ er mich am Burggarten aussteigen, ich wollte es so, aber er natürlich auch, war doch seine Frau zu Hause, die glaubte, dass er arbeiten musste. Die nicht ahnte, was zwischen uns war.

»Ich hab mich immer gefragt, warum du es nicht getan hast. Ein Kind von einem verheirateten Mann.«

»Das ist kein Grund.«

»Stimmt. Du warst einfach zu feige.«

»Feige ist nicht das richtige Wort.«

»Unentschlossen. Ängstlich. Was auch immer.«

Sie legte mir versöhnlich von hinten die Arme um die Mitte und wiegte mich sanft hin und her. Drüben im alten Schlegel-Haus, im oberen Stockwerk, gingen die Lichter an. Dort, wo Franz' Schlafzimmer gewesen war, im Badezimmer, Frau Schlegels Kammer. Hinter den Fenstern konnte ich dann und wann Schatten vorübergehen sehen, aber das meiste verdeckte der Baum.

»Als das Kind sich bewegte, konnte ich es nicht mehr tun«, sagte ich.

Die ersten Bewegungen waren wie flatternde Schmetterlingsflügel an der Bauchdecke. Ich wollte es nicht wahrhaben, dass es sich schon so früh regte. Bis dahin hatte ich mir noch einen Tag zugestanden, nur noch einen einzigen, und am nächsten Tag noch einen. Wieder einen, was konnte es schaden, das Ende kam ja ohnehin. Franz und ich lächelten uns über den Zaun hinweg an. Wenn er im Garten war und ich im nächsten, fühlte es sich fast so an, als wären wir gemeinsam dort. Und wenn die Frau dann in den Garten kam, groß und blond und immer elegant, beugte ich mich schnell über die Rosen, den Schmetterlingsflieder und tat so, als bemerkte ich sie nicht.

Als es sich regte, beschloss ich weiterzuleben. Unspektakulär weiterzuleben. Es zu versuchen, vielleicht nur, weil ich wissen wollte, wie ein Kind von Franz und einem Kobold aussehen würde.

»Es war wunderschön, das Kind, als du es auf die Welt gebracht hast.«

Ja, das war es. Klein und der Kopf voller schwarzer Haare, wie aus der Mongolei, mit schräg stehenden Augen. Nichts erinnerte an Franz. Nichts. Ich nannte das Kind Esther. Esther, der Stern.

Wir blieben so sitzen, bis wir den Kleinen Wagen sehen konnten, den Großen Wagen und bis der Mond als Sichel über Wien hing, ich lehnte meinen Rücken gegen Rahel und dachte daran, dass die Erinnerung an all diese Dinge bald verloren sein würde. Niemand würde jemals an mich denken oder an Esther oder meine Schwestern. Das war nicht schlimm. Es war nur einfach so.

Als das Mädchen von den Proben zurückkam, saß ich immer noch da. Ich hörte sie, wie sie hinten über den Zaun kletterte, durch das Gras lief und unter dem Baum stehen blieb, um ein paar Früchte aufzuheben. Sie musste sich nicht unter den Zweigen ducken, so klein und zierlich war sie. Sie aß, bückte sich noch einmal, dann kam sie den kleinen ausgetretenen Pfad zum Haus hinauf und über die Stiegen zu mir in die Küche. Sie schien sich nicht darüber zu wundern, dass ich hier saß und in den Garten hinausstarrte.

»Frau Shapiro«, sagte sie, »sehen Sie, was ich gefunden habe. Unter dem Baum, ganz dicht am Stamm, in einer kleinen Kuhle.«

Sie legte mir die Schildkröte in den Schoß. Mit den Fingern tastete ich über den Panzer. Der Davidsstern war groß, verblasst und verzerrt, war ja auch Hitler größer geworden, etwa so groß wie ein frisch gebackener Laib Brot. Er hatte seinen Kopf eingezogen und die Füße auch, und kurz befürchtete ich, dass er nicht mehr lebte, doch an seiner Unterseite konnte ich spüren, dass er es tat.

»Du hast Hitler gefunden«, sagte ich zu dem Mädchen und fing zu lachen an. Ich lachte, bis mir die Tränen in die Augen traten, bis das Mädchen mich in den Arm nahm und Rahel auf Zehenspitzen leise davonschlich.

Niemand wird je erfahren, ob Karel Lier meine Schwester tatsächlich geliebt hatte. Ich erzähle die Geschichte lieber mit seiner Liebe im Nacken als mit der vielleicht traurigen Wahrheit, dass für ihn Rahel nur ein schöner Zeitvertreib gewesen war, etwas, das ihn einen Winter lang amüsieren sollte, während er in seiner Wohnung eingesperrt war und das Haus kaum verlassen konnte. Nein, natürlich liebte er sie und sie liebte ihn, und aus diesem Grund konnte Rahel nicht von ihm lassen, obwohl sie so Schritt für Schritt ins Unglück hineinwatete.

Nachdem sie diesen einen Botengang für Karel erledigt und den Umschlag einer kleinen dunkelhaarigen Frau, an deren Gesicht sie sich später nicht erinnern konnte und wollte, in die Hand gedrückt hatte und davongelaufen war, brachte sie öfter auf dem Nachhauseweg den einen oder anderen Brief irgendwohin. Sie wollte nicht mehr wissen, was es war, nahm die Papiere nur entgegen, schob sie vorne in ihr Kleid und ging dann zu der Adresse, die ihr Karel ins Ohr flüsterte.

Irgendwann fragte sie sich, ob es Karel nur noch um die Umschläge ging oder um sie. Sie schämte sich für diesen Gedanken, kam aber nicht gegen das Nagen an, das er in ihr verursachte. Sie registrierte, dass Karel nicht mehr an ihrem Porträt arbeitete, es stand, halb mit einem Tuch verhängt, unvollendet in Karels Atelier. Sie fragte sich, ob die Zeit, zu der er sie nach Hause schickte, immer danach gewählt war, wann es am günstigsten, am dunkelsten, am stillsten draußen war. Waren seine Küsse flüchtig geworden, seine Berührungen nachlässig, glänzten seine Augen fiebrig, wenn er sie, mit den Briefen an die Brust gedrückt, zur Tür hinausschob? Ängstlich suchte sie in ihren Unterhaltungen nach Hinweisen, was er für sie empfand. Sie fragte ihn, ob er sie liebte, und er sagte, ja, doch, doch. Sie fragte ihn, ob er an sie dachte, wenn sie ging, und er sagte, ja, die Angst um sie brächte ihn halb um, er könne nicht schlafen, wenn er sie da draußen wusste, er könne kaum atmen, wenn sie ging, kaum träumen, nicht arbeiten, nicht denken, nicht essen, nicht reden. Die Antwort stellte sie nicht zufrieden.

Sie fragte ihn, ob er mehr Angst um sie oder mehr Angst um die Briefe hatte. Sie fragte auch, ob er mehr Angst um sie oder Angst um die Spur hatte, die sie zu ihm legte. Sie konnte nicht zu fragen aufhören, jetzt, da sie einmal damit angefangen hatte. Und obwohl sie sah, dass etwas in Karel zu Bruch ging – sie vermutete, es war die Stille, das gegenseitige Einvernehmen, der Gleichklang ihrer Herzen –, war sie unfähig, sich zu bremsen. Obwohl sich Karel von ihr wegdrehte, zum Dachfenster hinaussah, auf das sich weich die Schneeflocken legten, sprach sie weiter, und irgendwann sagte er nur, du musst es nicht mehr tun, was sie aufschreien ließ. Sie rüttelte ihn und schlug mit bloßen Fäusten auf seinen Rücken ein, wollte hören, dass er sie liebte, immer noch liebte, mehr als irgendetwas auf der Welt, mehr als sein Leben, mehr als den Gedanken an die Freiheit, mehr als die Sonne an einem Sommermorgen über dem Horizont.

Zu einer Antwort kam es nicht mehr. Sie hörten Schritte auf der Treppe, Schritte, die nicht klangen, wie sie klingen sollten, sie starrten sich für einen Moment in die Augen, dann raffte Rahel ihre Kleider zusammen, schlüpfte hinein, fahrig, zittrig, und Karel sprang auf, stopfte nackt Papiere in den kleinen Ofen, es qualmte und rauchte, sie husteten, und Rahel riss das Fenster auf. Schnee wehte herein und legte sich zwischen sie. Rahel hätte gerne noch gesagt, dass er die letzten Minuten vergessen sollte, alles, was sie ihm vorgeworfen hatte, alles, sie hätte ihn gerne umarmt, ihn festgehalten, nein, öffne nicht die Tür, lass uns durchs Fenster klettern und über die Dächer davonlaufen. Lass uns miteinander durch die Luft segeln und uns dabei an den Händen halten. Dann klopfte es an der Tür.

Es waren vier. Sie durchsuchten die Wohnung, kehrten die Asche des Ofens heraus und nahmen die Papiere an sich. Sie ließen Karel Hose, Hemd und Schuhe anziehen, aber als sie auch Rahel mitnehmen wollten, sagte Karel, nein, sie sei nur seine Geliebte, ein dummes kleines Mädchen, die von nichts wüsste und nichts getan hätte. Einer von ihnen legte Rahel seine Finger unter das Kinn und sah sie lange und prüfend an.

»Aber sie ist Jüdin«, sagte er dann.

Trotzdem ließen sie Rahel in der Wohnung. Das war

das Schlimmste, dazubleiben, während Karel ging. Ihn auf der Treppe zu hören, die Türen des Wagens zuschlagen zu hören und das durch den Schnee gedämpfte Motorengeräusch, das sich entfernte und leiser und leiser wurde. Wie oft hatten sie darüber geredet, wie es wäre, über diese Treppe nach draußen zu gehen, in einen Frühlingsmorgen hinein, gemeinsam, ohne Angst, ohne den Schrecken in den Gliedern, und wie oft hatte Karel gesagt, sie müssten nur Geduld haben, nur ein kleines bisschen Geduld.

In unserer Küche, als Rahel da saß, blass wie der Morgenhimmel, konnte sie nur daran denken, ob sie es wohl wussten. Ob sie wussten, wer sie war, ob sie uns finden würden, ob sie eine Spur zu uns gelegt hatte oder nicht. Ich sagte zu ihr, das läge in El Shaddais Hand. Gott wird uns beschützen, Gott wird die Spuren verwischen und Erbarmen haben. Aber manchmal hat Gott kein Erbarmen. Manchmal spielt Gott ein grausames Spiel. Vielleicht liegt es in jeder Natur zu zerstören. Auch in seiner.

Der Schnee wurde durch bittere Kälte abgelöst. So ist es oft. Es schneit dicke, große Flocken, die beinahe schon in der Luft schmelzen, und dann zieht ein eisiger Wind über die Stadt, der alles gefrieren lässt. Es schneit nicht mehr, und wenn, dann sind es winzige Flocken, die im Gesicht schmerzen, die einen die Schultern hochziehen lassen, als würde das gegen die Kälte schützen.

Jede Minute, in der nichts geschah, ließ uns leichter atmen. Es verging eine Woche, und noch eine weitere.

Zuerst saßen wir nur in Rahels Zimmer. Sie weinte über Karels leere Wohnung und über den Ofen, der nun vollkommen nutzlos war. Über das Bild weinte sie nicht, das Bild strich sie aus ihrem Gedächtnis und hoffte, dass es auch in kein anderes Gedächtnis je zurückkehren würde. Nach der zweiten Woche begann sich alles wieder normal anzufühlen. Wir schreckten nicht auf, wenn ein Wagen in unserer Straße hielt, Rahel und ich sprachen nicht mehr darüber, ob wir es Mutter oder Vater oder Judith erzählen sollten. Wir hüteten das Geheimnis, und ich sagte, irgendwann wäre es kein Geheimnis mehr, irgendwann wäre es etwas, das nie geschehen war.

Ich begann wieder hinauszugehen, an einem Tag im Februar schlich ich mich fort, lief die Mariahilfer Straße hinunter, sprang über Trümmer und lose Pflastersteine, kletterte in Gärten, rannte durch kleine Gassen. Ich musste den Kobold hinauslassen, endlich freilassen, so lange war er eingesperrt gewesen. In der Neubaugasse traf ich Franz, er schien wie ich ziellos in der Stadt herumzustreunen.

»Lange nicht gesehen«, sagte er. »Warst du krank?«

In Wirklichkeit wollte er wissen, ob Rahel krank war. Ich schüttelte den Kopf.

»Siehst aber krank aus.«

»Selber.«

»Wollen wir zum Karmelitermarkt, da ist ziemlich viel kaputt.«

Er meinte damit, dass man in den ausgebombten Häusern herumsteigen konnte. Manchmal fand man Dinge, die man noch gebrauchen konnte. Ich hatte nichts Besseres vor, deshalb trabten wir nebeneinander in Richtung Karmelitermarkt. Wenn mir etwas Verdächtiges auffiel, machten wir einen großen Bogen, verschwanden in Seitenstraßen und Hinterhöfen. Verdächtig war alles. Männer, die auf der Straße standen. Geparkte Autos. Das kurze Aufblitzen in einer Fensterscheibe.

Wir kamen durch die Große Sperlgasse über den rückwärtigen Teil der zerstörten alten Synagoge, zur Polnischen Schule. Noch immer war es dort eng und finster, wir kletterten durch ein Loch im Mauerwerk und über die umgestürzten Holzbänke.

»Warte«, flüsterte ich, und Franz hielt inne. »Hier bin ich früher oft gewesen.«

Ich nahm ihn an der Hand und zog ihn hinüber, wo früher die Kerzen gestanden hatten.

»Lass uns so tun, als wäre alles noch heil.«

Ich sah Franz an, dass er sich unbehaglich fühlte.

»Wenn uns jemand hier erwischt.«

»Bitte.«

Er stimmte widerwillig zu, ließ mir aber seine Hand, als wir uns durch den zerstörten Raum kämpften. Steine brachen unter uns weg, Putz rieselte. Über uns flogen Tauben mit klatschenden Flügeln auf. Das Geräusch, das ihre Flügel machten, hallte durch diesen schmalen, hohen Raum, durch diesen heiligen Ort, der er mal gewesen war. Ich war gerne hier gewesen. Die Kerzen, das Licht in der Dämmerung, die weiche Stimme des Rabbi. Manchmal schlief ich ein. Manchmal trug mich mein Vater nach Hause, und

Rahels und Judiths Schuhe klapperten über das Kopfsteinpflaster, wenn sie vor uns herliefen.

Ich musste geraume Zeit suchen, bis ich einen geeigneten Platz fand, den Platz, wo noch Kerzenwachs am Boden zu erkennen war, wo der Rabbi gestanden hatte, um uns zu segnen, wo noch der Geruch von Weihrauch über den Steinen hing. Dort knieten wir nieder.

»*Vatik jehemu na Rachamekha* …«, flüsterte ich, »… Erhabener, es ströme deine Barmherzigkeit und erbarme dich über dein geliebtes Kind … Wie sehr habe ich mich gesehnt, die Herrlichkeit deiner Macht zu schauen. Erbarme dich und verbirg dich nicht … *Mo 'ed, v 'chanenu kiJmej Olam* … Eile zu lieben, erbarme dich über uns, wie in den Tagen der Vorzeit.«

»Glaubst du denn, dass er sich erbarmt?«

Wir kauerten uns auf den kalten Steinboden, die Geräusche von draußen waren verstummt, wir rückten ganz nah aneinander, damit sich die Wärme zwischen uns fing. Franz nahm meine Hände und hauchte hinein. Dafür, dass er so eine außerordentlich dumme Frage stellte, blieb ich sehr ruhig. Wenn man liebt, verzeiht man auch Dummheiten.

»Glaubst du es?«

»Ja.« Ich log nicht. Ich glaubte wirklich, glaubte aus vollem und inbrünstigem Herzen.

»Glaubst du, er macht, dass es aufhört?«

»Ja. Und du?«

»Nein.«

»Du bist mächtig, in Ewigkeit, Herr, du belebst die

Toten, du bist stark zum Helfen, du lässt den Wind wehen und den Tau herabfallen ...«, zitierte ich nun doch wütend.

»Sei nicht böse.« Wieder hauchte er in meine Hände und berührte mit seinen Lippen, meine Handflächen. Nur so leicht, dass ich nicht sicher sein konnte, ob es ein Kuss war.

Ich war böse. Über seinen Unglauben, darüber, dass mir sein Unglauben den Mut nahm.

»Du musst es auch glauben«, fuhr ich ihn an. »Was soll es nützen, wenn nur ich glaube. Allein. Das nützt gar nichts. Nichts!«

»Willst du mich umbringen, bloß weil ich es nicht glaube?«

»Das könnte ich.«

»Könntest du nicht.«

»Oh, Franz Schlegel«, sagte ich nur. Dann sprang ich auf und ließ ihn dort auf dem Boden sitzen.

Ich lief allein in die Trümmer. Lange blieb ich dort, bis ich hungrig war und müde und kalt. An diesem Morgen fand ich nur einen alten, delligen Emailletopf und ein schäbiges, trübes Glas eingelegter Gurken. Die Gurken nahm ich mit.

Als ich nach Hause kam, stand das Auto in unserer Straße. Feiner Schnee hatte sich wie Puderzucker daraufgelegt. Ich blieb davor stehen, die Hände in die Manteltaschen gestopft, dann ging ich langsam den kleinen Weg zum Haus hinauf, stellte das Glas Gurken auf das Mäuerchen bei der Stiege. Die Haustür stand trotz der eisigen Temperaturen sperrangelweit offen und vom Hauseingang aus konnte ich bis ins Wohnzimmer hineinsehen. Ich sah einen breiten Rücken in Uniform und meine Mutter und meine Schwestern. Sie saßen auf der zierlichen Biedermeierbank nebeneinander. Als meine Mutter mich in der Haustür entdeckte, zuckte sie kaum merklich zusammen.

»Ihre Familie besteht also aus Herrn Baruch Shapiro«, sagte er gerade, »aus Ihnen, Frau Sarah-Jaris Shapiro, und den Töchtern, Rahel, Judith und Elisabetta. Ist das richtig?«

Meine Mutter nickte, während sie ihre Augen nicht von mir wandte.

»Das alles muss ein Missverständnis sein«, sagte sie. »Mein Mann ist Arzt, er ist in der Klinik unersetzbar. Er kann nicht deportiert werden. Man hat uns gesagt …«

»Ich befolge nur meine Anweisungen. Wo ist die jüngste Tochter? Elisabetta Shapiro.«

»Sie ist schon seit längerem bei Verwandten in Polen«, mischte sich Rahel ein, »auf dem Land.«

Auch sie sah mich unverwandt an. Lauf, sah ich in ihren Augen. Lauf. Verschwinde.

»Wie heißen die?«

»Rosenbaum. Anna.«

»Elisabetta ist sehr kränklich …«

»… deswegen haben wir sie …«

»… aufs Land geschickt.«

»Wir werden das überprüfen.«

»Wo ist mein Mann?«

»Sie werden ihn später treffen.« Das war natürlich gelogen, hatte Rahel später gesagt. Sie sahen meinen Vater nie wieder.

Ich konnte mich nicht bewegen, nicht atmen, nichts entscheiden. Das, was ich sah, war wie ein Stillleben in einem Rahmen aus dem braunen Holz unseres Türstocks zum Wohnzimmer. Der rote Teppich, auf dem der Mann stand, war plötzlich so leuchtend grell. Es war ein schrecklich endgültiges Bild. Eine Fotografie, die sich niemals würde löschen lassen. So viele Nächte auch vergehen würden, so viel Zeit auch durch meinen Körper laufen würde, dieses Bild würde immer da sein. Nah und unabänderlich. Die Bank mit den schlanken, geschwungenen Beinen und dem zartgrünen Samtbezug. Meine Mutter in ihrem schwarzen Kleid mit den kleinen weißen Knöpfen. Judith, die nur in ihren Schoß starrte, was mochte in ihr vorgehen. Und Rahel. Rahel, die es vermasselt hatte.

Rahels Blick wandelte sich von beschwörend zu wütend zu verzweifelt. Ihre Brust hob und senkte sich. Du weißt, was passieren wird, deswegen dreh dich um und geh hinaus, geh die Straße hinunter und sieh nicht zurück, press deine Hände auf den Judenstern und zieh deine Kapuze über dein schwarzes Ponyhaar. Mach, dass dich niemand erkennt, und mach schnell.

Als ich zögernd Schritt für Schritt auf die Tür zuging, rückwärts und tastend, nickte sie mir unmerklich zu.

Der Mann schrieb irgendetwas in ein Buch, und ich hörte, wie Judiths Tränen leise in ihren Schoß tropften. Rückwärts stolperte ich die Treppen hinunter, den Weg zurück auf die Straße lief ich, dann besann ich mich, ging langsam, als hätte ich keine Eile, ein kleiner Kastenwagen hielt vor unserem Haus, und ich drängte mich weg, durch die Schaulustigen hindurch. Sie wussten genau, was vor sich ging. Frau Schlegel und die anderen. Sie waren so feige, so feige waren sie. Genauso feige wie ich.

Ich ging weiter, bis ich das Haus nicht mehr sehen konnte. Dann setzte ich mich hin und wartete. Wäre ich doch zurückgegangen. Hätte ich doch nicht gewartet.

Irgendwo schlug eine Uhr Mittag. Die Straßenbahn hielt an der Haltestelle. Schnee fiel auf die Dächer.

Später stand die Tür immer noch offen und das Gurkenglas auf dem Mäuerchen. Die Schränke in den Zimmern meiner Schwestern und meiner Mutter waren durchwühlt. In Eile hatte man Sachen herausgerissen, ein wollenes, warmes Kleid, die Jacke, die Mutter vor Jahren selbst gestrickt hatte. Judiths Kleid, das sie bei ihrer Verlobung tragen wollte, fehlte. Das Buch, das noch heute Morgen auf Rahels Nachtkästchen gelegen hatte, auch. Dort, wo ihre Koffer gestanden hatten, waren noch die rechteckigen Staubabdrücke. Auch ich zerrte meinen Koffer unter dem Bett hervor. Ich warf wahllos hinein, was mir in die Hände geriet. Genauso gut hätte ich nichts mitnehmen können. Ich lief in den Keller und verstaute Hitler mitsamt seiner Kiste in einem Winkel des Koffers, zwischen Strümpfen und Unterwäsche, damit er nicht verrutschte. Dann klappte ich den Deckel zu und machte mich auf den Weg.

Es war ein weiter Fußweg zur Salztorgasse, aber ich machte keine Pause. Der Schnee setzte sich in meine Wimpern und in mein Haar, und der Koffer zerrte an meinem Arm. Ich schritt energisch, entschlossen. Natürlich würde mich Mutter ausschimpfen. Wahrscheinlich würde sie mir rechts und links eine Ohrfeige verpassen, weil ich nicht auf sie gehört hatte. Und Rahel würde mich mit Verachtung strafen. Das war mir egal.

Jeder wusste, wo die Juden hinkamen, die abgeholt wurden. Sie kamen ins Hotel Metropol. Wer einmal dort war, der war schon halb in Auschwitz oder Theresienstadt, in Dachau oder Treblinka.

»Früher haben dort Sänger genächtigt«, sagte meine Mutter. »Reisende, Verliebte. Und jetzt ...«

Jetzt nächtigten dort die Juden. Von vorne, am Morzinplatz, da sah alles noch so aus, wie es gewesen war. Natürlich hingen dort die Fahnen. Natürlich stand die SS dort, Soldaten. Natürlich gingen dort Leute ein und aus, vor denen ich sonst davonlief.

Ich ging zum Hintereingang. Seltsam leicht fühlte ich mich. Seltsam ruhig. Das werde ich nie vergessen, wie ruhig ich mich gefühlt habe. Vielleicht war es auch der Schnee, der alles auslöschte, die Geräusche innen und außen. Ich ging an Soldaten vorbei zur Hintertür hinein. Niemand hielt mich auf. Drinnen die Gänge erinnerten mich an die Dienstboten, an Livrierte, die Wägen mit frischer Wäsche hier durchgeschoben hatten, von der Wäscherei zu den Zimmern. Doch die Erinnerung war verblasst, schäbig sah es hier aus, die Teppiche waren herausgerissen, damit die harten Stiefel Platz fanden. Die Wände waren zerschlagen, die Türen verschlossen. Leute kamen mir entgegen, Frauen mit Akten unter dem Arm, Männer in Anzügen. Wahllos öffnete ich eine Tür. Ein Mann saß dort hinter einem Schreibtisch.

Ich trat ein und schloss die Tür wieder hinter mir.

»Ich bin Jüdin«, sagte ich.

Der Mann hob seinen Kopf und sah mich schweigend an. Ich erinnere mich gut an sein schmales Gesicht, die kleine runde Brille und den Haaransatz, weit hinten am Kopf. An der Wand hing ein Banner: *Jeder tut mit. Jeder denkt mit. Jeder meldet.*

»Meine Familie ist heute abgeholt worden. Mein Name ist Elisabetta Shapiro.«

Der Mann sagte immer noch nichts.

»Ich bin vergessen worden.«

Eine Frau kam herein und legte ein paar Papiere auf den Tisch.

»Sie müssen hier unterschreiben«, sagte die Frau, und der Mann nahm einen Stift in die Hand und unterzeichnete. Ich wartete, traute mich nicht, mich auf den Stuhl zu setzen, der vor dem Schreibtisch stand, und wollte auch nicht den Koffer abstellen. Die Frau wartete auch. Als der Mann fertig war, nahm sie die Papiere wieder an sich und ging. Ich roch ihr Parfüm, blumig und schwer, ihr blondes Haar war kurz und in Wasserwellen gelegt, sie warf mir einen Blick zu, nicht mitleidig, nicht besorgt, nicht voll Hass. Ob er gleichgültig war oder einfach nur leer, weiß ich nicht. Die Tür fiel hinter ihr ins Schloss.

»Ich möchte bitte zu meiner Familie.« Meine Stimme

konnte den kleinen Raum nicht füllen. »Ich war nicht da, als sie abgeholt wurden. Deswegen wurde ich vergessen.«

Der Mann grub den Kopf in seine Hände. Als er aufblickte, schien sein Gesicht mit einem Mal um Jahre gealtert.

»Geh, Kind«, sagte er und stand auf, um zu mir herüberzukommen. »Geh nach Hause, Kind, mach uns nicht unglücklich.«

Seine Hände, sein ganzer Körper zitterte, als er mich zur Tür hinausschob.

Es war die wohl letzte Marmelade, die ich kochen würde. Irgendwann hat man alles genügend oft getan. Sich ins Bett gelegt und auf die Seite gedreht, beim Zähneputzen ins Waschbecken gespuckt, das, was man immer tut, und auch das andere. Manche Dinge sind einem bewusst, andere nicht. Ich kann mich nicht an das letzte Gespräch mit meinem Vater erinnern, vielleicht küsste er mich am Morgen, bevor er ging. Guten Morgen, Elisabetta, und ich murmelte irgendetwas im Schlaf. Auch die letzten Worte meiner Mutter gingen auf immer verloren. Dagegen kann ich mich an Rahels sehr genau erinnern.

Sie erzählte mir von einem Mädchen. Ihr Name war Pola Kubritz. Sie erzählte mir, dass sie Tänzerin war und den Romeo tanzen würde, und sie erzählte mir von dem Kleid, das sie an der Premiere tragen wollte: nicht zu kurz, nicht zu lang, schwarz natürlich und mit Spitze an den Ärmeln. Dov würde sie mit etwas zu Kurzem nicht aus dem Haus lassen. Sie erzählte mir auch von den Schuhen, Esthers Schuhen, die mit den Riemchen, und davon, dass sie Freikarten hatte, weil die Mutter des Mädchens, ihr Vater und ihr Bruder nicht kämen. Ich fragte, warum, und sie sagte, das wüsste sie nicht. Sie sagte, sie hätte nie jemanden so sehr geliebt wie dieses Mädchen. Sie wären Schwestern und Geliebte und sogar mehr als das.

»Bubbe?«, fragte sie. »Ist es immer noch so wie früher?«

»Nein, bestimmt nicht«, antwortete ich, aber mein Herz war schwer.

»Ist es nicht seltsam, Jüdin zu sein?«

»Das ist es.«

»Warum sind wir es dann?«

Ich wusste keine Antwort darauf, nur, dass es manchmal anders einfacher wäre, wenn auch nicht unbedingt besser. Ich wollte nicht sagen, dass man es sich nicht aussuchen konnte, dass man mit seinem Schicksal geboren wurde und es nur darauf ankam, was man daraus machte. Ich wollte das alles nicht sagen. Hatte ich es selbst doch zu oft gehört. Immer wieder.

»Meine kleine Rahel«, sagte ich nur, »natürlich ist es anders als früher. Ganz anders. Die Welt hat sich verändert. Auch für uns.«

Es blieb still in der Leitung, und ich konnte kurz nur ihren Atem hören.

»Dann ist ja gut, Bubbe«, sagte sie.

Nun würde ich es also zum letzten Mal tun. Es war keine große Sache. Abschied nimmt man immer in Etappen. Hitler lief durch die Küche, wie damals. Er erschien mir langsamer. Vielleicht war er auch einfach alt geworden, alt und der Dinge müde. Ich sagte dem Mädchen, dass sie hinaufgehen sollte, um ihren Bruder zu holen.

»Der wird nicht kommen«, sagte sie.

»Frag ihn.«

»Warum sollte er?«

Sie trug noch immer das Tutu, das sie immer zum Trainieren anhatte, und ich liebte den Anblick, den sie in meiner Küche bot. Sie verzauberte das Haus, sie machte daraus eine Feenwelt, ein Wunderland, mehr als ich es jemals ersehnt hatte. Und allein deswegen war ich bereit, ihr zu verzeihen, auch wenn es unangemessen erscheint.

»Frag ihn einfach.«

Sie wirbelte einmal durch meine Küche und fegte zornig alles vom Tisch, Briefe vom Anwalt des Nachbarn, die ich nicht einmal mehr öffnete, und alles, was darauflag.

»Nun geh schon«, sagte ich sanft, und sie stürmte aus der Tür und die Treppe hinauf. Vielleicht war sie noch mehr Kobold als ich, ein kleiner blonder, übermütiger Kobold, jung und bitterböse. Ich ging in der Küche umher, suchte den großen Topf und Zucker und den Holzkochlöffel. Als ich die Gläser spülte, schrie sie ihn an. In den Gläsern spiegelte sich Rahels mürrisches Gesicht. Siehst du, siehst du jetzt, was du uns eingefangen hast, wisperte sie. Schnell tauchte ich die Gläser in das heiße Spülwasser, und sie hielt den Mund. Als ich sie mit einem Tuch trocken rieb, kamen beide wieder herunter. Er sah aus wie ein geprügelter Hund, sie wischte sich die Hände an ihrem Tutu ab.

»Die Marillen müssen eingesammelt werden«, sagte ich und setzte mich an den Tisch, während sie mit einem Korb hinausgingen.

Ja, das habe ich nun davon, dachte ich. Das ist nun also das Ende der Geschichte. Ein deutscher Junge und ein deutsches Mädchen sammeln jüdische Marillen ein. Was soll man daraus lernen.

Nichts, hauchte Judith, denk nicht einmal darüber nach.

Ich musste immer den Jungen ansehen, wie er sich unbeholfen in der Dämmerung bückte, immer auf Anweisung des Mädchens, langsam und zögernd.

»Da sind noch welche«, fuhr sie ihn an, »hier und hier und da auch.«

Pause. Das Tutu leuchtete in der Dunkelheit des Gartens. Sie verschränkte die Arme vor der Brust. Er bückte sich, ließ die Früchte wieder fallen, hob sie erneut auf.

»Da, im hohen Gras, und dort, zwischen den verblühten Pfingstrosen.«

Hitler blieb neben meinen Füßen sitzen. Er sah knochig und verwittert aus. Ich musste daran denken, ob er überhaupt jemals fort gewesen war oder ob er immer hier neben mir gesessen hatte, mit seinen kleinen grünen Augen, so still, dass man ihn nicht entdeckte, nicht im hohen Gras, nicht hinter der Anrichte, nicht draußen zwischen den Steinen.

Sie kamen wieder herein, und das Mädchen stellte den Korb auf den Küchentisch. Er quoll förmlich über vor Früchten. Ein paar Marillen kullerten heraus, rollten über das Holz und fielen auf den Boden, wir ließen sie liegen. Ich ließ Wasser durch ein Sieb laufen und schüttete die Früchte hinein, dann setzten wir uns an den Tisch und begannen sie zu entkernen.

»Am Abend vor der Premiere, da war es zum ersten Mal richtig kalt«, sagte das Mädchen. »Als ich Rahel am Max-Joseph-Platz traf, war es so kalt, dass wir nicht draußen stehen bleiben konnten. Wir gingen zur Probebühne hinein, da war noch niemand, nur der Portier und ein paar Tänzerinnen vom Staatsballett, die gerade nach Hause gingen.«

Mechanisch brach der Junge die Früchte auseinander und warf sie in den Topf. Wenn ich ehrlich bin, wollte auch ich das nicht hören, aber er wollte es noch weniger.

»Du bleibst jetzt sitzen«, sagte das Mädchen scharf, als er aufstehen wollte. Sie sahen sich böse an. Vielleicht eine ganze lange Minute lang. Es kam mir vor wie eine Ewigkeit, zumindest warf ich in der Zeit mindestens zehn Marillen in den Topf.

»Ich nahm sie an der Hand und zog sie die Treppen hinauf in den ersten Stock. Bei jedem Plakat blieb sie stehen und staunte. Sieh doch nur, sagte sie zu mir, *Schwanensee*. Und da *Dornröschen*. Und *Giselle* ... Sie konnte so versunken sein in etwas Schönes, dass man meinen konnte, sie würde nie mehr auftauchen.«

Ich nickte. Ja, ja, das war sie. Schon als kleines Kind war sie ein einziges großes Staunen über die Wunder dieser Welt gewesen. Wenn ich sie damals so angesehen hatte, da hatte ich gedacht, so einem Kind könne nie etwas zustoßen, so einem Kind nicht, ein solches Kind würde ein Leben lang von Gottes Hand beschützt werden.

»Wir gingen in die Garderobe, da konnte man die Tür abschließen, und ich sperrte sie ab, und wir setzten uns nebeneinander auf eine der Bänke.«

~

Das Mädchen legte ihren Kopf auf den Tisch, und ich strich ihr über das Haar. Der Topf war voll geworden, während sie sprach. Der Junge hatte eine Marille nach der anderen entkernt und hineingelegt. Trotzig, wütend, er konnte sie nicht ansehen, auch jetzt nicht, als keine Früchte mehr da waren. Er saß nur da und starrte auf seine Hände. Ich wünschte mir, er würde gehen, doch er blieb.

Durch die Tür zum Garten kam die Nacht herein, das Rauschen des Baumes und die Geräusche aus dem Schlegel-Haus. Ich ließ meine Hand auf dem Nacken des Mädchens liegen und spürte, wie ihre Muskeln weich wurden, wie die Traurigkeit aus ihr floss und in mein Tischtuch sickerte. Es tat gut, das zu spüren, nahm es doch auch einen Teil meiner Traurigkeit mit fort, auch wenn fort nicht gleich heil war, und ich dachte, dass in meiner Tischdecke vielleicht nicht Platz für all unsere Traurigkeit wäre, vor allem, wenn der Junge auch noch damit anfangen würde.

Er stand auf und stellte den Topf auf den Herd.

»Jetzt den Zucker dazu und die Platte aufdrehen.«

Er tat, was ich ihm sagte, und der Zucker rieselte zu einem weißen Berg. Diesen Anblick liebte ich besonders, wenn der Zucker sich langsam mit den Marillen verband, wenn er sich so vollkommen auflöste und alles mit seiner Süße durchdrang, klebrig machte, zäh, unabänderlich zu etwas anderem werden ließ, als es ursprünglich gewesen war.

»Jetzt musst du ein bisschen rühren, immer wieder, damit es nicht anbrennt.«

Rahel schlüpfte durch die Gartentür herein, sie roch nach Lavendel und dem Hass, der sich in ihrer Kehle fing. So intensiv, dass es sogar dem Jungen in die Nase stieg. Doch ich ignorierte sie und den Wink, den sie mir geben wollte, was sie noch zorniger machte. Ich konnte mir lebhaft vorstellen, was sie mir nachher an den Kopf werfen würde. Elendiger Gutmensch, würde sie mich nennen. Schwächling, weil ich einknickte, nur weil ein deutsches Mädchen ein paar Tränen vergoss und ein Junge verstockt in einem Topf rührte, und das auch nur, weil ich es ihm gesagt hatte.

Was willst du damit bezwecken, na, würde sie sagen. Die Welt retten? Die Welt verändern?

Vielleicht wird ein gutes Glas Marmelade dabei herauskommen, würde ich dann antworten, und das sei schon besser als nichts.

Aber es wird auch meine Erinnerung verändern. Es wird etwas Gutes über all das Leid legen, wie einen Weichzeichner.

Ich stand auf und wedelte mit einem Küchenhandtuch, damit sie verschwand, vielleicht erwischte ich sie auch, an den Schultern vielleicht, an den nackten Armen.

»Es riecht gut«, sagte das Mädchen, ohne den Kopf zu

heben, und ich stellte mich wieder hinter sie, als müsste ich sie vor meiner Schwester beschützen.

»Und jetzt?«, sagte der Junge. Er meinte den Topf, der vor ihm stand. Die Marmelade warf Blasen, zerplatzende, süße Blasen, die seine Hände und Unterarme verbrannten.

»Ich weiß es nicht«, sagte das Mädchen. »Ich weiß nicht, ob es jemals wieder gut werden wird. Ich weiß nicht, ob ich dich jemals wieder lieben kann wie zuvor.«

»Rühr einfach weiter«, sagte ich leise, und zum ersten Mal erwiderte der Junge meinen Blick.

Hatte er mich damals im Gerichtssaal auch so angeblickt? Ich weiß noch, dass meine Trauer in diesen Tagen zu groß war, um klar sehen zu können. Über alles zog sich ein grauer dumpfer Schleier, den ich vielleicht mit einem Akt der Gewalt hätte zerreißen können. Ich dachte Wochen vor der Verhandlung darüber nach, ob sein Tod, ihr Tod, etwas ändern würde, ob ihr Leid meines lindern könnte. In den Nächten flüsterte Rahel in mein Ohr, ja, es kann, es kann. Du kannst wieder glücklich sein, wenn sie es nie wieder sein werden. Und Judith sagte, du wirst sowieso nie mehr glücklich sein, egal was du tust. Und ich dachte, irgendwer muss damit aufhören.

Irgendwer muss vergeben. Irgendwer muss seine Hand hinstrecken.

Aber diejenige konnte doch nicht ich sein.

Ich zeigte ihnen, wie man die heiße Flüssigkeit in die Gläser füllte und sie dann zuschraubte und schnell, schnell umdrehte, um sie auf den Deckel zu stellen. Wir machten zwölf Gläser und reihten sie hintereinander auf. Der Junge aufmerksam, das Mädchen kam nach dem fünften Glas dazu. Sie leckte die Reste vom Kochlöffel und strich um uns herum wie Kezele, als sie noch jung war. Wir öffneten das Küchenfenster, damit der Wind den süßen Geruch mit hinausnehmen konnte, damit auch die anderen Leute etwas davon hatten. Der Junge fing plötzlich an zu reden, zögernd und brüchig, während er den Tisch abwischte und den Topf spülte, die noch heißen Gläser von den Marmeladenresten säuberte und wieder richtig herum hinstellte. Er fragte, ob dies und das so richtig sei, und die ersten Male fuhr ihm das Mädchen über den Mund, mehr kraftlos als böse, dann ließ sie es bleiben und sagte:

»Da musst du Frau Shapiro fragen.«

Also fragte er mich, und ich antwortete. Etwas breitete sich zwischen uns aus. Ich will es Normalität nennen, auch wenn das etwas trocken klingt, aber müssen Dinge, die schlimm waren, nicht erst einmal normal werden, bis man sich an ihren Geschmack gewöhnt hat, so gewöhnt, dass er einem nicht mehr so bitter erscheint? Vielleicht wird es niemals gut schmecken. Aber vielleicht wird es uns irgendwann einmal nicht mehr das Herz herausreißen.

Vielleicht wird ihm das Mädchen irgendwann verzeihen, dachte ich, so, wie ich ihr verziehen hatte.

Als das Mädchen zu Bett ging – sie war völlig erschöpft –, fragte ich den Jungen, was er nun tun wolle. Er sagte, er habe keine Ahnung. Wenn er könnte, würde er den Rest seines Lebens verschenken.

»Nun«, sagte ich, »dafür wird sich wohl niemand finden.«

Es war nicht so böse gemeint, wie es sich in seinen Ohren anhören musste, ich sah, wie er zusammenzuckte. Er setzte an, um etwas darauf zu erwidern, doch ich brachte ihn mit einer Handbewegung zum Schweigen.

»Ich bin nicht dein Richter«, sagte ich.

»Doch, das sind Sie«, erwiderte er, und ich wusste, dass er recht hatte.

Mir steht es nicht zu, über andere ein Urteil zu fällen. Na gut, vielleicht ist das auch nur das Bequemste. So kann man sich zurücklehnen und die Beine übereinanderschlagen und alle Verantwortung von sich weisen. Ich ließ auch Franz Schlegel gehen. Ich blieb einfach sitzen, draußen unter dem Baum, als er ging. Zuerst mit seiner Frau und den Kindern in eine Wohnung unten am Donauufer. Sie verkauften das Haus, und Franz kam noch ein paar Mal wieder, um nach dem Rechten zu sehen. Dann kam er wieder, um nach mir zu sehen. Wir redeten über das Haus, das nun öfter den Besitzer wechselte, ganz so, als ob es niemand haben wollte. Einmal waren Esther und Rahel gerade zu Besuch. Rahel war vielleicht drei oder vier Jahre alt. Sie versteckte sich in der Küche, während er da war, und Esther antwortete einsilbig auf seine Fragen.

Er fragte sie, wo sie wohnen würde, wie ihr Mann hieß,

was sie arbeitete. Nichts Ungewöhnliches. Aber Esther war misstrauisch und unwillig wie ein Tier, das man gegen den Strich streichelt.

»Warum wollte der das alles wissen?«, fragte sie mich nachher, und ich zuckte mit den Schultern. »Auch wenn er dich ewig kennt, habe ich damit doch nichts zu tun.«

Ich musste ihr zustimmen, und in Zukunft antwortete ich auch nur noch ungern. Irgendwann kam er, vielleicht deswegen, nicht wieder. Lange versuchte ich mich an seinen letzten Besuch zu erinnern. Wann war das gewesen? Welches Kleid trug ich? Küsste er mich? Strich er mir über den Rücken? Ich konnte mich nicht erinnern. Vielleicht wollte ich es auch gar nicht. Und vielleicht war es auch vollkommen ohne Belang.

»Sie müssen nicht Ihr bestes Kleid anziehen«, hatte das Mädchen zu mir gesagt.

Ich tat es trotzdem. Es war Rahels Kleid, das ich von einer Schneiderin hatte kürzen lassen. Natürlich tobte sie. Natürlich hätte sie mich allein wegen des Kleides töten können, doch ich tat so, als würde ich es nicht einmal bemerken. Es war das Kleid eines jungen Mädchens, mohnrot und fließend wie ein Gebirgsbach, doch Elfen und alte Kobolde können alles tragen. Das ist der Vorteil von Koboldens. Sie haben nichts zu verlieren.

Der Junge fuhr uns zum Konzerthaus, ich hatte schon seit ewigen Zeiten nicht mehr in einem Auto gesessen. Die Welt war so schnell geworden. Das sagte ich dem Jungen, und er lächelte.

Vor dem Konzerthaus ließ er mich aussteigen und sagte, wir würden uns drinnen treffen, doch ich wartete auf den Stufen, bis er das Auto geparkt hatte, weil ich nicht alleine hineingehen wollte. Die Leute strömten an mir vorbei, rechts und links, lachend und plaudernd in ihren Abendkleidern, und die Luft war so lau wie früher, als ich mich noch mit Franz traf, abends, wenn seine Frau im Bett war und er das Baby noch sehen wollte. Da ist ja mein Kleines, sagte er dann, meine Hübsche, meine kleine Esther. Und wir legten sie zwischen uns ins Gras und bestaunten sie, während sie zu den Sternen hochsah. Wenn sie eingeschlafen war, liebten wir uns, wenn sie nicht einschlief, warteten wir bis zum nächsten Mal, und die Sehnsucht trug uns über die Stunden.

Drinnen stimmten die Musiker schon ihre Instrumente, während wir unsere Plätze suchten. Der Junge führte mich am Unterarm, und ich ließ ihn, obwohl es nicht nötig gewesen wäre. Sie waren ganz vorne, so, dass wir das Mädchen gut sehen konnten. Und sie uns. Ich dachte an eine Unterhaltung, die ich hier einmal mit meiner Mutter geführt hatte. Sie hatte gesagt, das größte Geschenk sei die Freiheit. Wir hatten vor einer Probe hier auf den Stühlen gesessen, und ich hatte meinen Kopf auf ihre Knie gelegt. Sie sang einige Takte, die Tonleiter hinauf und hinunter, um ihre Stimme warm zu machen, bevor die Probe begann.

»Solange ich singen kann, werde ich frei sein«, sagte sie.

Einige Tonreihen lang dachte ich darüber nach und

sagte schließlich zu ihr: »Dann wirst du dein ganzes Leben lang frei sein.«

Sie küsste mich auf die Wange.

»Kluges Kezele.«

Im Saal wurde es dunkel, und ich hörte den Jungen neben mir atmen. Ganz still war es, einige wenige Augenblicke lang, dann setzte die Musik ein, und das Mädchen tanzte.

Damals in der Garderobe setzten sie sich auf eine der Bänke, und Rahel strich mit den Fingern über das glatte Holz.

»Wenn du das heute gemacht hast«, sagte sie, »den Romeo getanzt, dann musst du weggehen von hier.«

»Wie meinst du das?«

»Weg von der Marinova.«

»Wie soll das gehen?«

»Du suchst dir was Besseres. Du bewirbst dich bei den wirklich guten Schulen. Das meine ich.«

»Das glaubst du? Dass ich woanders genommen werde?«

Darauf antwortete Rahel nicht. Sie hauchte Pola stattdessen einen Kuss auf die Wange. Staub flirrte in der Luft, und bald würden die anderen Mädchen zur Generalprobe kommen. Pola überlegte eine kleine Weile, dann küsste sie Rahel auch. Zwischen die Augen zuerst und dann aufs Kinn.

»Ich könnte mit dir gehen.«

»Das wäre schön.«

»Dann ist es abgemacht?«

»Ja, dann ist es abgemacht.«

Das alles war kein Spiel mehr, es war ein ganzes Leben.

Unten hörten sie, wie die Tür aufging und die Stimmen der Mädchen im Treppenhaus hallten, wildes Lachen, Aufregung schwappte herein, Glanz und Flitter.

»Warum bleibst du nicht hier?«, fragte Pola. »Du kannst bei der Probe zusehen.«

»Ich hab mein Kleid noch nicht an.«

»Du bist auch ohne das Kleid schön.«

»Nicht, wenn du den Romeo tanzt.«

»Ich werde nur für dich tanzen«, flüsterte Pola.

»Ich weiß.«

»Wenn ich die Julia ansehe, werde ich nur dich sehen.«

»Ich weiß, Pola.«

Die Mädchen drängten sich vor der Umkleide, klopften ungeduldig an das Holz der Tür, und Pola küsste Rahel noch einmal. So weich waren die Lippen der Mädchen und so unschuldig. Dafür hasse ich meinen Gott immer noch. Dass er kein Mitleid hatte mit der Unschuld dieser Mädchen.

Als Pola schließlich auf der Bühne stand und tanzte, waren ihre Gedanken bei Rahel. Wenn sie die Julia ansah, blickte sie eigentlich in Rahels Gesicht. Sie vergaß das blonde Haar der Julia und ihre feinen Glieder, ihr schmales Gesicht und die Hände, die sich immer ein wenig klamm anfühlten, wenn sie sie berührte. Nein, es war Rahel, mit der sie tanzte. Es war Rahel, deren Haar in den Drehungen flog, ihr schwarzes langes Haar, das ihr über den Rücken peitschte, und ihre Augen, die Polas Blicke erwiderten.

Sie achtete nicht auf das Publikum, die ersten Szenen

nicht, doch dann fiel ihr Blick auf die erste Reihe, wo ganz rechts außen Plätze für die Familien der Tänzerinnen reserviert waren. Rahels Platz war leer. Der Schreck fuhr so in sie hinein, dass sie für einen Moment nicht mehr wusste, was zu tun war. Der Mercutio rempelte sie an, und die Marinova zischte etwas hinter der Bühne. Pola tanzte weiter. Sie versuchte sich an dem Gedanken festzuhalten, dass sie sich getäuscht hatte, und verbot sich, im Publikum weiter nach Rahel zu suchen. Sie tanzte unkonzentriert und verhaspelte sich bei den Sprüngen. Einmal hörte sie, wie das Publikum erschrocken den Atem anhielt. Sie hätte davonlaufen können. Aber dazu war keine Zeit.

Dann, im dritten Akt, bot sich endlich eine Gelegenheit. Während die Julia ihr Solo tanzte – sie sah wieder aus wie die Julia und tanzte auch so –, huschte Pola davon. Sie drängte sich an den anderen Mädchen vorbei in den Zuschauerraum. Der Platz war leer. Sie lief die Reihen entlang. Schließlich konnte sie doch auch woanders sitzen. Sie suchte das schwarze Kleid mit den Spitzen, wie sollte sie dieses Kleid in der Dunkelheit finden. Während sie lief, das Publikum umrundete und die Befürchtung, dass Rahel nicht da war, schließlich zur Gewissheit wurde, floss die Enttäuschung bitter in sie hinein. Von Reihe zu Reihe wurde sie größer, bis ihre Kehle davon zugeschnürt war und das Herz so eng, dass sie befürchtete, es würde zerquetscht werden, wenn sie noch einen weiteren Schritt machen würde, eine unbedachte Bewegung.

War alles, was sie sich versprochen hatten, Lüge gewesen? Waren die Küsse ohne Bedeutung? Hatte Rahel sich zurückgezogen, weil Pola sie zu sehr liebte? Sie lief zurück, ihr Nacken kribbelte, die Kopfhaut, ihre Finger, der Mund, als würde sie ohnmächtig werden. Trotzdem ging sie hinaus und tanzte weiter, obwohl sie nicht mehr unterscheiden konnte, ob das gähnende Schwarze, in das sie hineintanzte, die unbeleuchtete Bühne war, das Publikum oder ihr Innerstes. Ob sie gleich hinfallen und sterben würde, weil der Kummer sie erstickte.

Das Mädchen erzählte es mir später so. Sie ging noch bevor der letzte Vorhang fiel. Die Leute applaudierten, während sie die Treppen hinunterlief, ihre Sachen unter dem Arm, nur die Stiefel an den Füßen. Mit der Straßenbahn fuhr sie zu Götz' Haus, ging hinein, doch da war keiner. Sie warf ihre Sachen in den Flur und ging wieder hinaus. Sie wusste nicht mehr, was sie dort gesucht hatte. Götz, der sie in den Arm nahm und tröstete? Die Kälte biss nach ihr wie ein wütender kleiner Hund.

Sie durchquerte die Stadt. Sie wollte nach Hause, schlug aber die Richtung zum Schalom ein. Mit jedem Schritt, den sie tat, war es ihr gleichgültiger, ob sie sich vor Rahel blamieren würde. Sie wollte ihr sagen, wie verletzt sie war, sie wollte ihr sagen, dass sie nicht mehr tanzen würde, dass dieser unselige Auftritt ihr letzter gewesen war. Im Bus starrten die Leute sie an. War doch ihr Gesicht weiß geschminkt, das Haar streng nach hinten gekämmt und das Trikot silbern. Sie wich den Blicken aus. Irgendwann hielt der Bus, weil die Straße gesperrt war. Der Busfahrer ließ sie aussteigen, er musste eine andere Route weiterfahren.

Da dachte sie sich noch nichts. Sie ging an der Absperrung vorbei – vielleicht hielt sie wegen des Kostüms niemand auf –, und ein paar Meter weiter konnte sie den Rauch riechen. Er kam durch die Straßen, vermischt mit der Kälte und dem gelben Licht der Straßenlaternen. Als sie zu laufen begann, war ihr schon klar, dass es das Schalom war.

Das Schalom brannte.

Sie sagte, sie hätte während dieser wenigen Augenblicke den Zauberwürfel gelöst. Alle Farben auf einer Seite. Auf einer Seite gelb, das Schalom, auf der anderen Seite grün, ihr Bruder Adèl, rot war Götz, dann blau, sie selbst, und weiß, Rahel. So einfach war das. So einfach.

~

Ich wünschte, Rahel hätte das Mädchen so sehen können. Sie war eine zarte, vorsichtige Julia. Ihre Bewegungen waren leicht, als würde sie kaum den Boden berühren. Wenn der Romeo sie hob, schien sie ihm wie eine Feder durch die Finger gleiten zu wollen. Man konnte sein ganzes Leben vergessen, wenn man ihr zusah. Man musste über Dinge weinen, die nicht geschehen waren, und über Dinge, die nie geschehen würden. Man konnte aus seiner eigenen Geschichte hinaustreten, für diese kurze Zeit, während das Mädchen sich drehte, schneller und schneller. Und mit jeder Drehung saß man mehr der Illusion auf, dass alles gut war.

Über Schawuot erzählte meine Mutter, dass es früher ein fröhliches Fest gewesen war. Man feierte zwei Tage lang das Glück über den Auszug aus Ägypten, über das Leben, über die Thora, die einem von Gott geschenkt worden war. Man feierte die Ernte. Die Häuser wurden mit bunten Bändern geschmückt, die Kinder liefen in weißen Kleidern durch die Straßen, und es gab Kuchen und anderes Gebäck im Überfluss. Vielleicht ist das heute wieder so, ich weiß es nicht.

Als ich klein war, verdunkelten wir das Haus. Mein Vater zündete Kerzen an, und meine Mutter sang, Rahel trug das Wort Echad vor, und wir tranken Milch und aßen Käsekuchen. Es war kein fröhliches Fest, so wie keines unserer Feste fröhlich war. Es war ein heimliches Aufbegehren. Und wenn Mutter erzählte, dass sie Hand in Hand mit ihrer besten Freundin durch Wien gelaufen war, mit Blumenkränzen im Haar, dass sie bei Freunden in den Gärten eingeschlafen war, während die Erwachsenen die Nacht über wach blieben, so klangen diese Geschichten für uns wie Märchen.

Dann, als Rahel und Judith zurück waren, bestanden sie darauf, dass wir die Feste wieder feierten. Mir lag nichts daran. Mir wäre es lieber gewesen, die Dinge ruhen zu lassen. Doch Rahel sagte, ich würde meine Wurzeln verlieren, ich würde verwelken, eine verwelkte jüdische Blume. Das erschreckte mich. Also begann ich mich nach den Bräuchen zu bewegen. An Schawuot schmückte ich das Haus mit grünen Zweigen und Blumen. Ich kochte Lokschenkugel für meine Schwestern und mich, da ich wusste, dass Judith dieses Gericht immer besonders geliebt hatte. Rahel trug die Gebete vor. Diesen Teil hätte ich gerne übersprungen, da Rahel mit den Jahren immer mehr Leidenschaft in die Gebete legte, was zum Teil Stunden dauern konnte. Oft war ich zornig, weil meine Schwestern das Essen nicht anrührten und ich es am Ende wegwerfen musste, obwohl ich mir solche Mühe gegeben hatte. Als Esther geboren wurde, versuchte ich Franz wenigstens an diesen Tagen ins Haus zu holen, doch Rahel vermieste mir mit ihren Launen jedes Mal das Fest. Franz kam nicht gerne, ihm waren die jüdischen Bräuche unangenehm, erinnerten sie ihn doch zu sehr daran, wer wir waren, und Esther war am Schluss trauriger und verwirrter als zuvor. Sie verstand nicht, was der große blonde Mann aus der Nachbarschaft gerade dann bei uns wollte. Sie verstand Rahel nicht, die Dinge durchs Haus warf, Geschirr zerbrach und die Fenster fast aus den Angeln hob. Esther weinte und hing an meinem Arm. Nicht, bat sie mich, nicht. Da bemerkte ich, dass ich das Geschirr selbst zerbrochen hatte, dass es meine eigene Stimme war, die durch das Haus gellte. Ich erschrak vor mir selbst und ließ es bleiben. Es sollte nicht sein.

Wir kamen erst spät zurück nach der Premiere, das Mädchen war aufgeregt und der Junge schweigsam. Sie erzählte vom Tanz, mehr, als sie in den Wochen vorher erzählt hatte. Es war eine Freude, sie reden zu hören, ihre lebendige Stimme.

Ich hatte keine Lust, Lokschenkugeln zu kochen, nur weil Schawuot war. Ich stellte den beiden Quälgeistern nur ein Glas Milch hin, nicht aus Bosheit, ich wusste, dass sie es nicht anrühren würden. Die Milch würde sauer werden und auf dem Tisch stehen bleiben, bis ein Windstoß das Glas umstieß. Vielleicht.

Dabei strich mir Judith um die Beine, und Rahel stand mit verschränkten Armen vor dem Fenster und wippte auf den Fersen vor und zurück.

»Was tust du da?«, sagte sie.

»Ich stelle euch die Milch hin.«

»Wo ist dein Glas?«

»Ich werde nicht hier sein zum Schawuot.«

»Mutter würde dich dafür hassen.«

»Würde sie nicht. Mutter war immer für die Versöhnung.«

»Was du nicht sagst. Deine Erinnerung betrügt dich.«

»Und wenn.« Ich knallte die Gläser mit Nachdruck auf den Tisch, so fest, dass die Milch überschwappte.

»Und wo gehst du hin?«

»Woandershin.«

»Mit den Deutschen.«

»Vielleicht.«

»Die warten draußen auf dich. Das habe ich gesehen.«

»Das tun sie.«

»Ich will nicht, dass du gehst.«

Beinahe wäre ich geblieben, so tief fuhr dieser Satz unter meine Haut.

»Wenn ich dich darum bitte?« Sie legte mir ihre Arme um den Hals, ihre duftenden, jungen Arme.

»Es tut mir leid, Rahel«, sagte ich.

Das Schawuot ist ein Abschiedsfest. Das Schawuot beendet eine lange Reise.

Ich lief in den Garten hinaus und suchte Hitler, fand ihn bei den Himbeeren und steckte ihn in meine Handtasche. Dann ging ich. Rahel und Esther drückten ihre Gesichter an die Scheibe des Küchenfensters, der Vorhang bewegte sich ein wenig, und Judith hob ihre Hand, um mir einen Kuss nachzuschicken. Ich dachte daran, dass ich damals nicht gesehen hatte, wie sie fortgingen, und dass sie jetzt aber zusahen, wie ich in das Auto des Jungen stieg.

Sie fuhren mich in die Alservorstadt, in die Mariannengasse, ich wollte ihn noch einmal sehen, wenn es auch das letzte Mal war. Das Mädchen fragte, ob sie mit hineinkommen solle, aber ich sagte nein. War doch so ein Heim ein recht deprimierender Ort für junge Menschen. Die sterilen Gänge, die alten Menschen, der Geruch nach Desinfektionsmittel. Deswegen ging ich alleine. Ich musste eine Weile suchen, zu fragen traute ich mich nicht. Ich hatte Angst, dass sie mich gleich dabehielten, die verwirrte Alte, die noch einen letzten Blick auf ihren Liebsten werfen wollte. Ich fand ihn am Ende im Aufenthaltsraum. Ein Fernseher flimmerte in der Ecke, doch er sah nicht hin, sah stattdessen durch das geschlossene Fenster in die Dunkelheit hinaus.

»Na, Shapiro«, sagte er, »du kommst also hierher.«

Ich nickte und setzte mich zu ihm an den Tisch.

»So ist es.«

»Ich bin zu alt, um dich zu jagen«, sagte er und wandte sich zu mir.

»Ich weiß.«

Es machte keinen Sinn, in seinem hageren Gesicht zu forschen. Hätten wir ein Leben miteinander verbracht, Seite an Seite, so hätte ich dort etwas finden können. Etwas, das uns verband. Aber so.

»War eine schöne Zeit hier in Wien«, sagte er, »auch wenn Krieg war. Ich hab dich oft bis nach Mödling rausgejagt. Im Sommer. Im Winter auch. Aber im Sommer war's schöner. Wenn die Frösche so laut waren an der Donau.«

Er versuchte seine Hand auf meine zu legen, doch ich zog sie weg, und er lächelte kurz, als ob er es nicht bemerkte.

»Was macht Rahel?«

»Ihr geht es gut«, sagte ich. »Sie trinkt Milch. Es ist Schawuot.«

»Ah ja. Das ist schön. Kannst du dich erinnern, wie sie im Garten lag? Unter dem Baum?«

»Nein.«

»Wir hätten uns umgebracht, um einen Blick auf ihre zarten Füße zu ergattern. Der Samuel Lewinski und ich.«

»Das weiß ich nicht mehr.«

»Du kannst dich nicht mehr an Samuel Lewinski erinnern? Den, der in Auschwitz gestorben ist?«

»Nein.«

»Shapiro. Du wirst alt.«

»Ja, ich werde wohl bald sterben.«

»Das tun wir alle. Alle hier sterben. Schau, wie leer es ist. So viele sind schon gestorben. Wirst du mich mitnehmen?«

Ich schüttelte den Kopf, und Franz drehte sich weg, um wieder nach draußen zu starren.

»Wie geht es meiner Tochter? Esther?«

»Sie ist tot.«

»Da siehst du es. Der Tod macht auch vor den Jungen nicht halt. Und die kleine Rahel?«

»Auch tot. Beide gestorben. Es hat gebrannt. Das Schalom hat gebrannt, und nun sind beide tot.«

»Herrgott. Alle sind sie tot. Was ist das für eine Welt geworden.«

»Die war schon immer so.«

Wir hörten Schritte auf dem Plastikboden. Eine Schwester, die die Zimmer kontrollierte, dort jemanden zudeckte, hier ein Fenster öffnete und den Vorhang zuzog. Ich fragte mich, wie es sich wohl anfühlte, hier einzuschlafen und wieder aufzuwachen. Vielleicht machte es aber auch keinen Unterschied.

»Du musst mich hier rausholen, Shapiro. Hier drin verblödet man. Du wirst mich doch rausholen?«

Der Boden quietschte unter den Gummisohlen der Pflegerin, und ich stand auf.

»Mach's gut, Franz«, sagte ich.

Epilog

Durch einen See schwimmen ein deutsches Mädchen und eine alte Jüdin. Sie schwimmen zur Insel. Das Wasser ist lau, und die Jüdin wundert sich, dass sie noch schwimmen kann nach so vielen Jahren. Wenn das Mädchen sie besorgt von der Seite ansieht, ob sie es wohl bis zur Insel schaffen wird, dann lächelt sie nur und dreht sich auf den Rücken, damit sie die Sterne sehen kann. Und wenn sie die Ohren unter Wasser bekommt, dann kann sie die Fische hören, die weit unten auf dem Grund leben und Luftblasen durch ihre Mäuler nach oben schicken.

Während ihre alten, mageren Arme durch das Wasser gleiten, denkt sie an das, was sie am Ufer zurückgelassen hat. Einen alten Mann und einen Jungen. Eine Schildkröte mit eingezogenem Kopf und ein Glas Marmelade aus dem Jahr 1944.

Sie stellt sich vor, wie der alte Mann das Glas in die Hand nimmt und mit einem Knacken den Deckel öffnet.

»1944«, würde er sagen, »Marille. Die Kleine, die machte schon immer ganz ausgezeichnete Marmelade.«

Drüben, da, wo das Wasser so dunkel ist, noch viel dunkler als die Augen des Mädchens und viel dunkler als die Tunnel in Montenegro, da setzen sie ihre Füße auf den schlammigen Boden. Erst die Füße und dann die Hände. Sie hörten den Biber auf der Insel rascheln und die Frösche am Ufer. Manche Dinge ändern sich nicht. Egal was geschehen ist. Eine Sommernacht fühlt sich genauso weich an, weich und endlos, das Wasser ist genauso trübe, voller Algen und Kaulquappen, der Mond ist derselbe, das Lächeln der Jüdin, der Herzschlag zwischen den Rippen.

»Hier«, sagt das Mädchen.

Sie lassen den Schlamm durch ihre Finger gleiten, und so wie es nur in den guten Geschichten passiert, findet die Jüdin eine Kette. Es ist eine Kette mit Davidsstern und einem Namen darauf.

Rahel.

Golden war sie mal und im dunklen Wasser verloren.

Und jetzt liegt sie um den Hals des Mädchens.

~

Ich danke herzlich

Michel Friedman
Volker Hage
Elisabeth Herrmann, Tanzforum Regensburg

Beate Teresa Hanika

Vom Ende eines langen Sommers

Roman

ca. 240 Seiten, btb 75707

Sie sind Mutter und Tochter.
Sie sind wie Fremde.
Dabei verbindet sie mehr, als sie ahnen.

Marielle lebt als Bildhauerin in Amsterdam. An einem der ersten warmen Frühlingstage kehrt die Vierzigjährige mit einem riesigen Strauß roter und blassrosa Tulpen vom Bloemenmarkt zurück und findet vor ihrer Wohnungstür ein Paket. Altmodisch verschnürt und geheimnisvoll. Der Inhalt: Tagebücher ihrer vor kurzem verstorbenen Mutter Franka. Ein Leben lang fühlte Marielle sich von ihr unverstanden. Immer war ihr diese stolze, kühle Frau fremd geblieben. Nun beginnt sie zu lesen. Von jenem langen Sommer 1944, den Franka auf einem Gut in der Toskana verbracht hatte. Und von einer Begegnung, die das Leben der jungen Frau für immer veränderte.